Knaus

Gabriel Laub

Was tut man mit Witwen?

124 Satiren

Satiriker sind das Gegenteil von Politikern –
sie vereinfachen komplizierte Probleme.

Albrecht Knaus

Schutzumschlag Klaus Detjen
Gesetzt aus Borgis Aldus/Linotron
Gesamtherstellung Mohndruck Graphische Betriebe GmbH, Gütersloh
ISBN 3-8135-0991-5 · Printed in Germany

Gebrauchsanweisung

Wer die Satirensammlungen des Autors »Alle Macht den Spionen!« und »Dabeisein ist nicht alles« gelesen hat, braucht diese Gebrauchsanweisung nicht zu lesen – und das Buch auch nicht: Es enthält genau alle Geschichten, die in jenen beiden Büchern standen.

Wer wissen möchte, woher der Titel des Buches kommt, wird es bei der 121. Geschichte erfahren. Es ist vom Ende her die vierte, man kann sie jedoch auch als erste lesen.

Man muß überhaupt die Reihenfolge der Satiren nicht beachten, obwohl sich der Autor Mühe gegeben hat, sie einigermaßen nach Themen zu ordnen. Man kann sie jedoch auch der Reihe nach lesen, beide Vorgänge sind für die Gesundheit ungefährlich.

Das Buch muß nicht vor dem Gebrauch – oder während desselben – geschüttelt werden. Sollte sich ein Leser ab und zu vor Lachen schütteln, tut er das auf eigene Verantwortung. Der Autor wird sich durch ein leises, womöglich nachdenkliches Lächeln ausreichend entlohnt fühlen.*

Gabriel Laub

* Bemerkung für den Verleger: Dies ist kein Verzicht auf das Honorar!

Inhalt

Wer denkt sich Witze aus?

Ich habe noch keinen Menschen getroffen, der sich einen Witz ausgedacht hätte. Ich kenne Menschen, die ganze Bücher verfaßt haben, die sie selbst nicht verstehen; ich kenne Menschen, die sich so überzeugende wissenschaftliche Theorien ausgedacht haben, daß sie sogar von einem oder zweien ihrer wissenschaftlichen Kollegen anerkannt worden sind. Ich kenne Menschen, die imstande sind, Choreographie zu einer abstrakten Zeichnung zu verfassen und ein Konzert für zwei Dosen Ölsardinen und eine Stehlampe zu komponieren. Ich kenne Theoretiker, die über Witze dicke Bücher geschrieben haben, nach deren Lektüre man sechs Wochen lang nicht lachen kann. Aber ich kenne keinen, der sich einen echten Witz ausgedacht hätte, einen, der dann weitererzählt wird.

Einer meiner Bekannten hat sich mal gerühmt, daß er sogar drei Witze erfunden hätte. Er hat sie mir erzählt. Von zweien kannte ich seit etwa zwanzig Jahren bessere Versionen, der dritte war so witzlos, daß man ihn in jeder Illustrierten drukken würde.

Woher aber kommen die Witze?

Man sagt, daß es nur etwa vierzig Witz-Schemata gibt, die schon vor Jahrtausenden entstanden sind, alles andere sind Variationen. Auch wenn das wahr wäre, will es nichts bedeuten.

Der Liebesroman hat nur drei Schemata – wenn man großzügig zählt: Entweder will er und sie will nicht, oder sie will und er will nicht, oder aber beide wollen und müssen Schwierigkeiten überwinden. Dann gibt es noch zwei Endspiellösungen: Happy-End – sie heiraten, oder ein glückliches Ende – sie gehen auseinander beziehungsweise sterben.

Und trotzdem erscheinen dauernd neue Liebesromane, und ihre Autoren werden bekannt. Witzautoren dagegen bleiben unbekannt.

Der beste Beweis, daß es keine Witzautoren gibt: Es hat sich noch keiner gemeldet, um das Honorar anzumahnen. Honorare für Witze kassieren Leute, die sie aus alten Kalendern abschreiben.
Ich selbst schreibe seit Jahren Satiren und Glossen, und es gibt Leser, die sie für witzig halten. Ich habe vielleicht drei oder vier gute Aphorismen ausgedacht und etwa tausend gedruckt. Aber einen Witz, einen echten Witz, den man erzählen kann und den die Leute dann weitererzählen, habe ich noch nie erfunden. Das kränkt mich schon lange.
Und plötzlich war er da! Ich habe mir einen Witz ausgedacht! Er war prima – lustig und ganz neu, selbst ich habe ihn noch nie gehört. Ich habe wahnsinnig gelacht und wußte vor lauter Freude nicht, was ich tun sollte. Ich mußte mich zurückhalten, um nicht zum Telefon zu rennen und mitten in der Nacht alle meine Bekannten zu wecken und noch einige Unbekannte dazu. Der Traum meines Lebens hat sich erfüllt!
Leider, es war nicht der Traum meines Lebens. Es war einfach ein Traum. Und ich konnte mich morgens an den Witz nicht erinnern. Ich wußte nur, daß er unheimlich gut war, ich mußte noch nachträglich lachen. Aber was und worüber – das wußte ich nicht mehr.
Na, ist das vielleicht ein Witz?
Aber auch den habe ich mir nicht ausgedacht.

Preisausschreiben für mich

Eine meiner Bekannten hat bei einem Werbe-Preisausschreiben irgend etwas Automatisches gewonnen: Einen elektrischen Kaffeeumrührer oder Teekaltpuster, ich weiß es nicht mehr genau. Ich habe noch nie etwas gewonnen, weil ich noch an keinem Preisausschreiben dieser Art teilgenommen habe. Ich kann nämlich nie die richtige Antwort erraten. Wenn zum Beispiel eine Zigarettenfirma, auf deren Packungen das Bild eines Tigers gedruckt wird, Fragen stellt:

1. Die meistgekauften Zigaretten haben als Markenzeichen ein exotisches Raubtier. Welches Tier ist das? Ergänzen Sie: T . . . r.
2. Warum rauche ich die »Tiger«?
   a) weil es die besten Zigaretten der Welt sind?
   b) weil sie durch Zusatz von Supranikotin C die Lungen stärken?
   c) weil sie Rauch desintegrierende Wirkstoffe enthalten, die die Verschmutzung der Vorhänge verhindern?
   d) weil sie elegant männlich und damenhaft aussehen?

Bei solchen Fragen bin ich einfach ratlos. Ich bin überzeugt, daß hier irgendwelche Haken und Fallen versteckt sind, kann sie jedoch nicht finden. Das ärgert mich. Ich möchte auch einmal etwas von einer Firma umsonst als Werbegeschenk bekommen, ich gebe schließlich bei den Firmen genug Geld aus. Und noch mehr ärgert mich, daß ich offensichtlich dümmer bin als die vielen Leute, die Reisen nach Kakatombo und elektronische Nasenputzer gewinnen.

Ich habe mich entschlossen, selbst einen Preis auszuschreiben. Endlich werde ich als erster die richtigen Antworten wissen. Und nebenbei kann ich ein wenig Werbung für die Satire und unseren besten Satiriker Gabriel Laub machen.

Hier sind die Fragen:

1. Die beliebteste und bedeutendste Literaturgattung ist S . t . r .

(Ergänzen Sie die fehlenden Buchstaben.)

2. Satire ist die bedeutendste Literaturgattung, weil sie
   a) die größte Portion Wahrheit enthält?
   b) witzig und amüsant ist?
   c) weil dies Preisausschreiben von einem Satiriker stammt?
   d) weil sie rar ist?

3. Unser bester Satiriker heißt:
   a) Franz Beckenbauer
   b) Leonid Breschnew
   c) Kurt Waldheim
   d) Gabriel Laub
4. Meiner(m) Liebsten schenke ich zum Geburtstag:
   a) ein Buch von Gabriel Laub
   b) gesammelte Werke von William Shakespeare
   c) einen Schnellkochtopf
   d) einen Mercedes 280

Wer alle Fragen richtig beantwortet, erhält einen von den 200 000 Preisen. 100 000 Gewinner dürfen vorzugsweise alle Bücher von Gabriel Laub zu normalen Bedingungen erwerben. Weitere 100 000 dürfen einen Monat lang kostenlos diese Glosse ihren Bekannten vorlesen.

Ich bin wetterfühlig

Wenn Hitze herrscht wie in einer Diskothek um Mitternacht, kriechen die Gedanken wie beamtete Schnecken. Sie bleiben stocken und verlaufen im Sand wie Reformen nach den Wahlen.

Lange Zeit dachte ich mir, daß ich einfach faul bin. Jetzt bin ich aber auf eine viel elegantere und wissenschaftlichere Erklärung gekommen: Ich bin wetterfühlig. Vielleicht sollte ich mich dessen schämen, immerhin ist es ein Relikt aus jenen Urzeiten, in denen der Mensch vom Wetter absolut abhängig war. Andererseits ist es fein, ein sensibler Mensch zu sein. Vor allem aber – es ist so, ich bin wetterfühlig und kann es nicht ändern. Auch bei trübem Wetter kann ich nicht arbeiten. Die Gedanken schleppen sich wie ... bleiben stocken

wie . . . und so weiter. Bei schönem, mildem Wetter habe ich wiederum keine Lust zur Arbeit.
Irgendein Wetter gibt es immer.
Wetterfühligkeit hat in sich etwas Aristokratisches. Eigentlich könnte ich heute nach so vielen Jahren im Beruf schon mindestens ein Baron sein – denn die Arbeit adelt den Menschen. Aber auch das wäre wohl nicht das richtige, es gibt heute eine Menge arbeitender Aristokraten, sogar englische Lords betätigen sich als Touristenführer in eigenen Schlössern.
Vielleicht hatte mein Sohn recht, als er noch in der zweiten Klasse in dem Aufsatz zum Thema »Was ich werden möchte« schlicht »Millionär« schrieb. Als Idee ist es nicht schlecht. Aber haben denn Millionäre ein leichtes Leben? Man muß heute nach Acapulco fliegen, morgen nach Sankt Moritz, dauernd Parties mit langweiligen Typen absolvieren. Wenn das keine Arbeit ist!
Und dann: Mal fällt der Goldpreis, mal steigen die Aktien, die man eben verkauft hat, mal kommt eine Rohstoffkrise, mal eine Absatzkrise, mal Deflation, mal Inflation. Wir Habenichtse haben gut lachen, wir können höchstens unser Auskommen verlieren, unsere Brötchen – was sind die schon wert! Ein Millionär hat aber Millionen zu verlieren.
Nein, auch das ist nichts für mich.
Für einen wetterfühligen Menschen gibt es wahrscheinlich noch viele Auswege – Ämter, Posten, Stellen. Wie die Russen sagen: »Egal, wo man arbeitet – Hauptsache, man arbeitet nicht.«
Arbeit vorzutäuschen ist aber auch eine Arbeit. Bei diesem heißen Wetter wäre es unerträglich, nicht zu arbeiten und trotzdem am Arbeitsplatz sitzen zu müssen. Dann arbeite ich schon lieber. Nur das Wetter, das verdammte Wetter stört mich immer.

Die größte Anerkennung

Jeder Schreibende lechzt nach Anerkennung, sonst würde er nicht schreiben, sondern sich einen anständig bezahlten anständigen Job suchen, mit acht Stunden Arbeit pro Tag und mit Freizeit.
Man kriegt sie auch ab und zu, die Anerkennung. Es finden sich immer wieder nette und offenbar intelligente Leute, die einem sagen, daß sie etwas von ihm gelesen haben, und daß es ihnen gefallen hat; manche wissen sogar noch, was es war, was sie gelesen haben, und das freut den Autor besonders.
Noch mehr freut man sich, wenn jemandem das Gelesene so viel wert ist, daß er einen Brief schreibt, um sich damit auseinanderzusetzen, lobend oder kritisch. Natürlich hat man auch gegen Lob nichts, vorausgesetzt, daß der Briefschreiber kein langes eigenes Manuskript beigelegt hat, das der hochgelobte Autor doch lesen möchte und einem Verlag empfehlen – in diesen Fällen ist man nicht ganz sicher, ob das Lob aufrichtig gemeint war. Das Vertrauen aber – der Schreiber glaubt ja, der Autor sei so mächtig, daß ein Wort von ihm genügt, um das abgesandte Manuskript zum Druck zu schicken – ist ja auch eine Art Lob.
Meine Bücher hatten einige Besprechungen, meistens sogar positive – sie sind dünn und bestehen aus kurzen Texten, so daß es sogar manchen Rezensenten (nicht allen) nicht schwerfällt, sie vom Anfang bis zum Ende zu lesen; ich habe einige literarische und journalistische Preise bekommen, war sogar Mitglied einer Jury, die einem bedeutenden Schriftsteller einen viel höheren Preis verliehen hat, als ich ihn je bekam – was will man mehr? Den Nobelpreis hat in den neunundsiebzig Jahren seines Bestehens nur ein einziger Satiriker bekommen, George Bernard Shaw, das war im Jahre 1925, und Shaw war damals immerhin schon neunundsechzig.
Das geschriebene Wort bringt aber noch besondere Anerken-

nungen. An die erste kann ich mich noch erinnern, obwohl es sehr lange her ist. Ich war Schüler der zweiten oder dritten Klasse im schlesischen Chorzów (Königshütte). Unsere Lehrerin Fräulein Londner, in die ich verliebt war, lobte einen Aufsatz von mir und ließ mich ihn vor der Klasse vorlesen. Die Jungen taten, als hätte es sie nicht besonders beeindruckt, die Mädchen jedoch umringten mich während der Pause, beglückwünschten mich, strahlten mich an – Frauen mögen halt Männer, die Erfolg haben. (Deshalb ist mir Anerkennung bei Frauen bis heute sehr lieb.) Ich war glücklich, fühlte mich sehr gescheit und wichtig. Unter dem Überdruck dieser Gefühle streichelte ich spontan der blonden Elsa Percik, in die ich verliebt war, das Haar. Sofort fingen alle anderen Mädchen an zu schreien: »Gabriel geht mit Elsa!«, sie kreischten fürchterlich. Ich erkannte, daß ich etwas Schreckliches getan hatte, und wünschte mir, daß mich die Erde verschluckte. So lernte ich zum erstenmal die Kehrseite und die Gefahr des literarischen Erfolges kennen.

Im Laufe der Jahre sind mir noch andere besondere Arten von Anerkennung zuteil geworden. Das Finanzamt hat mich zum Beispiel als selbständigen Unternehmer anerkannt. Ich muß sogar Mehrwertsteuer zahlen, obwohl ich doch nur Gedanken in Worte umsetze. (Andererseits – für die amtliche Bestätigung, daß ich selbständig schreibe und meine Gedanken mehr wert sind, als ich dafür bekomme, sind die 6,5 Prozent eigentlich nicht zuviel.)

Die größte Anerkennung kam jedoch neulich per Telefon: Ein wildfremder Mann hat mir angeboten, in Warentermingeschäfte einzusteigen! Als er sich wunderte, daß mir das nötige Kleingeld fehle – so ein bekannter Schriftsteller müßte doch viel Geld haben, meinte er (ich teile diese Meinung) –, war das wohl Zwecklob. Aber allein die Tatsache, daß er glaubte, ich sei so naiv, mein Geld, falls vorhanden, Finanzkünstlern in den Rachen zu stopfen, ist eine wirkliche Anerkennung – der Mann hielt mich für einen echten, weltfremden Dichter!

Die Gesellschaft ist faul

Ich hätte diese Glosse schon gestern schreiben sollen, weil sie heute in den Satz gehen sollte – das sind die Terminzwänge in unserer superdurchorganisierten Gesellschaft.
Ich habe mich auch gleich morgens an die Schreibmaschine gesetzt – das beweist, wie weitgehend mein Bewußtsein schon unter dem Druck der Gesellschaft deformiert und auf Anpassung getrimmt wurde. Draußen strahlte die Sonne und unterstrich so die Unnatürlichkeit und arbeitstierische Systemkonformität meines Benehmens.
Etwa zwei Stunden lang glotzte ich aus dem Fenster und klagte über den Leistungsdruck, dem man ausgesetzt ist, wenn man einem sogenannten freien, also leistungsbedingten Beruf nachgeht und sich dabei nicht ganz von dem Joch des Konsumterrors befreien kann. Ich muß selbstkritisch gestehen, daß ich nicht alle mir von der Gesellschaft aufgezwungenen Konsumgewohnheiten abzuschütteln vermochte – zum Beispiel die Gewohnheit, zu essen, zu wohnen, sich zu kleiden . . . – Dies ist die sozial-ökonomische Motivation meines systemkonformen Verhaltens, welches sich in diesem Fall in dem Versuch äußerte, meinen freien Widerwillen zugunsten einer honorarabhängigen Arbeitsleistung aufzugeben.
Bevor ich dies alles druckreif formuliert habe, riefen nacheinander drei Bekannte an, zwecks zwischenmenschlicher Kommunikation. Auch sie befanden sich in einem revolutionären Zustand der Auflehnung gegen den Arbeitszwang. Bei ihnen war jedoch dieser Zustand ökonomisch irrelevant, weil sie fest angestellt sind, einer ist sogar Beamter.
In den Gesprächen wurde meine Analyse meiner augenblicklichen Situation in ihrer Tendenz bestätigt, zum Teil jedoch meine Position scharf kritisiert. Die jüngste meiner Gesprächspartner wies mir eine Korrelation zwischen meiner

Arbeitssucht und dem männlich-chauvinistischen Imponiergehabe nach. Dies hängt zweifellos mit meiner Midlife crisis zusammen, sagte sie. Ein Kollege entlarvte die Isolationsfolter, der die Gesellschaft einen arbeitenden Menschen unterwirft, indem sie ihn zwingt, einen Arbeitsprozeß in seinen vier Wänden auszuführen. Dies hat Kontaktarmut und Entfremdung zur Folge.
Inzwischen war es schon ein Uhr, also gemäß der terroristischen gesellschaftlichen Konvention Mittagszeit. Mein Magen, auf Statussymbole in Form von Koteletts oder zumindest Hackfleisch bedacht, zwang mich, einkaufen zu gehen, obwohl mir bewußt war, daß ich somit die kapitalistische Wirtschaft unterstützte. Der ausbeuterische Charakter der Gesellschaft zeigt sich auch darin, daß ich für das Einkaufen keinen Lohn bekomme, obwohl ich da meine Arbeitskraft eine halbe Stunde lang einsetzen mußte.
Dann mußte ich noch eine Reihe unentgeltlicher Leistungen vollbringen: Kochen, Essen, Abräumen.
Durch meinen aussichtslosen Kampf gegen die Gesellschaftszwänge erschöpft, flüchtete ich mich vor ihnen in den Mittagsschlaf. Dann mußte ich, den unerbittlichen Konventionen gehorchend, ein bekanntes Ehepaar, das zufällig durch Hamburg reiste, zum Kaffee einladen. Abends unterlag ich dem Terror der Massenmedien und sah mir einen Krimi an.
Schlafen ging ich einerseits stolz, daß ich dem Leistungsdruck nicht unterlegen war, andererseits aber – in der Tiefe meiner konformistischen Seele – hatte ich ein schlechtes Gewissen, daß ich mein Arbeitspensum nicht erfüllt habe.
Eine Gesellschaft, die ihre Mitglieder in solche Konfliktsituationen bringt und sie derart frustriert, ist faul.

Mädchen und Komplexe

Ich habe von einer Frau oder von einer Person, die sich für eine Frau ausgibt, diesen anonymen Brief bekommen:
»An Gabriel Laub. Wenn man Sie fetten, ältlichen Knaben sieht, weiß man, daß Sie Komplexe haben. Sie würden sonst erwachsene Frauen nicht immer mit Mädchen bezeichnen. Unerwachsene Neurotiker wie Sie laufen mehr als genug herum. Für Sie Dummkopf sind Frauen sicher keine kleinen Mädchen, sondern wesentlich erwachsener als Knaben in diesem Alter.«
Ich bin tatsächlich dick und nicht mehr der Jüngste, oder sagen wir lieber, schon seit ziemlich geraumer Zeit jung. Mit Komplexen in bezug auf diese beiden Tatsachen kann ich aber beim besten Willen nicht dienen. Jung war ich schon einmal, schlank auch – ich finde meine heutige Situation und alle Situationen, die mir das Leben noch bereiten kann, mindestens so interessant wie die, die ich hinter mir habe. Mir scheint, daß manche Leute den Komplex haben, ihre eigenen Komplexe anderen Menschen zuzuschreiben.
Ich weiß nicht, in welchem meiner Artikel Frau Anonyma das verbrecherische Wort »Mädchen« gefunden hat, sie hat es mir nicht mitgeteilt. Es ist mir jedoch schon vor längerer Zeit ein Satz unterlaufen, der mit den Worten »Sekretärinnen sind Frauen und Mädchen . . .« begann, und ich habe damals auch einen protestierenden Brief bekommen, allerdings einen unterschriebenen. Die Autorin war der Meinung, daß das Wort »Mädchen« oder »Fräulein« ein weibliches Wesen entwürdigt und gegen die Grundsätze der Gleichberechtigung und der Emanzipation verstößt.
Die ganze Aufregung ist mir unverständlich. »Mädchen« ist ein schönes Wort mit einer Ladung von Sympathie. Selbst durch Zutaten – ausgenommen vielleicht »spätes« oder »ältliches« – kann man es kaum schlechtmachen. Wenn man be-

leidigen will, muß man schon »dumme Frau« oder gar »blödes Weib« sagen – »dummes Mädchen« klingt noch immer niedlich und liebevoll. Wenn immer ich eine Frau »Mädchen« nenne, meine ich's gut, egal, wie alt sie ist. Wenn ich einmal eine Siebzigjährige lieben würde, werde ich zu ihr »mein Mädchen« sagen und nicht »meine liebe Matrone« oder »meine liebste Mitmenschin«.
Ich habe im Wörterbuch nachgeschlagen. »Mädchen« bedeutet eine Jugendliche weiblichen Geschlechts. Seit wann ärgern sich Frauen, wenn man sie als jugendliche weibliche Wesen anspricht? Und warum?
Wie viele Minderwertigkeitskomplexe muß man haben, um sich einer Anrede wegen aufzuregen? Welcher Mangel an Selbstsicherheit führt dazu, daß man die ganze Emanzipation von der Titulierung abhängig macht? Mich kann man meinetwegen »Pipifax« nennen, wenn man mir sonst nichts antut oder antun will. Seit Jahren wird mir eine Zeitschrift zugestellt, adressiert an »Frau Gabriel Laub«, und ich habe mir nicht die Mühe gegeben, beim Vertrieb anzurufen, um es zu berichtigen; ich habe schon Honorare als »Fräulein Gabriele Laub« zugeschickt bekommen und sie nicht abgelehnt. Obwohl ich sie als fetter, ältlicher Knabe verdient habe.
Meine anonyme Schimpfkanone empört, daß das Wort »Mädchen« – ihrer Meinung nach – Unerwachsenheit unterstellt. Sie mag sogar zum Teil mit dieser Auslegung recht haben. Nur, daß hier »unerwachsen« positiv, als Vorteil gemeint ist. Die Dame möchte unbedingt als Erwachsene, ja als Erwachsenere angesehen werden, weil sie »erwachsen« mit »voll« und »überlegen« gleichstellt. Ist das nicht eine kindische Ansicht? Wir sehnten uns alle danach, erwachsen zu sein, als wir noch Kinder waren. Für einen Erwachsenen ist das Erwachsensein eine Selbstverständlichkeit und kein Vorteil. Ja, selbst Kinder haben heute erwachsenere, weniger romantische Ansichten über das Erwachsensein. Mein Sohn sagte mir – er war damals vielleicht sieben –, daß er lieber für

immer ein Kind bleiben möchte, da die Erwachsenen so viel Arbeit und Sorgen haben.
Ist es denn so schlimm, unerwachsen zu sein? Als Unerwachsener hat man ja noch Möglichkeiten, sich zu entwickeln. Man kann Dinge machen, die ein Erwachsener nicht tut – und zwar nicht deshalb, weil sie nicht richtig wären, sondern weil man es eben als Erwachsener nicht tut. Erwachsen heißt noch lange nicht automatisch »klug«. Wer als Erwachsener klug ist, muß schon als Kind klug gewesen sein.
Wer unerwachsen ist, kann immer noch wachsen – die bereits Erwachsenen können nur noch alt werden. Erwachsen zu sein bedeutet aber auch, sich damit abgefunden zu haben, daß man schon erwachsen ist, und auch das schön zu finden.
Hätte ich jetzt einen Becher in der Hand, würde ich auf das Wohl jener Jungen und Mädchen aller Altersstufen trinken, die keine Komplexe haben. Weder der Unerwachsenheit, noch der Erwachsenheit wegen.

Schönheitssteuer für Frauen?

Eine Gelehrten-Runde diskutierte neulich über wirkliche – nicht nur gesetzliche – Chancengleichheit der Menschen. Bei dieser zwangsläufig recht abstrakten Diskussion fiel auch die Frage, ob schöne Frauen nicht mit einer Sondersteuer belegt werden sollten, weil ihnen ihre Schönheit zusätzliche Chancen im Lebenskampf bietet.
Für die strapazierten Staatsfinanzen wäre so eine Frauenschönheitssteuer ein fetter Brocken. Es gibt nämlich keine unschönen Frauen. Schönheit ist relativ, sie hängt zum Beispiel auch von der Breite des vorhandenen Angebots ab. Eva war zweifellos die schönste Frau ihrer Zeit.

Ob diese Steuer die bezweckte Wirkung haben wird, nämlich die Chancen einer schönen Frau zu mindern, ist zu bezweifeln. Im Gegenteil, sie wird ihr neue Vorteile in unserer ausschließlich preisorientierten Welt verschaffen. Man kann schon die Heiratsanzeigen voraussehen: »Blondine, 28/164/56, 3000 DM Schönheitssteuer monatlich, sucht finanzstarken Lebenspartner.«
Je mehr Steuern eine Frau zu zahlen haben wird, um so größere Chancen wird sie haben.
Es könnte die erste Steuer in der Geschichte der Menschheit werden, die man freiwillig zahlen wird, ja man wird sich darum reißen, die Höchstsätze zahlen zu dürfen. Man wird nicht einmal Bemessungskommissionen einsetzen müssen – eine freiwillige Steuererklärung wird dem Staat genug Mittel einbringen.
Es wäre auch sehr schwierig, solche Kommissionen zusammenzusetzen. Männliche Mitglieder würden in schwere Gewissens- und Interessenkonflikte geraten. Aus Prestigegründen und aus Angst vor privaten Sanktionen müßten sie ihre eigenen Frauen und Freundinnen in die höchsten Kategorien einstufen – was mit ihren ökonomischen Interessen und bei vielen Verheirateten mit ihrer Überzeugung kollidieren würde. Aber auch wenn es um fremde Frauen geht, könnte eine objektive, das heißt nach subjektivem Geschmack ausgerichtete Beurteilung zu großen Komplikationen führen, vor allem zu Hause.
Eine Frauenkommission würde fast alle Frauen von der Steuer befreien, nur sich selbst und einige besonders unattraktive, konkurrenzunfähige Geschlechtsgenossinnen besteuern.
Nichtmilitante Lesbierinnen würden als Kommissionsmitglieder die gleichen Probleme haben wie Männer und Frauen.
Feministinnen würden fast alle Frauen mit Steuern belegen: Aus ideologischen Gründen, weil weibliche Schönheit ein

Zugeständnis an männliche Ausbeuter ist, und aus privater Rache.
So oder so – da man auch die strengsten Kommissionen überrumpeln kann – würden alle Frauen die Schönheitssteuer zahlen.
Somit verstößt dieses Projekt gegen das Verfassungsprinzip von der Gleichheit der Geschlechter und kann nicht realisiert werden.
Gut so. Sonst hätten im Endeffekt wir Männer es bezahlen müssen.

Der Busen sorgt für Aufregung

Man liest am frühen Morgen die Zeitung und findet gleich auf der ersten Seite eine aufregende Nachricht: »Die Busen werden größer. An der Spitze liegen deutsche Frauen mit einem Schnitt von 96,6 Zentimetern. Schon jetzt klagen die BH-Hersteller, daß sie ihre Maschinen umstellen müssen.«
Das heißt, mich kann die Nachricht nicht aufregen, selbst am frühen Morgen nicht: Erwachsene Männer schätzen den Busen einer Frau nicht an sich und nicht der Größe nach, sondern als harmonische Komponente des Ganzen. Mich freut nur, daß die Statistik auch mal etwas Handfestes bringt, an das man sich halten kann.
Auch die BH-Fabrikanten haben keinen Grund zu klagen. Je größer die Busen, um so mehr Frauen werden zum Büstenhalter zurückkehren, somit wird sich für die Industrie die Umstellung der Maschinen und der Mehraufwand an Stoff lohnen.
Ich stelle mir jedoch vor, wie sich über die Entwicklung der Busen die Kämpferinnen für die radikale Frauenemanzipation

aufregen werden. Der steigende Busen-Trend ist nämlich ausgesprochen reaktionär. Erstens wird er bei den Männern eine steigende Reaktion unterstützen. Zweitens wird er den Unterschied zwischen Mann und Frau, den man doch abschaffen will, wieder größer und sichtbarer machen.

Die Emanzen selbst haben zwar nur selten Probleme mit ihren eigenen Busen. Die meisten von ihnen haben, dank ihrem entwickelten Bewußtsein, in dieser Hinsicht einen vollen Ausgleich mit den Männern erreicht. Falls sie doch Busen haben, verstehen sie es, ihn erfolgreich herunterzuspielen.

Es geht um die anderen. Der weibliche Busen ist ja ein Instrument der Unterdrückung der Frauen. Seit Jahrtausenden pflegen und bearbeiten die männlichen Chauvinisten dieses Instrument, um die Frauen zum Kinderstillen zu verdammen und somit ihre Abhängigkeit perfekt zu machen. Die durch die Männerherrschaft erzwungene unterschiedliche Entwicklung der Brüste verhindert jede gerechte Arbeitsteilung auf diesem Gebiet. Die zu Milchproduzentinnen erniedrigten Frauen müssen mit der eigenen Brust auch ihre potentiellen Unterdrücker ernähren, die Kinder *männlichen* Geschlechts.

Die Feststellung, daß die Busen wachsen, ist keine gute Nachricht für diejenigen, die die Unterschiede zwischen den Geschlechtern total abschaffen möchten. Die Natur und die Frauen stimmen auf diese keineswegs unauffällige Art dagegen.

Ein entwickelter Busen behindert den Kampf gegen die Männer in doppelter Hinsicht. Erstens, beim harten Kampf Brust an Brust steht er dazwischen, mildert den Zusammenstoß und lenkt beide Seiten ab. Zweitens, aus irgendwelchen unerklärlichen Gründen sind Frauen mit Busen weniger kampflustig gegen die Männer eingestellt. (Ich habe für diese Behauptung zwar keine wissenschaftlichen Unterlagen, verlasse mich jedoch auf langjährige empirische Beobachtungen.) Der offenbare Nachteil der entwickelten Vorteile besteht darin, daß sie die Bildung des emanzipatorischen Bewußtseins

bremsen. Es ist nicht meine Sache, nachzuforschen, warum dem so ist, denn mich stört es nicht.
Tatsache ist, daß viele rückständige Frauen dieses Symbol der Ungleichheit nicht nur mit Würde, sondern auch mit Stolz tragen.

Der Kuß

Herr Dr. Pieter Medz, ein niederländischer Soziologe, empfindet beim Küssen nichts Angenehmes, vor allem beim Mund-zu-Mund-Kuß nicht. Er beschäftigte sich schon seit Jahren wissenschaftlich mit dem Kuß, erzählte er bei einem medizinischen Kongreß, und kann dabei nichts Erotisches oder Romantisches finden. Ein Handschlag mit Daumenstreicheln ist seiner Meinung nach viel erotischer.
Soweit wäre das noch keine Sensation, jeder hat so seine unempfindlichen Zonen. Bei mir sind es zum Beispiel die Brustwarzen (meine eigenen, bei weiblichen bin ich empfindlich) und die Oper. Da empfinde ich wie im Ehebett am Vorabend der Goldenen Hochzeit – ich kann schon bei der Ouvertüre einschlafen. Manche Frauen empfinden nach Zeugnis von Alice Schwarzer und Shere Hite nichts, wenn sie penetriert werden (wenn möglich – Partner wechseln!).
Woher das bei dem Herr Doktor kommt, kann man leicht verstehen, er hat sich ja mit dem Küssen wissenschaftlich beschäftigt, sine ira et studio, ohne Zorn und ohne Vorliebe, folglich auch ohne Vergnügen. Sexuelle Spiele sind immer noch eine Kunst und keine Wissenschaft, und so wird es auch bleiben. Bedauern muß man den Wissenschaftler auch nicht besonders, er hat ja zum Ausgleich sehr empfindliche Hände, die schon beim Handschlag erotisch reagieren. Und Finger

bleiben bei einem Mann fast genauso lange funktionsfähig wie Zunge und Lippen.
Schlimm ist, daß der Soziologe aus seiner Unzulänglichkeit, beziehungsweise schlechten Erfahrung, eine allgemeingültige Theorie macht. »Küssen ist Unfug«, behauptete er, »der Kuß ist eine über die Jahrhunderte hinweg aufrechterhaltene Trickbetrügerei.« Es ist heute Mode, eigene Probleme theoretisch zu verallgemeinern. Die Schwarzer baute ihre Theorie auf Aussagen von zwölf Frauen auf. Die Hite hat mehr befragt, aber auch ihre Umfrage haben von hunderttausend Angesprochenen fast siebenundneunzigtausend nicht beantwortet – möglicherweise wollten sie die Zeit lieber für ein paar gute Stunden im Bett nützen und bilden somit die vergnügt stöhnende Mehrheit. Welche Probleme ein Ernest Bornemann hat, der die Geschlechter abschaffen möchte, Kinder in der Retorte herstellen und Sex auf Streicheln reduzieren, kann man sich gar nicht vorstellen.
Die Theorie des nur-klitoralen Orgasmus ist dabei gar nicht ganz von der Hand (und von der Zunge) zu weisen. Wahrscheinlich werde ich mich ihr einst voll anschließen, vielleicht noch bevor ich achtzig werde.
Um so mehr kann man sich das Küssen nicht nehmen lassen. Nichts gegen Handarbeit, der Kuß ist aber unersetzbar. Man sagt ja von aufrichtigen Menschen: »Was auf dem Herzen, das auf der Zunge.«
Übrigens, die Handschlagmethode von Dr. Medz mit dem Daumenstreicheln war uns schon bekannt, als ich noch Schüler im fernen Samarkand war. Man rieb dabei leicht mit dem Zeigefinger die Handfläche des Mädchens, und das bedeutete »Willst du?«. Man bekam dann entweder eine Ohrfeige oder aber einen stärkeren Händedruck – aus Schamgefühl rieben die Mädchen unsere Handflächen nicht. Im letzteren Fall sah man sich gleich nach einem Plätzchen im Schatten um. Aber wir wußten schon damals auch, daß der Kuß eine Anfrage im oberen Geschoß ist, ob unten die Einfahrt frei ist.

Der Kuß ist seit Jahrtausenden – und nicht seit Jahrhunderten, wie der niederländische Soziologe meint – eine Vertrauenserklärung. (Gemeint sind erotische Küsse, nicht die, die ein Breschnjew mit Staatsmännern austauscht, die er ein paar Tage später stürzen läßt.) Der berüchtigte Bakterienaustausch, mit dem uns manche Wissenschaftler, auch Dr. Medz, abzuschrecken versuchen, spielt dabei eine positive Rolle. Man sagt damit: »Ich habe keine Angst, mich von dir anzustecken.« Und: »Sollte ich mich angesteckt haben, ist es schon passiert. Jetzt hindert uns nichts mehr, weiterzumachen.«
Den hohen Intimitätswert des Kusses illustriert ein alter Witz: »Ach, Hans, küß mich bitte, küß mich!« »Aber Lotte, du weißt doch, daß ich ein verheirateter Mann bin! Ich hätte schon nicht mit dir ins Bett gehen dürfen!«
Man hat uns auch mit der Behauptung abzuschrecken versucht, daß ein sexbetonter Kuß die Lebenserwartung kürzt – um drei bis acht Minuten, je nach der Phantasie der Theoretiker. Na und? Wie lange möchte man ohne Küssen leben? Nein, bei aller Wissenschaftsgläubigkeit haben Anti-Lippenbekenntnisse und der Vorschlag, den Zungenschlag durch den Handschlag zu ersetzen, keine Chancen.

Wertvolle Mädchen

Im Zusammenhang mit der Erdöl-Preisexplosion sind in Libyen auch die Preise für Frauen enorm gestiegen. Früher konnte man eine Braut schon für 7000 Mark, ein Kamel, ein paar Schafe und ein oder zwei Goldstücke haben. Heute ist ein libyscher Freier froh, wenn er die Auserwählte für 24000 Mark, ein Auto, ein Kamel, ein paar Schafe und einige Goldstücke bekommt. In Einzelfällen wurden für eine Braut schon

70 000 Mark verlangt. Viele Libyer holen sich Bräute aus den erdölarmen Ländern Tunesien und Ägypten, wo sie nur 500 Mark kosten.

Die europäischen Männer haben keinen Grund, darüber zu lachen; auch von ihnen hat keiner seine Ehefrau umsonst. Der Unterschied ist nur, daß die einen bar im voraus zahlen, die anderen das Leben lang in alltäglichen Raten. Und die Ärmsten müssen überall den vollen Preis abarbeiten.

Mich freut an dieser Nachricht ganz privat, daß sie noch einmal bestätigt, was ich zu Beginn der Erdölerpressung in einer Glosse vorausgesagt habe: Daß die Erhöhung der Preise den Erdölscheichs nicht nützen wird, weil sie dann für alles, was sie brauchen, auch mehr bezahlen müssen.

In den erhöhten libyschen Brautpreisen steckt aber viel mehr. Erstens hilft die veränderte Brautmarktlage, die sozialen Unterschiede in Libyen auszugleichen: Ein Teil des Ölgeldes wird den Brautvätern zukommen. Mit Recht, weil sie zum Entstehen der Mädchen mehr beigetragen haben als die Ölbesitzer zum Entstehen des Erdöls. Und die armen Libyer, die weder Öl noch Töchter haben, werden bei diesen Preisen nicht heiraten, also sich auch nicht fortpflanzen können, womit sich das Problem der Armut von allein radikal lösen wird.

Andererseits werden die erhöhten Kaufpreise das Selbstbewußtsein der arabischen Frauen stärken und so zu ihrer Emanzipation beitragen. Daß die Nachfrage nach Frauen von Dauer sein wird – darauf kann man sich verlassen. Es ist ja keine Saison- und keine Modeware, und die Mohammedaner haben, Allah sei Dank, die Vielweiberei.

Daß die Produktion in den armen Ländern nicht ausreicht, muß man auch nicht befürchten. Deshalb ist der Frauenexport für sie ein wahrer Segen – es ist die erste Art von Entwicklungshilfe, die auch den Armen in den armen Ländern, nicht nur ihren reichen Mitbürgern zugute kommt.

Hinzu kommt noch, daß die Ausfuhr von jungen heiratsfähi-

gen Frauen aus den armen Ländern ihre Bevölkerungsexplosion mildern wird.
Auch die Industrienationen werden von dem libyschen Hochzeitskuchen ein kleines Stückchen abkriegen, da im Brautpreis jetzt auch ein Auto inbegriffen ist. Und sollten die Preise noch steigen, werden die Brautväter vielleicht ein Auto mit Chauffeur verlangen; für die vornehmsten (oder für die mit den schönsten Töchtern) wird es natürlich ein europäischer Chauffeur sein müssen. Dies wird wiederum die Arbeitslosigkeit in Europa abbauen helfen.
Man müßte eigentlich Berichte von den Bräutebörsen in den Ölländern in europäischen Zeitungen drucken. Sie werden mehrere Heiratswillige anlocken, dorthin zu reisen, was eine Konjunkturbelebung für Arabisch-Lehrer, für die Luft- und Schiffahrt bedeuten würde.
Ohne weitere Zusammenhänge zu verfolgen, kann man schon jetzt feststellen, daß die gestiegenen Frauenpreise in Libyen zur Ankurbelung der kriselnden Weltwirtschaft beitragen, was zu begrüßen ist. Zumal alle anderen Maßnahmen zur Verbesserung der Weltwirtschaftslage weit weniger versprechen.

Umgang mit intellektuellen Frauen

Intellektuelle Frauen sind nicht abzulehnen. Man soll sie lieben, denn sie brauchen es vielleicht noch mehr als die anderen. Sie sind Frauen, auch dann, wenn sie vorhaben, bessere Männer zu sein.
Das verbreitete Vorurteil, daß ein blondes Geschöpf ohne Intelligenz mehr Spaß bringt – man findet diese Behauptung schon im Buch über den braven Soldaten Schwejk –, ist ein

Vorurteil. Es gibt ja auch Pausen – die werden mit dem zunehmenden Alter immer länger, und man kann sie nur mit Gesprächen sinnvoll füllen. Eine Frau, mit der man sich nicht unterhalten kann, macht auf die Dauer keinen Spaß. Auch nicht für die Dauer einer Nacht.
Es ist zwar nicht jedermanns Hobby, nach Mitternacht Gespräche über Joyce, Zwölftonmusik oder altchinesische Miniaturen zu führen, beziehungsweise die sozialwirtschaftliche Situation der Insel Tombo-Mombo zu analysieren. Aber es ist immer noch besser, als über Pop-Sänger, Fernsehkrimis und Mode zu reden. Zumal das letzte Thema auch finanziell gefährlich werden kann.
Für Herren, die nicht mehr unbedingt jugendlich und sportlich aussehen und sind, haben intellektuelle Frauen den großen Vorteil, daß sie auch innere Werte zu schätzen wissen; und daß sie sich nicht nur mit handfesten, harten Argumenten, sondern auch mit logischen, quasi-logischen und vor allem ideologischen überzeugen lassen.
Gebildete Frauen sind auch die besseren Geliebten, weil sie aufgeweckter sind, mehr Phantasie und manchmal sogar mehr Intelligenz als die anderen besitzen. Ein Liebesakt ist ja für beide Seiten die härteste Intelligenzprüfung. Eine Prüfung, bei der der Mann nicht mogeln kann und die Frau nur, wenn sie sehr intelligent ist.
Die Sprachgewandtheit ist freilich oft mit Redseligkeit verbunden, und dies ist nur dann ein Vorteil, wenn man auch selbst lieber nur reden möchte. In dem anderen, also in dem normalen Fall, muß man mit dem Gespräch vorher sehr vorsichtig sein, denn es könnte sonst zum Gespräch anstatt werden. Tiefsinnige Themen soll man sich grundsätzlich für die Zeit hinterher reservieren. Vorher sind nur tiefsinnliche Gespräche zu empfehlen.
In der Einleitungsphase sind vor allem ideologische Gespräche zu meiden. Die Dame kann nämlich dabei zu dem Schluß kommen, daß die Ansichten des Herrn über Klassenkampf,

Gott, Frauenemanzipation, Yoga, Literatur oder Psychologie falsch seien, und ihre schon getroffene positive Entscheidung ändern. Aber auch wenn man keinen ideologischen Schnitzer macht, kann eine Unterhaltung über die Berechtigung der Revolution und revolutionäre Strategie dazu führen, daß sich die geistvolle Frau erst gegen sechs Uhr morgens auf ihre Sinne besinnt, wenn man selbst nur noch den Schlaf im Sinn hat.

Das Verführungsmittel Nr. 1 – Alkohol – soll man bei gebildeten Frauen mit viel Bedacht einsetzen, streng dosiert. Denn – um einen Aphorismus von Stanislaw Jerzy Lec abzuwandeln – Alkohol und Ideologie vertragen sich nicht: Wenn man in jemand Alkohol reingießt, kommt die Ideologie raus. Und das bedeutet immer zumindest eine Verzögerung.

Das größte Problem bei intellektuellen Frauen ist, daß sie viel mehr Probleme als alle anderen Menschen haben: Nämlich die weiblichen und die der Intellektuellen. Dazu sind die meisten von ihnen in Probleme verliebt und können ohne sie nicht leben.

Falls sie sich auf ihre Probleme nicht einlassen, ist ihr Erfolg problematisch. Wenn sie sich aber auf sie einlassen, ist er noch problematischer: Probleme haben nicht die Eigenschaft, die Lust zu steigern. Also: Man muß die Probleme der Partnerin akzeptieren, aber das Gespräch über sie aufs Hinterher verlegen.

Nach einem gelungenen Liebesakt werden ohnedies alle Probleme geringer und leichter.

Das schöne Gespräch mit einer intellektuellen Partnerin hinterher entlohnt den Mann für alle Schwierigkeiten des Vorhers. Und wenn man ein wenig geschickt ist, kann man dieses Gespräch nach Herzenslust oder -Unlust kürzen oder ausdehnen.

Wollen sie eigentlich heiraten?

Wenn eine Frau inseriert: «32/165, blond, schlank, Beamtin, mit einer süßen 3jhr. Tochter, sucht netten Mann, Akademiker bevorz., keine Bedingung«, dann weiß ich, daß diese Frau einen Ehemann braucht.

Wenn in der Zeitung steht: »Apothekerwitwe 39/168 sucht Mag. Ph. bis 45, kl. Verm. aus Paritätsgründen erwünscht«, dann braucht sie einen Geschäftspartner, der aus Sparsamkeitsgründen auch den Sexualnotdienst verrichten soll. Und alles ist klar.

Wenn aber eine schreibt: »Ich liebe Mondschein und Händel, aber auch konkrete Musik und sonnige Küsten, lange Gespräche und Schweigen zu zweit, modernes Theater, Proust, Kafka und Joyce, interessiere mich für Zen-Buddhismus, frühes Christentum, antiautoritäre Erziehung, psychologische und soziologische Probleme, naive Malerei, antike Möbel, experimentelle Poesie, ferne Reisen, exotische Küche und kleine Kinder« – was soll man damit anfangen?

Angenommen, daß diese kulturvolle Dame tatsächlich alle diese Interessen hat. Dann braucht sie eine gute Stereoanlage, eine Bibliothek, ein Theaterabonnement, einen Diskussionskreis und genug Geld für Reisen und exotische Restaurants. Einen Mann allenfalls dafür, alles zu besorgen und zu bezahlen und eventuell sie noch zu begleiten. Sonst bleibt ihr doch bei ihren zahlreichen Neigungen gar keine Zeit für ihn. Aufgrund dieser Interessen kann man mindestens sechs Vereine gründen, aber keine Ehe.

Solch eine Anzeige kann vielleicht einen verkannten Poeten verlocken, der hofft, für den Preis der Heirat endlich ein Auditorium zu finden. Ich fürchte jedoch, daß selbst er enttäuscht sein wird: Eine Dame, die so mit Problemen vollgestopft ist, will selber reden und nicht ihrem Mann zuhören. Und wovon soll auch ein armer Schreiber das alles finanzie-

ren? Seine potentielle Partnerin hat ja offensichtlich keine Zeit, Geld zu verdienen.
Zu schätzen wäre natürlich die Vorliebe der Ehekandidatin für das »Schweigen zu zweit«. Es ist jedoch zu befürchten, daß dies nur für die Zeit von zwei Uhr nachts bis zum Frühstück gilt und dann höchstens für die kurzen Pausen zwischen den Gesprächen über Joyce, Pinter und Guru Singh.
Dann ist noch die Kinderliebe wichtig. Bertrand Russell hat schon vor Jahrzehnten gesagt, wenn es keine Kinder gäbe, brauchte man keine Ehe. Welcher verantwortungsvolle und nicht unbarmherzige Mann wird es aber wagen, Kinder in die Welt zu setzen, die dann antiautoritär, nach den modernsten Regeln der psychologischen Wissenschaft und mit Hilfe von Yoga-Übungen erzogen werden?
Der Verdacht liegt nahe, daß eine Frau, die auf diese Art inseriert, überhaupt nicht heiraten will – sie will nur schwarz auf weiß bestätigt haben, daß sie ein subtiles, gebildetes, modernes Wesen ist.
Wie lange kann man im Mondschein spazieren und über diese erhabenen Dinge reden? Ein Jahr? Eineinhalb? Dann wird man entweder melancholisch und für psychiatrische Behandlung reif, oder man wird zum Mörder und geht ins Gefängnis.
Und trotzdem werde ich heiratslustigen Männern nicht abraten, auf solche Anzeigen zu antworten. Wahrscheinlich ist die Dame in Wirklichkeit gar nicht so, wie sie sich in der Anzeige darstellt. Im Grunde will sie einen netten Mann, mit dem man nicht nur darüber sprechen kann, daß die Suppe versalzen ist oder der Krimi im Fernsehen wieder blöd war. Sie will mit ihm manchmal ins Theater und zum Tanzen gehen und ab und zu von ihm drei Rosen bekommen. Im übrigen will sie brav ihrem Beruf weiter nachgehen, als Beamtin, Sekretärin oder Lehrerin, vielleicht auch dann, wenn die lieben Kleinen, die kommen, ein bißchen größer sind. Sie will zwei, ein Mädchen und einen Jungen, und wird schon dafür sorgen,

daß sie gut essen, sauber sind und gut lernen; sie wird zwar auch einige pädagogische Bücher kaufen, die Kinder werden ihr jedoch schnell beibringen, daß sie auf Theorien pfeifen. Von exotischen Gerichten kennt sie nichts und mag nur bayerische oder Tiroler Semmelknödel. Über frühes Christentum und Proust wird sie nur gelegentlich in der Gesellschaft diskutieren, was ganz passend und repräsentabel ist. Die Formulierung der Anzeige ist eine Kriegslist: Sie glaubt, daß der Mann, der noch zu haben ist, eben diese Dinge mag. Heiraten Sie diese Damen, meine Herren, falls Sie überhaupt heiraten wollen. Eine Frau, die bereit ist, so viel Kultur über sich ergehen zu lassen, wird eine opferbereite, anpassungsfähige, dankbare, liebevolle und treue Frau sein.

Die Hochzeit ist wichtig

Dies geschah in einem jugoslawischen Dorf: Die Hochzeit war vorbereitet, achtzig geladene Gäste waren versammelt, und wer nicht gekommen war, war die Braut. Sie verschwand, niemand wußte, wann und wohin. Der junge Bräutigam überlegte nicht lange, sondern bat eine junge Nachbarin um ihre Hand; auch sie zögerte nicht lange und gab sie ihm, samt Herz, Unschuld und Mitgift oder was man sonst Schönes in so einem wojwodinischen Dorf in die Ehe mitbringt. Die Hochzeit fand statt, mit Schmaus und Braus, und alle waren zufrieden.
Ich finde diese wahre Geschichte sehr lehrreich.
Erstens gefällt mir, daß es die Braut war, die verschwand, und nicht – wie in solchen Fällen üblich – der Bräutigam. Wäre er es gewesen, wäre die ganze Geschichte wohl nicht des Erzählens wert. Es hätte sich um ein normales, obwohl ein biß-

chen spätes Aufflammen des Selbsterhaltungstriebes gehandelt. Daß sie es aber tat, beweist, daß sich die Emanzipation bis in die ländliche Wojwodina ausgebreitet hat.
Hoffentlich meinte sie das Verschwinden ernst, daß es also kein Versuch war, den Bräutigam auf die Probe zu stellen. Dies wäre aber eher von einer halb- bis viertelintellektuellen Zicke zu erwarten, von der Sorte, die Emanzipation, Romantik, hohe Selbsteinschätzung, Unsicherheit, unverdaute Formeln und das Nicht-wissen-was-sie-Wollen durcheinandermischen. Hatte das Mädchen vom Lande so gehandelt, hat es das Nachsehen.
Auch der Bräutigam handelte richtig. Essen für achtzig Personen kostet viel Geld, es wäre unökonomisch, es verkommen zu lassen. Vielleicht hätte er auch nie mehr den Mut gehabt, noch einmal eine Hochzeitsfeier vorzubereiten. Der Hochzeitstag ist aber der schönste Tag der Ehe, manchmal sogar der einzige schöne, man soll sich ihn nicht verderben lassen.
Das junge Ehepaar hat bewiesen, daß die Tatsache des Heiratens mehr Bedeutung hat als die, wen man heiratet. Die Chancen eines zufriedenen Zusammenlebens sind mit der Stegreifbraut genauso gut und genauso schlecht wie mit der ersten, der Auserwählten.
Daß sich die jungen Leute nicht so gut kannten, kann nur von Vorteil sein. Sie brachten in die Ehe die vorehelichen Freuden: Das Auf-sich-neugierig-Sein, das Abtasten (ich meine vor allem das seelische), die eventuelle Geburt der Gefühle. Sie haben auch die gegenseitige Dankbarkeit als Hochzeitsgabe. Er muß ihr dankbar sein, weil sie sich so schnell entschlossen hat, sie ihm, weil er in seiner Not auf sie gekommen war. Man weiß ja – Freunde erkennt man in der Not.
Die erste Braut und ihre Gefühle ihm gegenüber glaubte der Mann ja zu kennen – und das Ergebnis? Dabei muß ich betonen, daß dies kein Vorwurf der Dame gegenüber ist, sie war hochanständig, daß sie schon *vor* der Hochzeit weggelaufen ist. Nicht jeder Bräutigam hat so viel Glück.

Daß der Mann nicht lange überlegt hat, war in diesem Falle auch ein Plus. Überlegen hilft ja sowieso nicht, und wer viel überlegt, heiratet nie.
Wer also heiraten will, soll die Hochzeit richten – eine Braut findet sich immer. Beim Anblick einer geschmückten Hochzeitstafel werden nur wenige Frauen »nein« sagen.
Diese Methode zu heiraten ist genauso gut wie jede andere.

Mal eine vernünftige Heirat

Der Junggeselle Ramon Garcia Diaz aus Puerto Rico verliebte sich während einer Urlaubsreise in die sechzehnjährige Mayra Tonaza Perez und hat sie geheiratet.
Dies ist ein verhältnismäßig häufiger und keineswegs außerordentlicher Vorgang, es gäbe keinen Grund, darüber die Öffentlichkeit zu benachrichtigen, wenn nicht die Tatsache, daß der Jungvermählte 115 Jahre alt war. Sein Alter allein wäre für einen Zeitungsbericht Grund genug, denn Menschen, die es schaffen, sich so lange auf unserem rotierenden Erdball zu halten, verdienen es, anderen als Vorbild vorgestellt zu werden. Es ist klar, daß sie das Geheimnis des richtigen, gesunden Lebensstils kennen. Es ist interessant, von ihnen zu lernen.
In der Zeitungsnotiz, die ich gelesen habe, wurde nur eine Aussage von Ramon Garcia Diaz notiert: »Ich hatte vorher niemals Zeit zum Heiraten. Ich war ein Abenteurer.«
Ein bißchen wenig Angaben für eine wissenschaftliche Analyse, allerdings zwei bedeutende haben wir: Abenteurer und Junggeselle. Will man sie als Rezept für das lange Leben auf einen gemeinsamen Nenner bringen, ergibt sich folgendes: Ein spannendes Leben ohne eheliche Spannungen. Mir scheint die Formel einleuchtend zu sein.

Um einen Teil der Lorbeeren hat sich Herr Garcia Diaz durch seine offenherzige Aussage gebracht – er gestand, daß er nicht aus Vernunft, sondern nur aus Zeitmangel so lange ledig geblieben war. Vielleicht war es aber eine Untertreibung, man möchte annehmen, daß man in so vielen Jahren lernt, bescheiden zu sein. Natürlich war es richtig, daß er jetzt doch geheiratet hat. Nach hundert Jahren abenteuerlichem Junggesellendaseins wird man selbst dessen überdrüssig und sehnt sich allmählich nach dem ruhigen Hafen der Ehe.
Man wird auch ein bißchen neugierig, wie es so auf der anderen Seite der Freiheitsgrenze aussieht.
Das Risiko, daß der Bund auf Lebenszeit einen unerträglich lange binden wird, ist in diesem Alter auch nicht allzu groß. Wird die Ehe nur einige Jahre dauern, wird der junge Ehemann nur ihre glücklichste Zeit absahnen, ohne die saure Milch der späteren Phasen schlucken zu müssen; wird sie dagegen noch zehn oder fünfzehn Jahre aushalten – was ich dem tapferen Mann wünsche –, wird er eine doppelte Bestätigung für die Richtigkeit seines Entschlusses finden: Weil er nichts davon versäumt hat, was andere verheiratete Männer erlebten, und weil er erst mit 115 heiratete.
Daß er ein sechzehnjähriges Mädchen geheiratet hat, finde ich auch richtig, ja klug. Unter den Altersgenossinnen von Ramon Garcia Diaz ist die Auswahl wahrscheinlich doch zu eng. Muß also die Frau sowieso viel jünger sein, spielt es schon keine Rolle, ob sie um fünfundvierzig oder neunundneunzig Jahre jünger ist. Zumal dem Bräutigam die Sechzehnjährige wahrscheinlich besser gefiel als eine Siebzigjährige. Wer auf sein Eheglück so lange wartete, verdient es, dafür belohnt zu werden.
Auch für Mayra war die Wahl richtig. Sie kriegt einen soliden, lebenserfahrenen Mann, der die abenteuerlustigen Flegeljahre schon hinter sich hat. Bei dem Alter ihres Mannes wird es ja für sie eine Ehe auf Zeit sein, in der sie vieles erlernen kann und reif werden. Dieser Bund bewahrt sie vor einer

leichtsinnigen Ehe mit einem unreifen Mann. Und wenn er dann ein Ende findet, wird sie noch jung genug sein, um geistig vorbereitet – und wahrscheinlich auch materiell gesichert – eine neue glückliche Ehe einzugehen.
An sich wäre es gut, solche Ehen auf Zeit allgemein als Vorbereitungsstufe einzuführen. An heiratswilligen Sechzehnjährigen wird es nicht mangeln. Nur der Vorrat der Überhundertjährigen ist klein.

Lauter elfte Frauen

Die fette Überschrift in einer Illustrierten »Jede elfte Frau geht fremd« hat mich erschreckt. Wenn dies wahr wäre, stünde es mit der Institution der Ehe sehr schlecht. Denn zu den Stützen einer dauerhaften und zufriedenen Ehe gehören zwei wichtige Säulen: Die erste ist Treue, die menschliche Treue, jene Bereitschaft, dem Partner in guten und schlechten Zeiten beizustehen, die man sich feierlich verspricht und die mit sexuellem Monopol nichts zu tun hat. Die zweite ist die sexuelle Befriedigung, die man in einer monopolistischen Beziehung auf die Dauer nur selten erhalten kann.
Ginge also nur jede elfte Ehefrau fremd, wäre es schrecklich – schrecklich wenig. Eine grauenhafte Vision: 91% oder – wenn wir die wenigen monogamen Naturen großzügig berücksichtigen – 85% unbefriedigter und infolgedessen intoleranter Ehefrauen, die ihre Ehemänner, Kinder, Nachbarn und Arbeitskollegen kaputtmachen!
Dem Computer sei Dank, die Zahl entstammt nur der gentlemännlichen Einstellung der Redaktion: Nur neun Prozent der befragten Damen haben zugegeben, daß sie neben ihrer Ehe sexuelle Beziehungen hatten, und das wurde in die

Schlagzeile übernommen. Wenn man die statistischen Tabellen genauer liest, ergibt sich ein ganz anderes Bild. Es haben zwar nur neun Prozent der Frauen nebeneheliche Beziehungen angegeben, aber nur 85% haben sie verneint. Sechs Prozent haben diese Frage nicht beantwortet. Warum? Weil sie sich schämten, monogamisches Verhalten zu gestehen? Mag sein, daß es auch solche gab – sagen wir ein Prozent. Dann gab es vielleicht ein Prozent solcher, die sich nicht entscheiden konnten, ob man einige wenige Liebesabenteuer schon als nebeneheliche Beziehungen bezeichnen kann, und sich der Antwort enthielten. Sagen wir, noch ein Prozent. Die restlichen vier Prozent haben nicht geantwortet, weil sie sich zum nebenehelichen Sex nicht bekennen wollten.

Daß man in dieser Hinsicht auch bei einer anonymen Umfrage Hemmungen hat, beweisen die Antworten auf die Frage nach der Billigung außerehelicher Intimbeziehungen verheirateter Menschen:

Nur sieben Prozent billigen es, obwohl es neun Prozent selbst tun. (Diese zwei Prozent – sind das arme zerrissene Wesen oder aber Genießerinnen, die die Lust am Abenteuer mit dem Vergnügen an edlen Gewissensbissen verbinden?) Man muß zu den neun klaren auch die vier verschleierten Prozente zugeben. Dreizehn Prozent von rund 14,5 Millionen deutscher Ehefrauen zwischen achtzehn und siebzig Jahren, das macht 1885000. (871000 Ehefrauen über siebzig und schätzungsweise 30000, die jünger als achtzehn sind, waren bei der Umfrage nicht vertreten.)

Meiner Meinung nach muß man von dem Kontingent der fremdgehenden Ehefrauen die meisten unter fünfundzwanzig Jahren (1,3 Millionen) abziehen, weil es sich vorwiegend um frische Ehen handelt, und dazu noch um junge Leute, die sexuelle Probleme kurzerhand durch Scheidung lösen. Abziehen müßte man auch die meisten Sechzig- bis Siebzigjährigen (etwa zwei Millionen), weil es sich in der Mehrzahl um alte erprobte Ehen handelt – um ungalante Argumente zu

vermeiden. Da es natürlich keine absolute Regel geben kann, die jungvermählte oder ältere Ehefrauen von dem außerehelichen Verkehr ausschließt, ziehen wir nicht 3,3, sondern nur 2,5 Millionen ab. Dann haben wir zwölf Millionen potentieller Fremdgehenden und 1,885 festgestellte. Das ist dann nicht jede elfte, sondern mehr als jede sechste.
Weiter: Nur ein Drittel der bundesdeutschen Bevölkerung lebt in Städten mit mehr als hunderttausend Einwohnern, ein Viertel in Städten von 10- bis 100tausend, zwei Fünftel in Gemeinden unter 10 000, davon zwölf Prozent in Gemeinden unter 1000 Einwohnern. Man müßte einen komplizierten Koeffizienten ausrechnen, um wieviel schwieriger ein Liebesabenteuer zugänglich wird, je kleiner der Ort ist, in dem man wohnt. Das übersteigt meine Möglichkeiten. Nehmen wir also nur die zwei Fünftel potentieller Ehebereicherinnen, die in Gemeinden unter 10 000 Seelen leben, also 4,8 Mio. Frauen. Ihre Bewegungsfreiheit ist mindestens zehnmal geringer als die der Großstadtfrauen, müßte man also 90% von ihnen von dem Potential der eventuell Fremdgehenden abziehen. Wir wollen jedoch voraussetzen, daß mehr als die Hälfte von ihnen sich nicht abschrecken läßt, und rechnen statt 4,3 Mio. nur zwei ab. Wir kriegen somit ein Verhältnis von 10:1,8885 Mio. Also mehr als jede fünfte Frau von den in Frage kommenden geht fremd.
Kommen wir zu den Tabellen der Umfrage zurück. Nur sieben Prozent der Befragten billigen den nebenehelichen Verkehr unbedingt, 35% aber sagen »es kommt darauf an«. Für wen hat man am meisten Nachsicht? Natürlich für sich selbst. Also! 17% der Ehefrauen sagen, daß sie ein intimer Verkehr mit einem Mann, den sie nicht lieben, zufriedenstellen könnte (vier durchaus, acht unter Umständen, fünf ja, aber nicht auf die Dauer, man könnte noch ein Prozent derer, die nicht geantwortet haben, hinzurechnen). Ein Teil von ihnen meint vielleicht ihre ungeliebten Ehemänner, die Mehrzahl jedoch fremde Männer. 56% der Frauen halten intime Bezie-

hungen für notwendig zu ihrem Glück, 40% aber üben sie mit ihren Ehemännern nicht aus oder nur gelegentlich. Man könnte fragen, wo sich denn die 56% von diesen 40%, also 4,248 Mio. ihr Glück verschaffen. Diese Rechnung ist jedoch demagogisch, weil diese 56% mit jenen 60% identisch sein können, die mit ihren Ehemännern regelmäßig sexuell leben.
Wenn man alles zusammenzählt, wird man wahrscheinlich feststellen, daß mindestens jede zweite Frau fremdgeht, wenn sie die Möglichkeit hat. Was für die Ehe gut ist und unseren Erfahrungen entspricht. Sonst müßte jeder glauben, daß er zwischen lauter elften Frauen lebt.

Studienfach: Hausfrau

Diejenigen, die den Beruf der Hausfrau für eine simple Beschäftigung halten, haben wohl diesen Beruf nie selbst ausgeübt. Egal, ob es männliche Traditionalisten sind, die »simpel« mit »leicht« gleichsetzen und deshalb diese Tätigkeit den Frauen vorbehalten, die sie als intellektuell minderwertig ansehen, oder Frauenrechtlerinnen, die unter »simpel« »schwer« verstehen und diesen Beruf als zermürbend, erniedrigend und unwürdig bezeichnen.
Die militanten Emanzipations-Walküren möchten das – ihrer Meinung nach – schmarotzende Drohnen-Unwesen Mann in die Hölle der Küche verbannen, womit sie sich nur im Geschlecht von den männlichen Geschlechtsrassisten unterscheiden. Man müßte die radikalen Behauptungen dieser beiden Gruppen mit Nachsicht hinnehmen, falls die Tatsache, daß sie von Dingen sprechen, die sie aus eigener Erfahrung nicht kennen, ein Grund für Nachsicht wäre, wovon ich nicht

überzeugt bin. Als Hausmann mit einigen Erfahrungen habe ich über die Haushaltsführung eine andere Meinung.
Die Haushaltung ist heute keine simple Arbeit. Sie war es wahrscheinlich nie, da der Haushalt schon immer auf dem Niveau der zeitgenössischen Technik und Ökonomie stehen und mit ihren Errungenschaften fertig werden mußte. Aber die Entwicklung der technischen Zivilisation macht den Hausfrauen und -männern schwer zu schaffen. In jedem anderen Betrieb führte diese Entwicklung zur weitgehenden Spezialisierung und Arbeitsteilung, nur im Haushalt nicht. Man verlangt von keinem Fabrikdirektor, daß er zugleich die Finanzplanung und den Einkauf, die Produktion und die Wartung der Maschinen, die Raumpflege und Raumausstattung selbst besorgt, den Nachwuchs ausbildet und erzieht, die Freizeitbeschäftigung der Betriebsangehörigen dirigiert und koordiniert und so weiter. Vielmehr hat er für jeden Bereich Spezialisten zur Hand.
Im Haushalt wird die Arbeit im harmonischsten Fall auf zwei Menschen verteilt – die Kinder, die mitunter auch ihren Teil übernehmen, werden nicht gleich groß geboren. Und keiner von ihnen ist ein Spezialist. Meistens ist es jedoch ein Ein-Frau-Betrieb, vielleicht nur mit dem des Schriftstellers oder der seltenen selbständigen Handwerker vergleichbar, zum Unterschied von ihnen aber oft noch mit einem Erwerbsberuf gekoppelt.
Der Beruf der Hausfrau oder des Hausmannes ist also gar nicht simpel, er ist einer der anspruchsvollsten überhaupt. Und trotzdem gibt es bislang keine Hochschule, die entsprechende Ausbildung liefern könnte. So eine Schule müßte allerdings ausgesprochen universal sein.
Sie müßte mindestens folgende Lehrstühle haben: *Für Mechanik, Maschinenbau und Elektrizität*, damit man nicht jedesmal verzweifelt, wenn die Heizung freitags gegen Mitternacht aussetzt, wenn die Waschmaschine anfängt zu summen und aufhört zu waschen, wenn die Geschirrspülmaschine sich

nicht einschalten will, wenn die Tiefkühltruhe und der elektrische Ofen plötzlich die Rollen austauschen, wenn der Staubsauger nur noch die Ohren bedroht, aber nicht den Staub.

Für *Diplomatie*, um einen Mechaniker rasch heranholen zu können, wenn unsere eigenen Kenntnisse doch nicht ausreichen.

Für *höhere Mathematik*, um die dann fälligen Rechnungen nachprüfen zu können, und für *Rechtswissenschaften*, damit man sich gegen die Firmen, die die Rechnungen schicken, auch wehren kann – obwohl dies meistens aussichtslos ist.

Für *Chemie, Physik* und *Warenkunde*, damit man die wirklichen Qualitäten von Waren erkennt und sein Geld nicht für Verpackungen und Firmennamen rausschmeißt.

Ein *Pfadfinder-Seminar* mit *Gedächtnistraining*, damit man in Warenhäusern die Waren findet, die billiger sind als anderswo, und nicht jene kauft, die hier teurer sind als woanders. Wer jedoch diese Regel konsequent einhalten will, muß sich auch sportlich trainieren lassen, um viel herumlaufen zu können.

Einen Lehrstuhl für *Psychologie* und *Neurologie*, damit man der Werbung und den Vertretern gegenüber die Nerven zu behalten lernt.

Einen Lehrstuhl für *Finanzwesen*, damit man lernt, bei alldem mit dem Haushaltsgeld auszukommen. (Leute, deren Finanzmittel nicht beschränkt sind, die sich zum Beispiel für den Haushalt auch einen Wartungsmechaniker leisten können, sind keine Hausfrauen oder -männer, sondern Hausherrinnen und -herren und sind nicht in unsere Betrachtung einbezogen.)

Einen Lehrstuhl für *Ernährungswissenschaft*, damit man sich nicht von den Diätrezepten in den Illustrierten verrückt machen läßt.

Nebst psychologischen müßte man in der Haushalt-Universität auch minimale *Medizinkenntnisse* erwerben, um unter-

scheiden zu können, ob das Kind am Montagmorgen tatsächlich Bauchschmerzen hat oder nur eine unangenehme Klassenarbeit erwartet.
Ich bin jedoch dagegen, daß man an dieser Universität auch in pädagogischen Disziplinen unterrichtet. Die Bildungsaufgaben übernimmt die Schule, und die Kunst der Erziehung kann man durch theoretische Schulung nicht erlernen. Die Hausfrauen und -männer haben so viele Aufgaben, daß sie ihr Studium auf die Fächer konzentrieren sollten, wo sie tatsächlich was Brauchbares lernen können.

Der Kampf um die Festung Küche

»Die Liebe geht durch den Magen«, sagt die alte Weisheit. Sie geht also – zumindest seit jener Zeit, als man zum erstenmal das Kochfeuer in das Innere der Höhle verlegte – durch die Küche. Und nicht nur die Liebe.
Seit die Menschen ihre Wohnhöhlen zweckmäßig aufgeteilt haben, ist die Küche neben dem Schlafzimmer der wichtigste Lebensraum der Familie. In diesen Räumen wird der familiäre Machtkampf entschieden. Welcher von beiden wichtiger ist, hängt überwiegend davon ab, wie lange die Ehe dauert – jedenfalls behauptet die Küche den ersten Rang länger.
Wer alt genug ist, erinnert sich noch an die Küchen unserer Großmütter. Wie bekannt, waren diese armen Frauen unterdrückt und in den Bereich der »drei K« – Küche, Kinder, Kirche – verbannt. Notgedrungen schmiedeten die wehrlosen Frauen aus diesen »drei K« ihre Waffen. Die Kirche gab ihnen politische und moralische Rückendeckung. Die Kinder waren ihre Janitscharen – Geiseln und Stoßtrupps zugleich. Die Küche war ihre Festung.

Hier waren sie absolute Herrscherinnen über heranwachsende Töchter, über dienstbare Seelen, über ein Mädchen für alles oder mindestens über den Herd, die Vorräte und die Töpfe.
Von hier aus belohnten sie die Familie mit Leckerbissen oder bestraften den Mann, der sich als Herr im Hause wähnte, mit versalzener Suppe; unterstützten die Familienvermögensbildung durch Sparmaßnahmen oder verhinderten sie durch Verschwendung; stimmten durch die Wahl der Speisen die Familie trübsinnig und brav oder heiter und leichtsinnig. Das nominelle Familienoberhaupt hatte keinen Zutritt in die Küche: Die schweren Küchengeschütze zielten wachsam auf die Tür. Die Töpfe sahen wie großkalibrige Mörser aus, die blankgeputzten Mörser wie eine strahlenwerfende Geheimwaffe, mit den eisernen Pfannen konnte man eventuellen Angreifern scharenweise die Schädel spalten, und die tiefen Kessel waren immer bereit, Pech zu erhitzen.
Die Küche war der magische Bereich der Hüterin des Feuers und mußte für die Männer geheimnisvoll bleiben. Selbst die Dienstboten, die hier aßen, betraten die Schwelle dieses Tempels des weiblichen Kults schüchtern und unsicher. Nicht einmal Söhne, erst Enkelsöhne der Herrin durften ab und zu in die Küche und bekamen hier sogar etwas zum Naschen.
Die Mädchen der Familie dagegen bekamen hier ihre erste Kriegsausbildung – hier lernten sie den treffsicheren Kuchen, der selbst bei kleiner Mitgift einen Ehekandidaten erlegen konnte, und jenen Braten, der den aggressivsten Ehemann versöhnlich stimmte.
Was ist aus der Festung Küche heute geworden? Ein Teil der Frauen hat sie aufgegeben, um sich zu emanzipieren. Sie haben den Machtkampf ins Schlafzimmer und auf die Rednertribüne verlegt. Weil es ihnen um die nominelle und nicht um die tatsächliche Macht geht. Und weil der Positionskrieg nicht mehr modern ist – man führt den Krieg heute vorwiegend operativ.

Ein Teil der Männer hat die Festung Küche erobert, um sich zu emanzipieren. Zuerst wurden sie hierher als Kriegsgefangene gebracht, zum Tellerwaschen und Abtrocknen. Um sich zu befreien, haben sie die Küchenarbeit mechanisiert und chemisiert – womit sie es auch allen Frauen, die in der Küche bleiben wollen oder müssen, leichter gemacht haben. Jetzt stehen sie schon dort auch als Köche.

Für den Mann bedeutet die Eroberung der Küche ein Stück Unabhängigkeit – ob er hier allein herrscht oder als gleichberechtigter, beziehungsweise nur geduldeter Mitkoch agiert. Das Tabu, das Geheimnis des magischen Kreises wurde durchbrochen.

Die Küchenrevolution fand zuerst nur in der vordersten Linie statt. Auf der breiten Front, im zweiten und dritten Glied sitzen noch überall hinter den Küchenschanzen Frauen, obwohl viele lustlos, zwangsmobilisiert. Was wiederum nicht bedeutet, daß sie ihre überlegene Position nicht auszunützen wüßten. Ich kenne einen Mann aus dem Süden, der sich nach Braten mit viel Knoblauch und scharfem Gulasch sehnt, und der von seiner norddeutschen Frau mit Labskaus und Gemüseeintopf diszipliniert wird. Und die einzige Rebellion, die er sich erlaubt, besteht darin, daß er Geschäftsfreunde in ein griechisches Restaurant einlädt. Aber der Durchbruch ist da, die Festung Küche erweckt heute so wenig Furcht wie die Maginot-Linie.

Es ist ein Stück Revolution. Zusammenarbeit und Gleichberechtigung in der Küche sind heute wichtiger als im Parlament. Einmal entscheidet man in der Küche über wichtigere Dinge als im Parlament, zum anderen kann sich ein viel größerer Prozentsatz der Bevölkerung hier aktiv beteiligen, auf der Basis der direkten Demokratie.

Männer kochen sich frei

Wäre ich eine Frau, würde ich heute keinen Mann heiraten, der nicht kochen kann. (Als Mann war ich schon einmal verheiratet, und das reicht mir, obwohl meine Ex-Frau ausgezeichnet kochte.) Frauen sollen die Ehekandidaten auf ihre Kochkünste überprüfen und notfalls dazu anhalten, kochen zu lernen.

Es geht nämlich um die praktische Gleichberechtigung – sie bleibt, zumindest im Bereich der Küche, ein leeres Wort, wenn der Mann nicht kochen kann. Küche ist kein Amt, wo man Aufgaben übernehmen kann, für die man keine Qualifikation hat.

Ein Freund von mir hat sich auf genial einfache Weise so manche Privilegien im Familienleben gesichert, indem er sich gleich am Anfang seiner Ehe konsequent ungeschickt am Herd und beim Abwasch anstellte. Die Ehe dauert schon fünfundzwanzig Jahre – eine von den ganz wenigen guten, die ich kenne –, und der Mann kann immer noch nicht einmal Tee oder Eier zubereiten. Womit er – nebenbei gesagt – einen Beweis dafür liefert, daß verminderte Gleichberechtigung nicht immer eheschädigend sein muß.

Einen kochenden Mann zu heiraten, ist wohl etwas schwerer als einen nichtkochenden. Er hat schon dadurch einen höheren Heiratsmarktwert, weil er einen Grund mehr hat, geheiratet zu werden, und einen Grund zum Heiraten weniger.

Es kann einige Schwierigkeiten in der Partnerschaft bereiten, daß der Könner höhere Ansprüche stellt und sich nicht so leicht abspeisen läßt. Trotzdem aber lohnt es sich, ihn zu heiraten, und zwar nicht nur deshalb, weil man sich die Küchenarbeit teilen kann. Die Gewißheit, daß man nicht deswegen geheiratet wurde, weil der Mann dringend jemanden brauchte, der ihn bekocht, ist auch etwas wert.

Indem ich die ehelichen Vorzüge der kochenden Männer an-

preise, übe ich wahrscheinlich an dieser Männersparte, zu der ich auch gehöre, Verrat. Denn viele Männer haben ja deshalb kochen gelernt, um nicht heiraten zu müssen, zumindest nicht aus niederen Magenbeweggründen.
Ich spreche nicht von Berufsköchen – dies ist ein Beruf und kein leichter. Er hat mit der Privatsphäre, über die wir uns jetzt unterhalten, nichts zu tun. Ich habe mit vielen Küchenmeistern gesprochen – und es waren wahre Meister –, die zu Hause das essen, was ihre nichtprofessionellen Frauen kochen. Das hat eine wohl tiefere Bedeutung als nur die, daß man in seiner Freizeit meistens ungern dasselbe tut wie während der Arbeit.
Zumal die allgemeinverbreitete Meinung, daß Männer besser kochen als Frauen, eine Halbwahrheit ist, wie alle Pauschalbehauptungen, und einer Untersuchung bedarf. Es ist wahr, daß alle berühmten Köche, oder fast alle, Männer waren und sind. Aus demselben Grund wie fast alle großen Ärzte, Mathematiker oder Philosophen: weil Kochen immer ein Männerberuf war, ob in großen Herrenhäusern oder in großen Restaurants. Den Frauen war die Familienküche reserviert. Ich lebte lange in Asien. Da kocht im Alltag die Frau – wenn jedoch Gäste kommen, schlachtet der Hausherr selbst den Hammel und bereitet feierlich den Berg von Pilaf zu. Die Frau darf das Gemüse schneiden. (Merken wir uns noch, daß er einen ganzen Hammel zur Verfügung hat, den hat seine Frau nie.)
Privat kochende Männer betreiben das Kochen meistens als Hobby – also nur wenn und wann sie Lust haben – und auch nur, wenn sie eine künstlerische Berufung in dieser Richtung fühlen. Ehefrauen müssen dagegen jeden Tag kochen, ohne Rücksicht darauf, ob sie sich berufen fühlen oder nicht, ob sie kochen mögen und gerade Lust dazu haben. Man kann ihre Leistungen mit denen der Hobby-Köche genausowenig vergleichen wie die Kampftaten eines abenteuerlustigen Ritters mit denen seiner zwangsmobilisierten Knechte.

Von alleinstehenden Frauen wird hier nicht gesprochen, denn sie kochen wie alleinstehende Männer – entweder nur das Notwendigste oder als Hobby und künstlerisch für Gäste.
Selbst allein oder mit Kindern lebende Männer, die notgedrungen mehr oder weniger regelmäßig kochen müssen, haben noch einen Vorteil den Ehefrauen gegenüber: Niemand teilt ihnen das Haushaltsgeld zu und niemand verlangt Rechenschaft. Das erleichtert natürlich das gute Kochen sehr.
Wenn man aber nachforscht, was jemand am liebsten mag, wird es immer ein Gericht sein, das seine Mutter kochte. Nur sehr Reiche oder sehr Versnobte werden sich vielleicht an das Werk irgendeines *maître de cuisine* erinnern, und ihnen muß man es nicht immer für bare Münze abnehmen.
Es ist natürlich möglich, daß mein Sohn einst zu seiner Frau sagt: »Weißt du, die Koteletts . . . mein Vater hat sie viel besser gewürzt!« Sie wird aber vielleicht kontern: »Dein Käseomelett schmeckt gut, sieht aber bei weitem nicht so gut aus wie das von meiner Mutter.« Denn mein Sohn versucht es schon etwa seit seinem elften Lebensjahr mit dem Kochen, vorläufig nur auf der Hobby-Basis, solange die Kochpflicht beim Vater liegt.
Immer mehr Männer kochen, und das ist gut. Das macht unabhängig – ob von oder in der Partnerschaft. Befreit die Männer aus der magischen Macht der Köchinnen, über die Günter Grass ein Buch von siebenhundert Seiten geschrieben hat.
Vor mehr als vierzig Jahren schrieb der tschechische Schriftsteller Karel Konrad: »Seit die Bata-Werke auch Männersokken reparieren, hat die Ehe aufgehört, ein philosophisches Problem zu sein.« Für das Kochen gilt das noch viel mehr.
Mein Appell an die Frauen, Männer zum Kochen anzuhalten, war also doch nicht so ganz Verrat an der Männersache – obwohl ich Frauen zuliebe zu allem fähig bin (eine typische Männerschwäche). Die allgemeine Verbreitung der Kochkunst unter den Männern kann nicht erreicht werden, wenn die Frauen sie nicht dazu bringen. In der ganzen Geschichte

der Menschheit haben die Männer noch nichts geschaffen – nichts Gutes und nichts Böses –, wozu sie nicht von den Frauen, auf positive oder negative Art, gebracht wurden.

Kartoffelschälen ist Schicksal

Ich kenne Männer, die die schwierigsten Arbeiten verrichten – wie Bergleute, Brückenbauer oder meinetwegen Urwaldforscher –, wenn es aber an das Kartoffelschälen kommt, versuchen sie sich zu drücken. Und wenn sie dieser im Grunde harmlosen Arbeit nicht ausweichen können, empfinden sie es als einen Schicksalsschlag.

Zu meiner Zeit, als ich Soldat war, war die Zuteilung zum Kartoffelschälen – es gab noch keine Maschinen zu diesem Zweck – eine bei Unteroffizieren beliebte Strafe und Schikane. Wir haben mit unseren Taschenmessern so grob geschält, daß die Hälfte der Kartoffeln verlorenging. Eine Armee ist jedoch wie eine Witz-Ehefrau: Eine Institution zur Verschwendung des Geldes, das andere verdient haben.

Ich kann darüber von einer höheren Warte berichten, denn ich schäle jetzt Kartoffeln eigentlich ganz gern. Vor allem, wenn ich am Schreibtisch viel zu tun habe, aber keine Lust zu arbeiten. Es ist eine ganz angenehme Beschäftigung, bei der man nachdenken kann und bei der einem genauso gute Ideen kommen wie beim Rasieren oder Baden.

In jüngeren Jahren aber, obwohl ich als Junggeselle ganz gut kochen konnte, gab es bei mir als Beilage nur Reis oder fertiggekaufte Nudeln, die Rettung aller Junggesellen. Damals haben mich die Frauen meiner Freunde – wenn ein Mann um die dreißig ist, hat er meistens nur verheiratete Freunde – oft zum Essen eingeladen. (Ein Junggeselle genießt – die Gründe sind mir nur zum Teil klar – das Mitgefühl aller verheirateten Frauen, alle sind bereit, ihn zu bemuttern. Für einen Geschiedenen gilt es nur in den ersten Monaten; dann wollen ihn – hier sind die Gründe klarer – nur noch unverheiratete Frauen bemuttern.)

Damals also hat man mich gefragt: »Was soll ich für dich kochen, was du selbst nicht kochst und nicht im Restaurant bekommst?«

Und ich sagte immer: »Vor allem eine große Portion Salzkartoffeln mit Butter.« Denn – es gibt Restaurants, in denen man die erlesensten Speisen essen kann, aber richtig gute frische Salzkartoffeln kriegt man in keinem Restaurant der Welt.

Mein Freund Karl hat wegen Kartoffelschälen geheiratet. Das heißt nicht nur deswegen – die Lydia hat bei ihm auch aufgeräumt (dies war, weiß Gott, keine leichte Aufgabe) und sogar den Boden geschrubbt. Als er mir das mit Begeisterung erzählte, habe ich ihm geraten – da er schon ohnedies zweimal geschieden war –, die Beziehung sofort abzubrechen. Er hörte nicht auf mich – und heiratete die liebe Lydia nach kurzer Zeit. Dann hat er sich wegen des Kartoffelschälens zum drittenmal scheiden lassen. Das heißt nicht nur deswegen – sie haben sich auch gezankt und ab und zu gegenseitig geschlagen. Im Grunde aber war Karl ein weicher, nachgiebiger und gehorsamer Kerl. Seine Geduld platzte erst, als er wieder Kartoffeln schälen mußte.

Mein französischer Freund Pierre übernimmt immer das Kochen, wenn Gäste kommen sollen, die Eva darf nichts anfassen. Als ich mal bei denen war, schleppte er ganze Berge von Zutaten an – sie wohnen in einem Beton-Vorort von Paris, im zehnten Stock, und zufällig funktionierte damals der Aufzug nicht; er beriet sich mehrmals mit seinem Weinhändler über die passenden Weinsorten; er mühte sich ab mit diversen Pasteten und verbrachte drei Tage mit der Zubereitung einer Ente in Olivensauce (die wir dann nach den vielen Vor-

speisen kaum noch essen konnten). Aber Kartoffelschälen – das wird er nie tun!
Ich weiß nicht, was die Männer so gegen diese unschuldige Tätigkeit aufbringt: Mannesstolz, Mangel an Geduld oder irgendwelche Erinnerungen aus der Militärzeit.
Man darf allerdings nicht verallgemeinern. Ich schäle immerhin Kartoffeln ohne besonderen Widerwillen. Und eine halbe Milliarde Chinesen – ein Viertel der männlichen Bevölkerung der Welt – kennt keine Kartoffeln.
Eigentlich schade – die Chinesen sind für ihre Geduld bekannt: Hätten sie Kartoffeln gegessen, würden sie sie sicher auch gern schälen.

Jagd im Supermarkt

Es gibt grundsätzlich zwei Sorten von Männern, und dies gilt für alle Altersstufen: Die einen, die Modernen, drehen sich auf der Straße nach schicken Autos um; und ihr Herz erwärmt sich erst, wenn sie allerlei technisches Zeug einkaufen können – von komplizierten Taschenrechnern, deren viele Funktionen sie nie gebrauchen werden, bis zu Stereo- oder Quadroanlagen, deren Tonfeinheiten bei weitem ihr Hörvermögen übersteigen. Ich gehöre zur zweiten Kategorie, zu den Altmodischen, die sich auf der Straße nach Frauen umschauen und am liebsten Lebensmittel einkaufen.
Das Einholen von Lebensmitteln ist auch eine urmännliche Sache. Es ist ein Beutegang, auch wenn man heute nicht mit Pfeil und Bogen und nicht mit dem Falken auf dem Arm, sondern eben mit Mäusen in der Tasche auf Jagd geht.
Der Anfang vom Ende der Männerherrschaft – falls es so was wirklich je gab – war der Moment, in dem die Jagd aufhörte,

die Grundquelle der Nahrung zu sein, und Frauen die Besorgung der Lebensmittel übernahmen. Somit haben sie nicht nur die Hausfinanzen in den Griff bekommen, sondern auch ein wohl noch wichtigeres Machtmittel – eben die Lebensmittel. Denn nicht nur die Liebe geht durch den Magen.
Das Wort *Lebens*mittel spricht für sich selbst. Es hat seinen Sinn auch in der Zeit des einfachen Einkaufens nicht verloren. Wer die Wahl hat, hat nicht nur die Qual, sondern auch die Entscheidung. Also die Macht.
Heute sieht man beim Einkauf – im Rahmen der Gleichberechtigung – auch viele Männer. Der Schein trügt aber. Sie sind nicht zum Einholen da, sondern nur zum Abholen. Zu einer rein technischen Leistung also. Mit einer Liste in der Hand oder mit strengen Anweisungen im Kopf. Oder aber mit der Chefin selbst, die mit dem Finger zeigt, was mitzunehmen ist. So nützen die Frauen rationell das Tier im Manne – das Arbeitstier –, ohne etwas von der Entscheidungsgewalt einzubüßen.
Ein Mann, der selbst entscheiden darf, was er jeden Tag ißt, ist entweder ein Alleinstehender oder ein fast Gleichberechtigter. Ganz gleichberechtigte Männer gibt es nicht – Haustyrannen sind ja auch keine Gleichberechtigten –, denn kluge Frauen halten ihre Machtinstrumente fest. Und alle Frauen sind klug, auch die, die sonst nicht besonders klug sind – die vielleicht besonders. (Was kein Kunststück ist, solange sie nur mit Männern zu tun haben.)
Übrigens, Frauen, die ihre Männer zum Abholen des Einkaufs schicken, handeln klug, nicht nur im Sinne der rationellen Arbeitsteilung. Die Männer bringen die besseren Stücke Fleisch und schöneres Obst nach Hause. Die werden selbst in Selbstbedienungsläden – und sogar in den sozialistischen Nichtbedienungsgeschäften – besser behandelt und beraten. Ich weiß es aus eigener Erfahrung. Die Verkäufer helfen ihnen aus Solidarität. Sie wollen ihnen eventuelle häusliche Sanktionen ersparen. Die Verkäuferinnen nehmen

sich der unbeholfenen Abholer an, weil sie ihnen gegenüber mitleidig gönnerhafte Überlegenheit fühlen. Diese komischen Figuren sind ja keine hartgesottenen, besserwissenden, nie zufriedenen und immer streitbereiten Konkurrentinnen. Es sind mütterliche Gefühle, die das Kind im Manne weckt.
In einem Lebensmittelgeschäft sind auch Männer die besten Kunden, besser noch als die Kinder, weil sie mehr Geld haben. Ein Mann hat die Tendenz, in größeren Mengen einzukaufen. Besonders, wenn er hungrig in den Laden kommt – und das ist bei den Alleinstehenden meistens der Fall, denn nur der Hunger erinnert sie daran, daß sie einholen müssen. Die Faulheit spielt auch eine gewisse Rolle – man kann es auch »rationales Denken« nennen –: »Wenn ich schon da bin, kaufe ich lieber mehr, wozu soll ich zweimal laufen.«
Männer, die ohne Liste einkaufen, sind ideale Kunden. Sie kommen ohne Plan und kaufen nicht das, was sie wollen, sondern wollen das, was sie sehen. Auch hier macht sich der spielerische Jagdtrieb bemerkbar. Sie lassen sich leicht verführen – schließlich ist das Männchen zum Verführtwerden geschaffen. Vor allem die Alleinstehenden: Sie wähnen sich in ihren Entscheidungen frei – und nehmen, was man ihnen verlockend vor die Nase schiebt.
Zumindest drei Kategorien von Menschen werden mit mir einverstanden sein, daß Einkauf von Lebensmitteln Männersache ist: Frauen, die die Haushaltsarbeit gleichberechtigt verteilen möchten, Männer, die sich emanzipieren wollen (die anderen werden ja nicht gefragt), und die Kaufleute.

Futtern ohne Liebe

Millionen von Menschen essen in den Kantinen. Es gibt auch Kantinen, die angenehm gestaltet sind und deren Essen nicht ungenießbar ist. Dennoch habe ich noch keinen Menschen getroffen, der gern in einer Kantine ißt. Man ißt da nur, um Zeit oder Geld zu sparen. Liebe ist nicht dabei.
Die Beziehungen zwischen Essen und Liebe sind ein wenig kompliziert. Beim häuslichen Essen ist die Qualität oft von der Liebe abhängig – davon können Ehepartner ein Lied singen, die für irgendwelche Vergehen mit versalzener Suppe und hartem Fleisch bestraft werden, und auch diejenigen, die aus Liebe versalzene Suppe und hartes Fleisch mit Entzücken verschlingen. Das Essen im Restaurant ist wie ein Seitensprung: Es lockt, es bietet Abwechslung, abenteuerliches Vergnügen, man ist bereit, dafür entsprechend zu bezahlen – und oft stellt man fest, daß das Teure nicht immer besser ist. Es wird auf die Dauer genauso fad wie der ewige Kartoffelbrei aus der Tüte zu Hause.
Kantinenessen ist wie eine Gewohnheitsehe. Im besten Fall ist es sauber, sättigend und gesund. Man kann sich daran gewöhnen, aber ein Vergnügen ist es nicht. Warum eigentlich? Großküchen haben doch bessere Voraussetzungen als der einzelne, gute Nahrung zu bieten. Sie können hochqualifizierte Spezialisten beschäftigen, die Kost wissenschaftlich genau zubereiten . . . Viele Utopisten sahen eben in den Großküchen nicht nur die Zukunft der Ernährung, sondern geradezu die Befreiung der Menschheit von der zeitraubenden Mühe der Küchenarbeit. Aber der befreite Teil der Menschheit freut sich darüber gar nicht, er duldet es höchstens.
Ich glaube nicht, daß Kantinen viel beliebter werden, selbst wenn sie erstklassige chinesische, französische oder italienische Köche einstellen würden. Ein Hundert-Liter-Pott wird

die *Pottage d'Or* und *Acht Kostbarkeiten* zum Kantinenessen und den *maître de cuisine* zum Kantinenkoch degradieren. In der Massenausgabe wird das beste Essen zur Nur-Nahrung. Versuche man in einer Kantine Kaviar-Malossol als Vorspeise auszuteilen, wird er nach drei Wochen wie Kartoffelsalat mit Mayonnaise schmecken.

Wem eigentlich wird er so schmecken? Wie nennt man einen Kantinenesser? Gast ist er nicht, er muß sich ja selbst bedienen. Kunde ist er nur bedingt, weil seine Wahl sehr beschränkt ist. Er ist nur eine zu befütternde Einheit, der Abnehmer einer Portion. Dies ist die erste Erklärung dafür, warum das Essen in einer Kantine kein Vergnügen ist.

Der zweite psychologische Störfaktor ist die Selbstbedienung. Wenn man für das Essen anstehen muß, fühlt man sich wie ein Niemand. (Ganz anders ein Selbstbedienungsbuffet – das ist ein abenteuerlicher Beutegang.)

Und bei Selbstgekochtem ist man ja der stolze Autor.

Das Schlimmste aber ist: Was immer man in der Kantine bekommt, man bekommt es zugleich mit vielen anderen. Niemand berücksichtigt, daß man, wenn nicht besser, denn doch anders ist als die anderen Menschen.

Es ist schon so, daß man nach Einheitsrezepten im besten Fall die Menschen satt machen kann – nicht aber vergnügt. Was nicht nur für die Kantine gilt.

Gentleman? Heute?

Die Lektüre eines Buches mit dem Titel »Gentleman heute« hat mich zu der bitteren Erkenntnis gebracht, daß ich kein Gentleman bin – nicht einmal ein Gentleman von heute. Und daß ich keine Chance habe, einer zu werden.

Ich habe zu wenig Geld, um nach Maß angefertigte Anzüge und Schuhe zu tragen. Auch sehe ich in absehbarer Zeit keine Möglichkeit, von meinem Haushaltsgeld die nötigen paar Groschen abzuzweigen, um eine Villa zu bauen und sie mit antiken Möbeln und klassischen Originalgemälden einzurichten, um damit meinen feinen Geschmack zu demonstrieren. Dies wäre freilich noch nicht das schlimmste Hindernis, denn Geldmangel ist immer noch gentlemanlike, nur Geld*sorgen* sind einem Gentleman verboten. Ich habe – und das ist mein viel größerer Mangel – nicht genug Zeit, noch einen Beruf auszuüben. Will man aber allen Gentleman-Regeln folgen, dann ist das eine ganztägige Beschäftigung. Die Frage ist, ob es heute wirklich erstrebenswert ist, ein vollkommener Gentleman zu sein, ob es überhaupt gentlemanlike ist. Das erste Gebot eines Gentlemans ist doch, nicht auffällig zu sein ... Ich kann mir vorstellen, wie man sich auf vielen netten Hauspartys fühlte, käme man dorthin in einer vorschriftsmäßigen und für einen Gentleman absolut verbindlichen Abendkleidung.
Ein regelrechter Gentleman – zu seiner Vollkommenheit gehört auch ein wenig Konservatismus und ein Stich nostalgischer geistiger Verbundenheit mit dem alten guten British Empire – ist heute bewunderns-, aber nicht beneidenswert. Nicht nur, daß er mehr Regeln beachten muß als ein frommer Jude – der hat ja für jeden Tag lediglich 613 Vorschriften –, er muß auch bei jeder Konfrontation mit der Gesellschaft von heute furchtbar leiden. Freizügigkeit, gemäßigte freilich – wird dem vollkommenen Herrn nur im Bezug auf Speisen erlaubt. (In dieser Hinsicht bin ich fast ein Gentleman.) Die Herren-Bibel enthält keine Regeln für sexuelles Verhalten und Liebe. Einzelne verstreute Bemerkungen kann man zum Beispiel den Kapiteln »Der Herr schenkt« (»Schenkt er der Geliebten ein Perlenhalsband, so wird er zur gleichen Zeit die Ehefrau mit einem neuen Pelzmantel bedenken«) oder »Der Herr diskutiert« (»Über Petting kann man sprechen, eigene Liebeserlebnisse erzählt man nicht«) entnehmen.

Will ich ehrlich sein, muß ich gestehen, daß ich doch gern ein wenig Gentleman sein möchte. Die Sache mit der Liebe ist mir aber nicht klar. Ich möchte doch Bescheid wissen, und die Geschenkregeln sind für mich unnütz, da ich Gott sei Dank keine Ehefrau habe und auch sonst – aus technischen Gründen – keine Pelzmäntel zu verschenken pflege. Ist Liebe überhaupt nicht gentlemanlike? Oder ist in diesem Bereich alles gentlemanlike? Oder aber ist Sex jenseits von Gentleman- und Nichtgentlemansein?
Einige Regeln möchte man schon haben. Aber vielleicht kann man versuchen, sie selber zu formulieren. Zum Beispiel: Ein Gentleman beschränkt sich nie auf eine Partnerin, da er nie unfair handelt. Denn: Ist er ein schlechter Partner, ist seine Monogamie unfair der Partnerin gegenüber, ist er dagegen ein guter Partner, ist sie gegenüber allen anderen Frauen unfair.
Ein Gentleman schläft nie bei einer fremden Frau. Mindestens so lange nicht, bis sie nicht selber eingeschlafen ist.
Ein echter Herr spricht nie über die Mängel seiner Geliebten, vor allem nicht mit seiner Ehefrau.
Ein Gentleman ist nie auf den Ehemann der Geliebten eifersüchtig. Eifersucht ist ein niedriges Gefühl wie Neid. Ein Ehemann ist nicht zu beneiden (Ehefrauen auch nicht).
Und die wichtigste Regel: Es gibt keine Regeln, außer denen, die zwischen den Partnern vereinbart werden.
Ja, es ist schwer, heute ein vollkommener Gentleman zu sein. Nur wenige Männer können sich streng nach so einer Fibel richten. Solche Bücher haben aber noch eine andere wichtige Aufgabe: Sie wecken den Stolz des Mannes und unterstützen sein Selbstbewußtsein. Das könnte der erste Schritt sein zu einem Kampf für die gesellschaftliche Gleichberechtigung der Männer.

Auspacken ist gefährlich

Wenn man von einer Reise zu seiner lieben Frau oder Freundin zurückkommt, soll man sie nicht die Koffer auspacken lassen. Es ist nicht gentlemanlike, und es ist unvorsichtig.
Die Dame hat wohl die Koffer gepackt – versuchte man einer Frau das Packen zu verweigern, kommt man sofort in Verdacht; man verletzt auch ihr tiefstes Gefühl – das Gefühl, daß sie besser als wir weiß, was wir brauchen. Unser Gepäck auspacken darf sie aber nicht – man weiß ja nie, was sie da finden kann.
Das zugepackte Baby aus den alten Witzen wird es wohl nicht sein – die modernen Verkehrssicherheitsvorkehrungen – die Flughafenkontrolle und die Antibabypille – schließen dieses Risiko praktisch aus. Sonst ist aber nichts ausgeschlossen.
Es kann ein Fläschchen Parfüm sein, das nicht für sie bestimmt war. (Diese Sorte kann sie nicht ausstehen, besonders wenn es ihre Marke ist.) Es muß auch nicht eine ganze Flasche, es kann nur Duft von Parfüm sein. Oder eine vergessene Barrechnung, die man sich ehrlich für das Finanzamt erschwindelt hat. Oder zwei winzige Karten für das Schwimmbad in der Tasche. Je winziger der Fund, um so schlimmer. Zum Beispiel ein Haar . . .
Männer, die erzählen: »Meine Frau hätte es um ein Haar entdeckt, sie hat es aber zum Glück übersehen«, sind einfach naiv. Sie hat es übersehen, weil sie es übersehen wollte. Eine Frau kann übersehen, daß ihr Mann ein geschätzter Fachmann oder ein bedeutender Philosoph ist, nicht aber ein fremdes Haar auf seinem Pyjama! Damen, die solche Funde kalt lassen, bieten sich erst gar nicht an, einem die Koffer auszupacken. Die glückliche Finderin wird in allen weiteren Jahren ihrer harmonischen Ehe dem unvorsichtigen Pechvogel bei jeder Gelegenheit jenes Haar auf dem Teller servieren. Jeder Versuch, sie zu überzeugen, daß das Haar wohl von dem

Zimmermädchen stammt und die zweite Schwimmbadkarte für den Vetter Hans gekauft wurde, ist sinnlos. Besonders, wenn dies die Wahrheit ist. Man steht noch zusätzlich als Idiot da, der seinen Urlaub nicht ausnutzen konnte.
Das Auspacken seines Koffers muß ein kluger Mann seiner Frau oder Freundin abnehmen. Er darf ihr aber nie abnehmen, daß er über seine Liebesabenteuer auspacken soll. Auch nicht über solche, die nicht zustande gekommen sind, selbst über die nicht, die er ablehnte.
Was immer man über Erfolge oder Niederlagen erzählt – die Dame wird es zwar nicht glauben, aber trotzdem nicht vergessen. Man kennt ja die Formel aus den Krimis: Alles, was Sie sagen, kann gegen Sie verwendet werden.
Ihr Schweigen natürlich auch. Das Schweigen bietet aber weniger konkrete Angriffspunkte. Was die Dame vermutet, ist ihre Sache.
Schlimm ist nur, wenn sie ihren Mann für so einen Taugenichts hält, daß sie nichts Schlimmes vermutet. Die Frauen schätzen die männliche Treue sehr, treue Männer dagegen nicht besonders.

Krawatte an sich

Wozu ist eine Krawatte gut? Zum Unterschied von bäuerlichen Halstüchern, von denen sie stammt, schützt die Krawatte den Hals vor Kälte nicht. Die einzige praktische Anwendung der Halsbinde, die ich feststellen konnte, ist, daß man mit ihrer Hilfe gelegentlich einen Fleck auf dem Hemd verdecken kann, beziehungsweise verbergen, daß der Kragenknopf fehlt. Sonst kann man sich an einer Krawatte nur noch aufhängen.

Vielleicht sollte man eben in dem Knoten, der uns wie ein Memento mori nicht frei atmen läßt, den mystischen Sinn des Krawattentragens suchen. Es wäre als Symbol einer streng asketischen Sekte verständlich, deren Hauptgebot die Opferbereitschaft ist; oder eines Vereins von Pessimisten, die die Misere des Lebens dadurch demonstrieren, daß sie immer ein Selbstmordinstrument um den Hals tragen.

Beim Militär hat die vorgeschriebene Krawatte den gleichen disziplinierenden Sinn wie glänzende Knöpfe und blankgeputzte Stiefel: Der Soldat darf nie vergessen, daß er nicht frei ist.

In der Frauenmode konnten sich Krawatten nie lange halten. Eine Frau, die sich den Hals verschnüren will, zieht vernünftigerweise eine Perlenkette vor.

Typisch Mann: Wenn er sich schmücken will, wählt er etwas, das nicht allzu teuer, dafür aber unbequem ist. Damit er dem Weibe signalisieren kann: »Siehst du, deinetwegen bin ich bereit, auch so was zu ertragen!«

Nur mit der Bereitschaft, seine Freiheit aufzugeben, kann der Mann eine Frau überzeugen. Möglicherweise soll die Krawatte auch seine tugendhaft ernsten Absichten anzeigen – ein Liebesakt mit Krawatte ist schrecklich und lächerlich.

Daß Krawatte Schmuck ist, ist zweifellos. In den Zeiten der graudunklen Männermode war sie die letzte farbige Pfauenhahnfeder im äußeren Bild des Mannes. Man trägt sie also auch aus ästhetischen Gründen. (Ästhetisch ist nur, was nutzlos ist.)

Die schmückende Wirkung der Krawatte ist jedoch nur eine Sache der Konvention. Würde man einst die Konvention aufgeben, wird die Krawatte genauso komisch wirken wie die Schlafmütze unserer Vorfahren.

Die Krawatte war lange ein Standes- oder Statussymbol, verliert aber rasch diese Bedeutung. Nur in Moskau oder in Ost-Berlin wird man ohne Krawatte in ein Restaurant nicht hineingelassen.

Ich habe noch immer niemanden getroffen, der mir vernünftig erklären könnte, wozu die Krawatte gut ist. Nur einen Sportler – der meinte aber den Würgegriff.

Die Väter spielen damit

Ein alter Witz fragt: »Was ist der Unterschied zwischen einer Spielzeug-Eisenbahn und dem weiblichen Busen?« und antwortet: »Es gibt keinen. Beides ist für Kinder bestimmt, und die Väter spielen damit.«

Einen Unterschied gibt es doch: Knaben spielen mit der Eisenbahn auch in jenem kurzen Zeitabschnitt gern – etwa zwischen dem zweiten und achten Lebensjahr –, in dem sie der Busen vorübergehend nicht interessiert. Kleinen Kindern fehlt es beim Spiel – in beiden Fällen – am Bewußtsein, wie ein moderner Theoretiker sagen würde. Sie wissen einfach nicht, wie technisch durchdacht und ästhetisch ausgearbeitet die Spielgegenstände sind, die sie da haben. Für so einen kleinen Burschen ist die Eisenbahn noch kein Modell – es sind einfach farbige Dinge, die sich bewegen. Für seine Bedürfnisse reicht es aus. Er kann in den Fahrplänen und Fahrtrichtungen ein Durcheinander anrichten, bei dessen Anblick ergraute Eisenbahner glatzköpfig werden können und glatzköpfige graue Haare bekommen.

Ältere Jungs, vor allem solche ab dreißig, können alle Möglichkeiten des Spielzeugs besser ausnutzen – weil sie eben seit viel längerer Zeit Kinder sind und mehr Erfahrungen mit dem Spielen haben.

Ich weiß nicht, ob sich die Wissenschaftler mit den Gründen der Faszination durch die Modell-Eisenbahn – die doch nicht naturgegeben ist – beschäftigt haben. Ein Nichtwissenschaft-

ler kann sie nur zu erraten versuchen. Man müßte schon eine Statistik zur Hand haben, wie viele der eifrigen Modellsammler und -bauer nie eine große Reise gemacht haben und wie viele in der Zeit, die ihnen von dem Spielen mit den kleinen Zügen übrigbleibt, durch die Welt jetten. Nur so könnte man feststellen, ob es vorwiegend die Sehnsucht nach der großen weiten Welt ist, die hier ihren Ersatz findet.
Da gibt es eine in unserem verwöhnten Zeitalter sehr verlokkende Kombination: Man kann – in der Phantasie – unendliche Reisen machen, ohne die Sicherheit und Geborgenheit der eigenen vier Wände aufgeben zu müssen.
Wäre es aber die Sehnsucht nach der weiten Welt – müßte mit der Verbreitung der Touristik das Interesse für Modell-Eisenbahn sinken, was aber nicht der Fall ist. Es gibt noch viele andere Momente, zum Beispiel den technisch-schöpferischen: Man baut sich eine Welt en miniature, eine Welt mit eigener Ordnung. Es kann auch Nostalgie im Spiel sein.
Für die Väter ist der universale Charakter einer solchen Eisenbahn günstig. Es ist ein Spielzeug und ein technisches Modell zugleich. Man kann behaupten, daß man es für die Kinder baut. Und wer sich zu spielen schämt, kann es »Hobby« nennen. Für die Mütter ist so eine Eisenbahn neben dem Fernsehen die einzige ernstzunehmende Nebenbuhlerin, die den Mann zu Hause hält und nebenbei noch die Kinder beschäftigt. Für die Kinder ist die Eisenbahn auf dem Wunschzettel eine der wenigen Chancen, vom Vater nicht mit dem Spruch abgespeist zu werden: »So ein teures Spielzeug, das ist eine Sünde. Ich habe ja mein Geld nicht gestohlen. Das kriegst du, wenn ich die erste Million auf dem Lohnkonto habe!« Vielmehr wird er scheinheilig sagen: »Man muß den Kindern auch was gönnen, wir hatten so was nicht.« Und es besteht immer noch die Möglichkeit, von Papi ab und zu zum Mitspielen zugelassen zu werden, ja, daß beim gemeinsamen Spielen eine Art verschwörerische Verbundenheit entsteht. Unter uns Männern und Technikern.

Das wichtigste jedoch ist, meines Erachtens, eben die eigene Welt, die ordentlicher funktioniert als die, in der wir leben. Eine Welt, die man selbst schuf und die man beherrscht. Man beherrscht etwas, wovon man sonst – ob Reisender, Lokführer oder nur Zuschauer – beherrscht wird. Sie ist vor uns so klein und gehorcht.
Könnte man naturgetreue, funktionierende und gehorsame Miniaturen von Ehepartnern, Generalen, Staatspräsidenten, Direktoren und so weiter herstellen, wäre das ein unheimlicher Verkaufshit. Der Stand der Technik erlaubt es heute noch nicht. Aber die Modell-Eisenbahn ist da ...

Was Männer lieben dürfen

Eine amerikanische Frauenzeitschrift machte eine Umfrage, um festzustellen, was die Amerikaner an ihren Frauen am meisten schätzen. Die Ergebnisse zeigten, daß sie am meisten die Liebe ihrer Frauen schätzen, 81 Prozent der Befragten haben das gesagt. An zweiter Stelle steht Humor mit 67 Prozent, dann folgen Intelligenz mit 64 und Selbstbewußtsein mit 56, erst später guter Körperbau mit 40, schönes Gesicht mit 33 und Busenumfang mit 16 Prozent.
Dies klingt alles sehr vernünftig, denn es wurden eben die Qualitäten besonders hervorgehoben, die ein dauerhaftes Bündnis zu erhalten helfen. Um das allgemeine Bedürfnis aller Menschen, geliebt zu werden, zu beweisen, brauchte man eigentlich keine Umfrage zu veranstalten. So wird übrigens mein Aphorismus bestätigt: »Liebe ist die höchste Stufe des Egoismus. Wir lieben nicht unsere Partner, sondern ihre Fähigkeit, uns zu lieben.«
Die 81 Prozent Stimmen für die Liebe sind trotzdem nicht

sehr aufschlußreich. Ist das die naive männliche Überheblichkeit, daß so viele Männer glauben, von ihren Frauen geliebt zu werden? Oder möchten sie es nur? Und die übrigen 19 Prozent – möchten die nicht geliebt werden?
Schließlich hat doch die Antwort Nummer eins nur in Verbindung mit zumindest einigen von den anderen Qualitäten einen Sinn. Es macht doch wohl keine große Freude, von einem Geschöpf ohne Humor, ohne Intelligenz, ohne Selbstbewußtsein, mit schlechter Figur und unschönem Gesicht geliebt zu werden – oder? Vom Busenumfang spreche ich gar nicht, weil er mit der Schönheit und Liebenswürdigkeit einer Frau nichts zu tun hat.
Die Behauptung, daß man an seiner Frau am meisten ihre Liebe schätzt, kann eine Liebeserklärung sein, voller Stolz und Dankbarkeit, wie auch eine Ausflucht aus der Verlegenheit, wenn man sonst nichts an seiner Frau hervorzuheben wußte. Die ganze Umfrage der amerikanischen Frauenzeitschrift hat nämlich einen großen Haken: Die Fragen haben die Ehefrauen selbst gestellt. Wenn man dies berücksichtigt, kann man aus dieser Statistik eher erfahren, wie die Frauen der befragten Männer sind und wie sie gesehen werden möchten.
Daß Humor und Intelligenz so stark betont werden, ist zwar objektiv richtig, beweist jedoch zugleich, daß Schönheit nicht das stärkste Argument dieser Frauen ist, sonst hätten sie ihr einen besseren Platz erzwungen. Mein Vater, der noch in einer Zeit geheiratet hat, als man Ehen vermittelte und organisierte, sagte mir einst: »Wenn man dir eine Braut empfiehlt und damit anfängt, daß sie intelligent sei, mußt du gar nicht weiter zuhören – das bedeutet, daß sie nicht schön ist. Sonst würde man das an erster Stelle nennen. Man muß nämlich eine schöne Frau heiraten – so wie unsere Mutti –, sonst gefallen einem die anderen zu sehr ...« Ich fürchte, daß die meisten Frauen die Meinung meines Vaters vom Stellenwert der Schönheit und der Intelligenz bei einer Frau teilen. Be-

sonders die, die Intelligenz betonen und Schönheit als Kriterium ablehnen.
Sex-Appeal tritt in der Skala gar nicht auf – vielleicht war es eine besonders keusche Frauenzeitschrift, die diese Umfrage veranstaltete. Es wird aber auch die Treue nicht notiert, zumindest nicht an der Spitze der Tabelle – wie soll man das verstehen?
Immer wieder lassen mir jene 19 Prozent Männer keine Ruhe – und ihre Frauen, die sie doch befragt haben –, die die Liebe nicht an erster Stelle nannten. Waren das kühne Männer, die ihrer Frau in die Augen sagten, daß sie sie nicht liebt, oder daß sie ihre Liebe nicht schätzen? Oder unsichere, die es nicht zu sagen wagten, daß sie der Liebe wert wären? Waren das Männer von Frauen, die meinten, daß es eine unverschämte männlich-chauvinistische Forderung sei, von ihnen Liebe zu verlangen?
Oder aber waren das Männer und Frauen, die glaubten, Liebe sei ein zu vager Begriff, und sich auf konkrete Eigenschaften konzentrierten?

Endlich gleichberechtigt!

Ich weiß nicht mehr, ob es der Gründer des Zionismus Theodor Herzl oder der Gründer des Staates Israel David Ben Gurion war, der sagte: »Wir werden ein normales Volk und ein normaler Staat sein, wenn wir eigene Diebe und eigene Prostituierte haben.« Diese Kondition ist inzwischen erfüllt. Es geht mir jedoch nicht darum, sondern um die Tatsache, daß jede Emanzipation ihren Preis hat.
Die Frauenemanzipation hat uns Terroristinnen geschenkt, was übrigens kein Novum ist, denn es gab Attentäterinnen

im 19. Jahrhundert und auch während der großen Französischen Revolution. Es gab eine Jeanne d'Arc, und schließlich erzählt uns das Alte Testament von einer Dame, die dem feindlichen Heerführer aus patriotischen Gründen, also im Namen der nationalen Emanzipation, den Kopf abgehackt hat.

Vom Standpunkt der Frauenemanzipation ist also die Nachricht darüber, daß zwei junge Frauen einen jungen Mann vergewaltigten, zwar symptomatisch, aber nicht sensationell.

Um so bedeutender ist sie für die Emanzipation der Männer.

Die frohe Kunde kommt aus dem Prince George County bei Washington. Es handelt sich um eine übliche üble Anhalter-Geschichte. Nur war es diesmal nicht der Fahrer, der die Anhalterinnen zum unfreiwilligen Liebesdienst zwang, sondern umgekehrt. Sie wollten ihn zuerst ausrauben, als sich aber zeigte, daß er kein Geld bei sich hatte, beraubten sie ihn seiner Manneskraft: Sie fuhren mit ihm in einen Wald, preßten ihm die Pistole auf die Schläfe und zwangen ihn zu Liebesleistungen.

Ob die Damen dies als Rache verstanden oder als Beuteersatz, ist unklar. So oder so, die sicher doch emanzipierten Frauen zeigten somit, daß die männliche Sexleistung – selbst ohne Liebe – für sie wertvoll ist, fast so wertvoll wie Geld. Diese Tatsache ist ungemein wichtig, obwohl sie oft abgestritten wird – von Emanzen genauso wie von braven Ehefrauen. Es ist eine Klarstellung, die befreiend wirkt: Kein Mann muß mehr ein schlechtes Gewissen haben, wenn er Sexleistung nur mit Sexleistung bezahlt, also weder mit Geld noch mit ewiger Liebe, weder mit Geschenken noch mit Eheschließung honoriert.

Der Mann wurde in diesem Fall als wertvolles Sexobjekt behandelt – eines Raubüberfalles mit vorgehaltener Pistole wert! Dieser Alptraum der Frauenrechtlerinnen – Sexobjekt zu sein – ist ein alter Traum vieler Männer. Ich bin sicher,

daß jetzt auf den Straßen von Prince George County mehrere Autofahrer kreisen und nach Anhalterinnen Ausschau halten, von denen sie vergewaltigt werden könnten.
Einen Haken hat die Geschichte doch – sie bringt nicht allen Männern die Hoffnung auf Gleichstellung mit den Frauen –, es gibt eben zwischen Männern und Frauen psychophysiologische Unterschiede, die die volle Gleichberechtigung verhindern. Der vergewaltigte Mann war ein Dreiundzwanzigjähriger. Ich bin mehr als doppelt so alt und bin nicht sicher, daß ich mich angesichts einer Pistolenmündung genügend erwärmen könnte, um die verlangten Leistungen darzubringen. Aber wer weiß? Die Methode ist noch nicht richtig erprobt – vielleicht ist sie wirksamer, als man denkt.

Ein fetter Hahn ist selten schlecht

Vor einiger Zeit hat eine Illustrierte ein Schlankheitsrezept unter dem Motto »Ein guter Hahn wird selten fett« gebracht. Diese These wurde angeblich durch den amerikanischen Arzt Dr. Abraham I. Friedman medizinisch untermauert.
Wie immer, wenn Wissenschaftler etwas mit der Dichtung zu tun haben – und Sprichwörter sind Dichtung –, verstehen sie sie ungenau oder gar verkehrt. Erstens, »selten« bedeutet nicht »nie«. Es ist eher so, daß ein mittelmäßiger Hahn nicht fett wird – ein guter schafft beides.
Zweitens, auch in jenen Fällen, in denen die volkstümliche Beobachtung stimmt, wird durch falsche Schlußfolgerung eine falsche Kausalität hergestellt. Der Hahn verliert nicht durch seine sexuellen Leistungen an Gewicht, sondern dadurch, daß er den Hennen dauernd nachläuft.
Jeder Fachmann wird bestätigen, daß ein Kilometerlauf viel

mehr Kalorien verbraucht als ein Geschlechtsakt. Ein ganz schlechter Hahn, der dauernd die Hennen jagt und nie eine einholt, muß noch viel magerer werden als der gute. Hätten die Hennen menschlichen Verstand und kämen von allein zum Hahn, würde er bei unverminderter sexueller Leistung ganz schön fett bleiben.
Auch sonst ist die Logik nicht die stärkste Seite des amerikanischen Mediziners. Essen ist eine Ersatzhandlung für den Sex, sagt er, folglich kann auch der Sex das Essen ersetzen.
Erstens: Das Essen ist kein Ersatz für Sex, sondern – auch – seine Voraussetzung. Ein ausgehungerter Mensch hat keine Gedanken an Sex, und hätte er sie, fehlte ihm die Kraft, sie zu verwirklichen. Würde eine Frau einen normalen Mann vor die Wahl zwischen Liebe und einem üppigen Mahl stellen, muß er schon sehr hungrig sein, um das zweite zu wählen; oder aber eine andere Frau in Reserve haben, zu der er nach dem Essen gehen kann.
Zweitens: Wäre auch das Essen ein Ersatz für den Sex, bedeutet es noch lange nicht, daß es auch umgekehrt stimmt. Man kann zum Beispiel einen schweren Aschenbecher aus Metall als Ersatz für einen Hammer benutzen, wenn man einen Nagel in die Wand schlagen will – man kann jedoch nicht den Aschenbecher durch einen Hammer ersetzen. Oder anders: Viele Frauen können die Ehefrau ersetzen, aber die Ehefrau kann sie alle nicht ersetzen.
Die Zeitschrift selbst nimmt natürlich die Theorien von Dr. Friedman nicht ernst. Sie widerlegt sie durch eine Tabelle mit den Kalorienwerten einzelner Handlungen. Danach verbraucht man beim alltäglich ausgeübten Intimverkehr 125 Kalorien, beim ekstatischen ganze 200. Beim »Umzug auf unbenutzte Bettseite« verbraucht man vierzehn. Man braucht also nur fünfzehnmal von einer Bettseite auf die andere zu rücken – und man hat für die Schlankheit mehr getan als mit dem besten Beischlaf. (Ich möchte jedoch nicht den Eindruck erwecken, daß ich das Sich-im-Bett-Wälzen als Er-

satz für Sex empfehle – für Sex und fürs Essen würde ich nie einen Ersatz empfehlen.) Machen wir aufgrund einer Tabelle aus der Zeitschrift eine kleine Rechnung, wieviel Kalorien man im Liebesbett auf einmal verbrauchen kann.

Umarmung	4 Kalorien
Küssen, leidenschaftlich, etwa 10 × 11 Ka	110 Kalorien
Küssen, normal, etwa 10 × 3 Ka	30 Kalorien
Liebesspiel, heftig und gekonnt	8 Kalorien
Entkleiden des Partners im Winter	15 Kalorien
Seufzen, sagen wir 6 × 3 Ka	18 Kalorien
Intimverkehr, ziemlich heftig	148 Kalorien
Echter Orgasmus	40 Kalorien
Suche nach einem Handtuch	10 Kalorien
Dankensbekundungen 3 × 3 Ka	9 Kalorien
Insgesamt	392 Kalorien

Umzug auf unbenutzte Bettseite gehört meiner Meinung nach nicht in die Rechnung, ebensowenig wie die Heimkehr. Es sind individuelle Größen, je nach der Entfernung des Liebesbettes vom Schlafbett unterschiedlich und von der Wahl des Verkehrsmittels abhängig.

Bei langjährigen Partnern wird der Kalorienverbrauch etwas geringer sein, bei neuen etwas höher. Rechnen wir also zwischen 350 und 400 Kalorien. Um ein Kilo abzunehmen, muß man aber 7000 Kalorien verbrauchen.

Das »Guter-Hahn«-Rezept ist also genauso unwirksam wie alle anderen Abmagerungskuren. Es ist aber das sympathischste von allen, die ich je gelesen habe. Zum erstenmal seit langem wurde hier eine raffinierte Propaganda für dicke Männer gemacht. Die Frauen sind, wie bekannt, barmherzig, schlankheits- und missionsbewußt.

Ich hoffe, daß mehrere Frauen sich jetzt gern aufopfern werden, um einem dicken Mann beim Versuch zu helfen, nach dem Hahn-Rezept schlank zu werden.

Lehrer, Retter der Nation

Ich schätze die Lehrer, vielleicht weil ich selbst sehr gute hatte. Und beneide sie nicht, nicht einmal um ihre Ferien. Ich habe zwar nur mit einem Sohn zu tun, das reicht mir aber, um zu der festen Überzeugung zu kommen, daß der Beruf des Lehrers so ziemlich der vorletzte wäre, den ich ausüben möchte. (Der letzte wäre der desillusionierende Beruf eines Frauenarztes.)

Mir tut jeder Lehrer und jede Lehrerin ohne Arbeit – ich meine die Arbeitslosen – leid. Sie haben in ihr Studium Jahre ihres Lebens investiert – und wir Steuergelder. Die Gefahr jedoch, daß es immer mehr arbeitslose Lehrer geben wird, ist groß. Denn es gibt immer weniger Nachwuchs, der gelehrt werden muß.

Ich las von einem Dorf mit 700 Seelen und acht Lehrern. Dort gibt es fünfunddreißig Schulkinder, zwölf davon Lehrerkinder. Die Lehrer also – zusammen mit zwei nichtpädagogischen Ehepartnern ein Siebzigstel der Bewohner des Dorfes – lieferten mehr als ein Drittel der Schulkinder. Diese Nachricht, obwohl es nur ein kurzer Leserbrief war, birgt die große Hoffnung.

Die Politiker diskutieren jetzt darüber, ob, wie und aus welchen Fonds man jedermann, beziehungsweise jederfrau fürs Kinderkriegen und -erziehen belohnen soll. Würde man sich dabei auf Lehrer und Lehrerinnen konzentrieren, gibt es zumindest keine Probleme mit der Finanzierung. Es gibt doch Fonds zur Beschaffung von Arbeitsplätzen, die in diesem Fall zweifellos direkt zuständig wären. Die Lehrerkinder, und wohl auch die von Kindergärtnern, müßten steuerlich absetzbar sein – als Anschaffung von Arbeitsmaterial und als Investitionsgüter. Würde man durch diese Maßnahmen bei den Lehrern eine solche Geburtsrate erreichen wie in jenem nordrheinwestfälischen Dorf – zwanzigmal höher als der

Durchschnitt –, wäre es ein bedeutender Durchbruch auf nationaler Ebene.
Dies könnte auch qualitativ positive Auswirkungen haben: Die Lehrer haben mehr Zeit für die eigenen Kinder, die Arbeitslosen sowieso, die Beschäftigten zumindest während der Ferien. Und umgekehrt: das Vorhandensein von Kindern wird aus ihren Eltern bessere Lehrer machen, denn Leute, die Kinder haben, neigen wenig zu utopistischen pädagogischen Theorien und Reformen.
Das wäre aber nur eine, wenn auch sehr wichtige Folge. Ein Lehrerkinderboom würde auch für bessere Konjunktur in der Wirtschaft sorgen – in allen Bereichen, denn Kinder sind nur Verbraucher und keine Produzenten. Bessere Konsumenten kann sich die Wirtschaft gar nicht wünschen.
Somit wird das Problem der Arbeitslosigkeit nicht nur bei den Lehrern gelöst. Auch die schwierige Frage, wer für die Renten unserer Generation aufkommen soll.
Mein Projekt – das sich, wie gesagt, zum großen Teil aus vorhandenen Geldern finanzieren läßt – würde für die Lehrer und Lehrerinnen eine neue ehrenhafte, ja ruhmvolle Aufgabe bedeuten, und für die Gesellschaft die Rettung.
Sollte der Pädagogennachwuchs nicht ausreichen – was ich bezweifle, denn man kann auch Mischpaare mit einem Nichtlehrerteil einbeziehen, und indische oder ägyptische Geburtenraten wollen wir ja nicht –, kann man es so lösen, wie es die Schule löst: Einen Teil der Lehreraufgaben auf die nichtqualifizierten Eltern übertragen. Also auch die Kinderzulieferung. Man kann zum Beispiel eine Anordnung erlassen, daß kein Kind in die fünfte Klasse kommt, wenn es keine Geschwister hat.
Und alles ist geritzt. Wir können uns dann sogar leisten, mehrere Lehrerkinder wieder zu Lehrern auszubilden.

Ratgeber für Eltern

1. Literatur

Es gibt auf dem Buchmarkt ein unüberschaubares Angebot von Büchern, die jedermann fachmännische Ratschläge geben, wie man Kinder erziehen soll. Nichtfachleuten, das heißt Eltern, ist ein systematisches Studium in dieser Richtung allein aus Zeitgründen unmöglich: Ehe man eine halbwegs repräsentative Auswahl dieser Produktion bewältigt hat, sind die Kinder, die man mit Hilfe der Literatur erziehen wollte, schon selbst Eltern. Diese Tatsache bestätigt meine Vermutung, daß pädagogische Literatur fast ausschließlich für Kinderlose bestimmt ist.
Die Bücher werden jedoch verkauft, und ich überlegte, ob ich selbst nicht eins schreiben soll. Ich hege aber gewisse Zweifel, ob ich genug unbefangen bin, ein theoretisches Werk über Kindererziehung zu verfassen. Immerhin habe ich einen Sohn, der mich systematisch erzieht. Es ist zwar nur ein Kind, aber das Vorhandensein eigener Kinder, unabhängig von ihrer Zahl, stört die Reinheit des theoretisch-pädagogischen Denkens erheblich.
Ich kann natürlich schlecht mit den Autoren jener pädagogischen Werke konkurrieren, die offenbar nie Kinder hatten – sonst hätten sie für ihre Offenbarungen weder Mut noch Zeit gehabt. Von ihnen kann man auch Fortsetzungsbände erwarten: Falls sie ihre Bücher selbst gelesen haben, werden sie nie Kinder haben wollen – diese Aufgabe wird ihnen viel zu kompliziert erscheinen. Den spärlichen, aber immer noch vorhandenen Bevölkerungszuwachs verdanken wir den Bürgern, die keine pädagogische Literatur lesen.
Hohe Geburtsraten gibt es nur bei Völkern, die diese Literatur nicht kennen. Mich wundert es, daß keiner der vielen Delegierten der internationalen Konferenz, die sich seinerzeit in

Bukarest mit den Problemen der Bevölkerungsexplosion beschäftigten, auf den Gedanken kam, für die explodierenden Völker die ganze Bibliothek der Erziehungsratgeber herauszugeben, die dann bei Versammlungen mit Teilnahmezwang den potentiellen Eltern vorgelesen würden.
Auch wenn die Zuhörer die Ratschläge ablehnen oder sie gar nicht verstehen sollten, würde dies von großem Nutzen sein: In den Stunden, die sie bei solchen Vorlesungen verbringen, werden sie keine Kinder zeugen. Somit werden die populären, halbwissenschaftlichen, wissenschaftlichen und superwissenschaftlichen Werke der für die Eltern bestimmten Literatur eine echte Daseinsberechtigung erlangen.

2. Das Köpfchen-Problem

Junge aufgeklärte Eltern, die ihre Kinder auf wissenschaftlicher Basis großziehen möchten, müssen sich mit vielen theoretischen Problemen auseinandersetzen.
Zuerst entsteht das gewichtige und umstrittene Problem, ob man Säuglinge mit dem Köpfchen nach oben oder nach unten tragen soll. Wie bekannt, ist eben dieses Alter für die Gestaltung der Persönlichkeit besonders wichtig. Würden wir also unsere Kleinstbürger mit dem Köpfchen nach oben tragen, wie es die früheren, theoretisch unaufgeklärten Generationen taten, riskieren wir, daß sie zu konventionshörigen, traditionalistischen Kleinbürgern heranwachsen. Denn wird die Welt von oben nach unten gesehen, erscheint sie heiler, als sie ist. Da die Kinder später, wenn sie schon laufen gelernt haben, den Kopf auch vorwiegend nach oben halten werden, kann ihnen diese aus den vergangenen Epochen stammende Haltung als die einzig mögliche erscheinen. Für Kinder hochgewachsener Eltern besteht bei dem Blick von oben nach unten zusätzlich die Gefahr der Bildung eines elitären Bewußtseins. Im Interesse der Objektivität muß man gestehen, daß das

vom Standpunkt der Demokratisierung der Gesellschaft unerwünschte elitäre Syndrom nicht eindeutig negativ einzustufen ist: Ohne das Gefühl der Überlegenheit und Auserwähltheit kann es zwar keine Aristokraten oder autokratische Manager geben, aber auch keine Revoluzzer und keine Autoren pädagogischer Anleitungen.
Die Theorie des Tragens der Säuglinge mit dem Köpfchen nach unten ist aber auch noch nicht vollkommen ausgearbeitet. Da diese Methode erst vor kurzem postuliert wurde, fehlt es an praktischen Erfahrungen. Für die Experimente stellten sich leider zunächst nur einige akademisch gebildete Mütter mit ihren Sprößlingen zur Verfügung.
Die Theoretiker streiten noch darüber, ob die so ausgebildete Angewohnheit des Kleinkindes, die Welt auf den Kopf gestellt zu sehen, dem künftigen Bürger eindeutig einen kritischen Blick anerziehen wird. Möglicherweise wird ihm dann, wenn es auf eigenen Beinen stehen wird, die Umkehrung des Bildes eine solche Befriedigung bringen, daß es sein Leben lang konservativ bleibt. Vorsichtigen Eltern kann man also, vom heutigen Stand der Wissenschaft ausgehend, nur empfehlen, ihre Säuglinge vorläufig in der horizontalen Lage zu tragen. So unlieb mir solche Kompromisse und Halblösungen sind, sie sind vom Verantwortungsbewußtsein des Verfassers eines pädagogischen Ratgebers diktiert.

3. Schläge – ja oder nein?

Schon im frühen Vorschulalter des Kindes werden die Eltern mit der größten prinzipiellen pädagogischen Frage konfrontiert, die sich erst etwa im fünfzehnten Lebensjahr der Knaben und etwa dem achtzehnten der Mädchen von allein löst – mit der Frage des Schlagens. Theoretisch ist es noch immer umstritten, ob sich die Eltern von den Kindern schlagen lassen sollen oder nicht.

Unaufgeklärte Eltern, die ihre physische Überlegenheit dazu ausnutzen, ihren Kindern die Erfüllung dieses natürlichen Wunsches zu verweigern, verursachen oft schwere psychische Schäden. Die angestauten Agressionen brechen im späteren Alter durch und führen mitunter zu gesellschaftsfeindlichen Handlungen. Auch das Vertrauensverhältnis zwischen Kindern und Eltern leidet darunter, ja, so ein in seiner Handlungsfreiheit beschränktes Kind kann sein Vertrauen zur Welt überhaupt verlieren – wenn man nicht einmal seine eigenen Eltern schlagen darf, wen dann?!
Es gibt aber auch Theoretiker, die behaupten, daß Eltern, die unwidersprochen Schläge von den Kindern hinnehmen, ihnen ein falsches Weltbild vermitteln. Das Kind wird somit auf die harte Wirklichkeit unseres Gesellschaftssystems nicht vorbereitet, in dem man sich das Recht, andere zu schlagen, erst erkämpfen muß.
Da von beiden Seiten überzeugende Argumente vorgebracht werden und die Folgen einer falschen Entscheidung schwerwiegend sein können, ist es hier nicht leicht, einen Kompromiß zu finden. Mir scheint, daß wir nur ein minimalistisches Programm proklamieren können: Man muß den Eltern ein Recht auf Notwehr zubilligen. Man muß wohl ab und zu eine Notwehrohrfeige seitens des Vaters zulassen, auch wenn die Gefahr besteht, daß sie das Kind zu einem verklemmten Sadisten machen kann. Auch die Interessen der Eltern müssen berücksichtigt werden, zumal der heutige Trend der Familienplanung bewirkt, daß die Eltern den Kindern gegenüber bald in der Mehrheit sein werden.
Wie gesagt, das Problem löst sich von allein, sobald die Knaben etwa fünfzehn und die Mädchen etwa achtzehn werden: Zu dieser Zeit verändern sich die Kräfteverhältnisse in der Familie so, daß sich die Eltern, auch wenn sie es wollen, ihrer Kindern mit herkömmlichen Mitteln nicht mehr erwehren können.
Vorsichtigen Vätern und Müttern kann man nur empfehlen,

rechtzeitig Judo- oder Karatekurse zu absolvieren oder einen Waffenschein zu beantragen.
Ich muß jedoch an dieser Stelle die vom pädagogischen Standpunkt bedauerliche Tatsache beklagen, daß selbst theoretisch gebildete Eltern in dieser Frage nicht immer konsequent sind. Es gibt sogar Gerüchte, daß die Autorin eines Buches über antiautoritäre Erziehung ihren siebenjährigen Sohn verkloppt hat, als er ihr einige – übrigens schwache – Faustschläge erteilte, obwohl der Junge im Recht war: Sie hat ihn nämlich beschimpft, weil er das Manuskript ihres Buches im Kamin verbrannte.

Kinder, Väter, Fernsehen und Geld

Umfragen-Forscher machen sich schon an Kinder im Vorschulalter ran. Ich weiß nicht, ob man dies als Errungenschaft im Rahmen der Kinderemanzipation werten soll, indem die Knirpse so wissenschaftlich ernst genommen werden – oder ist das ein Fall, in dem man Institutionen anrufen sollte, die zum Schutz der Kinder verpflichtet sind. Ich verstehe allerdings die Forscher, die sich der Abwechslung wegen nach Partnern sehnen, von denen man eine einigermaßen aufrichtige Antwort bekommen kann.
Ob so oder so – in North Hollywood in Kalifornien haben die Forscher Vier- bis Sechsjährige gefragt, ob ihnen der Papa oder das Fernsehen lieber ist. Und 44 Prozent des »repräsentativen Ausschnitts der betroffenen sozialen Gruppe« – irgendwie ähnlich mußten ja diese Partner der Wissenschaftler in der Soziologensprache heißen – sagten ehrlich, das Fernsehen sei ihnen lieber.
Es wäre wohl nicht falsch, zu überprüfen, bei wie vielen der

56 Prozent jener, die sich für den Vater entschieden, einer der Eltern dem Gespräch beiwohnte. Denn echter Heuchelei, ohne das zur richtigen Antwort mahnende Gesicht des Vaters oder der Mutter vor sich zu haben, wären wohl erst die Senioren der Gruppe, die Fünf- und Sechsjährigen, fähig.
Bei störungsfreiem Verlauf der Umfrage hätte es nämlich viel mehr Stimmen für das Fernsehen geben müssen. Schon nach dem Prinzip, nach dem jener sprichwörtliche Lord, gefragt, ob er Weihnachten oder einen Liebesakt vorziehe, Weihnachten wählte, weil es häufiger vorkommt. Denn:
Derselben Studie zufolge verbringen amerikanische Vorschulkinder mehr als ein Drittel des Tages vor dem Bildschirm. Wie viele erwerbstätige Väter können so viel Zeit mit ihren Kindern verbringen? Und selbst wenn sie es könnten – die Kinder, mit dem Fernsehen beschäftigt, haben bei weitem nicht so viel Zeit für ihre Eltern.
Und – welcher Vater kennt soviel Märchen wie der Fernseher? (Kinder haben einen noch unverdorbenen Verstand und empfinden alle Fernsehsendungen als Märchen, auch Berichte und Nachrichten.)
Man darf nicht vergessen, daß diese Kinder den Fernseher seit ihrer Geburt kennen, er ist für sie eine ebenso natürliche Bezugs-»Person« wie die Mutter und in der Regel etwas mehr als der Vater. Das Gerät ist nicht nur das Mitglied der Familie, das am meisten Unterhaltung bietet, sondern auch das geduldigste und manipulierbarste. Die Eltern wehren sich doch ab und zu.
Mancher gescheite Dreikäsehoch antwortete »Fernsehen« nach der Regel »Auf dumme Fragen gebe ich immer dumme Antworten«, denn »Wen hast du lieber . . .« ist zweifellos die blödeste von allen dummen Fragen, die die Erwachsenen seit jeher den Kindern stellen.
Die ganz Gescheiten wählten aufrichtig den Vater, weil sie schon den Zusammenhang zwischen dem Erzeuger und dem Geld begriffen haben, für das man ein Fernsehgerät kaufen

kann, oder auch, daß der Vater den Fernseher reparieren kann.
Kinder sind Menschen wie alle, sie sind nur noch ungeschickt im Verbergen ihrer Gedanken. So lassen sie leicht durchblikken, daß sie den Vater besonders lieben, wenn sie von ihm etwas bekommen. Später werden sie dieses Motiv ihrer Gefühle taktvoll verschweigen, solange es nicht dazu kommt, daß sie den Vater auf Unterhalt verklagen oder von ihm eine Entschädigung für unzulängliche Vorbereitung auf das Erwerbsleben verlangen, wie es neulich in Amerika passierte. Dann geht es aber nicht mehr um Gefühle, nur noch ums Geld.
Es ist noch gut, daß wir Väter für die Kinder arbeiten und sie versorgen, sonst hätten wir im Kampf um ihre Liebe gegen den Fernseher überhaupt keine Chancen.

Antiautoritäre Autorität

Der Glaube, die Zeit, in der wir leben, sei antiautoritär, wird mit Hilfe des autoritären Denkens erzeugt: Die einen verkünden einfach autoritativ, sie seien antiautoritär, und die anderen beugen sich der Autorität der Deklarationen und wagen es nicht, sie anzuzweifeln. Die Reste meines Glaubens an die Autoritätsfeindlichkeit unserer Zeit zerstörte eine kleine Zeitungsmeldung. Hier ist sie: »Mit dem raffiniertesten Spezialgerät versuchten Einbrecher in der ostfranzösischen Stadt Chateau-Thierry des Nachts den Geldschrank eines Supermarkts zu knacken. Mit einem Schweißbrenner hatten sie schließlich ein zehn Zentimeter breites Loch in den Stahlpanzer getrieben, doch dann wurden sie vom Nachtwächter und von der Polizei überrascht. In Handschellen mußten sie ansehen, wie der Nachtwächter das Corpus delicti inspizierte: Er drückte einfach die Klinke herunter, und der Safe mit den Einnahmen des Tages öffnete sich. Er war gar nicht abgeschlossen gewesen.«

Man würde meinen, daß keiner weniger autoritär denkt als Diebe. Sie stellen sich ja gegen die Autorität der Gesellschaft und der Staatsmacht, der Gesetze und der moralischen Prinzipien. Dieser kleine Fall zeigt, daß dies ein Irrtum ist. Selbst »Asoziale« denken konform und autoritätshörig. Sie glauben an die Autorität des Unternehmens, des Kassierers, der Safehersteller, der Wissenschaft und Technik (siehe »raffiniertes Spezialgerät«), an die eigene Autorität als Fachleute. Ihr Glaube ist so unerschütterlich, daß sie nicht einmal einen Bruchteil der Sekunde für Zweifel verschwenden wollten – denn der Versuch, nur so, für alle Fälle, die Klinke herunterzudrücken, hätte sie nicht mehr gekostet. Ihre Ehrfurcht vor den Regeln, ihre feste Überzeugung, daß alles so sein muß, wie es sein soll, wird sie jetzt einige Monate oder Jahre der Freiheit kosten, von dem Geld abgesehen, das sie so leicht hätten mitnehmen können.

Wenn sich Diebe so benehmen, was Wunder, daß ordentliche Menschen noch gläubiger sind. Auch heute suchen die Menschen begierig nach einer Autorität, die ihnen Befehle erteilt, Anweisungen gibt, verbindliche Regeln vorsetzt.

Es braucht nur ein dicklicher Jüngling aus Indien zu sagen, er sei die Gottheit – schon wiegt man ihn mit Gold und Diamanten auf. Scharlatane, die mit so tiefsinnigen Phrasen handeln wie »Bejahen des Lebens« oder »Verneinen des Lebens«, Gurus, Propheten, Hellseher, Pseudorevoluzzer aller Schattierungen, interplanetare Päpste, Krischna-Jünger, Verkünder des Weltuntergangs und des Weltaufblühens – alle haben Zulauf. Der Unterschied zum mittelalterlichen Europa oder zum alten Orient ist sichtbar: die heutigen absoluten Offenbarungen werden in modernen Druckereien gedruckt, und das Fernsehen beschäftigt sich mit ihnen.

Es brauchen nur einige Artikel zu erscheinen, deren Autoren wissenschaftliche Titel führen – die Autorität der Wissenschaft –, und Tausende stockgesunder Menschen laufen zum Arzt, obwohl ihnen nichts fehlt, im Gegenteil, sie haben einige Pfunde übrig. Und wenn sie erst mal untersucht wurden, werden sie nie mehr ganz gesund sein. Ein guter Arzt findet ja auch bei einem Gesunden immer was, ein schlechter noch mehr. Sie werden aber glücklich sein: Endlich haben sie jemand, der ihnen autoritativ sagt, was sie tun und was sie lassen sollen.
Morgen werden andere Wissenschaftler – vielleicht nicht von der Modeindustrie, sondern von der Lebensmittelindustrie unterstützt – entdecken, daß Schlankheit das Leben verkürzt, und dieselben Leute werden Mastkuren durchführen, werden sich kalorienbewußt stopfen. Denn die Argumente der Mediziner interessieren sie nicht, sie brauchen Medizinmänner mit ihrer magischen Autorität.
Die Gegner des autoritären Denkens sind nicht anders als die anderen. Sie stellen sich – übrigens, in den meisten Fällen sehr autoritär – gegen die Autorität einer Theorie, einer Lehre, eines Gesellschaftssystems und ordnen sich einer anderen Autorität der gleichen Kategorie unter. Sie sind ehrlich, wenn sie sich »antiautoritär« nennen. Sie sind Anbeter der Antiautorität – nach den Gesetzen der mathematischen Logik ist die Antiautorität der Autorität gleich, nur mit umgekehrten Vorzeichen.
Wie bekannt, leben wir in einer Zeit des Zerfalls der Autoritäten. Viele alte Autoritäten zerbröckeln, um Baumaterial für neue zu liefern.
Da man offenbar ganz ohne Autoritäten nicht auskommen kann, sind mir jene Menschen am liebsten, die sich selbst als Autorität für sich selbst anerkennen – ohne diese Anerkennung von anderen zu verlangen.

Anderthalb Mann

Mein Sohn behauptet, wir seien eine Zwei-Mann-Familie. Ich bezweifle es und glaube auch nicht, daß wir es je werden. Bis er ein ganzer Mann wird, werde ich wohl nicht mehr ganz ganz sein. Selbst in dem Fall, daß ich mich noch eine Weile halte, werde ich ihn nicht halten können: Seine Familie wird sich vergrößern, meine wird kleiner werden.
Vorläufig sind wir aber eine Eineinhalb-Mann-Familie, und es geht ganz gut. Freilich, jeder von uns muß mehrere Funktionen übernehmen. Ich versuche meinem Sohn auch die Mutter zu ersetzen, und er muß mir in mancher Hinsicht die Ehefrau ersetzen. Ich habe schon mehrmals gesagt, daß er diese Funktion mit Erfolg erfüllt, was ihn jedesmal ärgert.
Einigermaßen hat er recht, weil die Rolle, die sonst im Haushalt die Ehefrau spielt, bei uns auf uns beide verteilt ist. Er sorgt für die kleinen häuslichen Konflikte, verlangt immer wieder Geld für irgendwelchen Unsinn, meckert, daß ich zuviel rauche und zu oft abends ausgehe; und er ist es, der mir immer wieder psychologische Rätsel aufgibt. Wie er es neulich selbst – vor Zeugen – formulierte: »Papi, du kennst mich seit meiner Geburt, und doch kennst du mich nicht!«
Andererseits bin ich es, der über Haushaltsausgaben entscheidet, Ferien plant, einkauft, kocht, und er derjenige, der vor dem Fernseher sitzt und auf das Abendbrot wartet.
Mein Sohn kocht zwar auch, aber er kocht typisch männlich – nur wenn er Lust hat und nur das, worauf er Lust hat, zum Beispiel Pfannkuchen. Er ist es, der morgens, bevor er zur Schule geht, jammert, daß er keine anständige Hose zum Anziehen hat, denn die eine ist zu eng, die zweite zu kurz, die dritte hat ein Loch, die vierte ist nicht gewaschen und die, die er am liebsten nehmen möchte, kann er nicht finden. Und ich bin derjenige, der im Hausfrauen-Ton sagt: »Du mußt selbst an deine Sachen denken! Hättest doch vorher was gesagt!«

Allerdings, wegen Unordnung streiten wir selten und nicht mit vollem Einsatz, denn wir sind beide alles andere als pedantisch und haben beide genug Sinn für Humor, um dem anderen keine Vorwürfe zu machen, die er zurückgeben könnte. Trotzdem, abgesehen von den Büchern und Papieren, die überall in meinem Arbeitszimmer herumliegen, und von der permanenten Revolution in Simons Zimmer, ist unsere Wohnung durchaus wohnlich, denn es gibt eine gute Frau, die sie zweimal pro Woche wieder in einen menschlichen Zustand bringt.

Dies könnte als Argument für die verbreitete Behauptung dienen, daß ein Mann mit einem Kind und mit dem Haushalt allein nicht fertig werden kann. Es ist jedoch ein fadenscheiniges Argument. Berufstätige Frauen – zumal in Berufen mit unbeschränkter Arbeitszeit, wie dem meinen – brauchen auch Haushaltshilfen und nehmen sie nach Möglichkeit in Anspruch. Das Problem liegt nicht darin, daß ich für viele Haushaltsarbeiten ungeschickt bin – das könnte man im Laufe der Zeit erlernen –, sondern darin, daß meine Arbeitskraft für mich zu teuer ist. Würde ich zu viel Zeit mit der Besorgung des Haushalts verbringen, hätte ich keine Zeit, Geld zu verdienen. Es ist ein rein ökonomisches Problem: Vollzeit-Hausmann oder -Hausfrau kann man nur dann sein, wenn jemand anderer das Geld verdient.

Alleinstehende Elternteile, ob Frauen oder Männer, haben diese Möglichkeit nicht, sie müssen ihre Zeit zwischen der Berufs- und der Haushaltsarbeit teilen. Und je nachdem, welchen Beruf sie ausüben und wie ihre Arbeit bezahlt wird, können sie sich bei der einen Tätigkeit zugunsten der anderen vertreten lassen.

Mein Sohn hat mir einmal beim abendlichen Schmusen gesagt: »Weißt du, Papi, es ist doch besser, allein mit einem Papi als allein mit einer Mutti zu sein.« Dies war eigentlich nur als Anerkennung und Liebeserklärung gemeint. Er erwartete gar nicht, daß ich ihm die Frage stellen werde »warum?«. Er

ſand jedoch sofort eine Antwort: »Weil die Väter mehr Geld verdienen und den Kindern mehr geben können.« Er muß es wissen. In seiner Umgebung, in der Schule und im Tagesheim gibt es genug Kinder, die mit den Müttern allein sind.
Anhängerinnen der Frauenemanzipation sind überzeugt, daß Frauen alles das, was bisher nur Männerbeschäftigung war, genauso gut ausüben können wie die Männer oder sogar noch besser. Sie haben vollkommen recht, wenn man das eine Gebiet ausschließt, das unmittelbar mit dem kleinen Unterschied zwischen Mann und Frau zusammenhängt. Alles andere ist eine Frage der Chancen, der individuellen Begabung, der Ausbildung, der Praxis und des persönlichen Einsatzes.
Ich als Anhänger der Emanzipation der Männer bin überzeugt, daß ein Mann alles das schaffen kann, was Frauen können – wiederum jenes schon erwähnte Gebiet ausgeschlossen. Ein Mann kann keine Kinder gebären. Als Ziehmutter ist er jedoch genauso geeignet oder ungeeignet wie eine Frau.
Die Hindernisse und Schwierigkeiten, die er beim Großziehen seines Kindes oder seiner Kinder hat, kommen von seiner Berufstätigkeit, von seinem Lebensstil, von seiner Einstellung, von seinen menschlichen Unzulänglichkeiten – nicht von seinem Geschlecht. Es sind also die gleichen Hindernisse und Schwierigkeiten, die jede Frau hat, besonders wenn sie Mutterschaft und Haushaltsführung nicht als einzigen Beruf ausübt.
Bislang habe ich tunlichst das Wort »Erziehung« gemieden, obwohl Kindererziehung zwischen uns Müttern ein fast so häufiges Gesprächsthema ist wie Autos, Ferienerlebnisse, Fernsehen und Kochrezepte. Über Kindererziehung zu theoretisieren, hat nämlich keinen Sinn. Kein Mensch versteht sich richtig darauf, am allerwenigsten diejenigen, die über Kindererziehung Bücher schreiben. Erziehung ist keine Wissenschaft, weil sie keine allumfassenden und immer anwendbaren Regeln haben kann. Schon eher ist sie eine Kunst, aber

sie ist noch mehr. Sie ist ein Ergebnis des Zusammenlebens von Menschen verschiedener Generationen. Ich glaube, daß jeder Mensch sich vor allem selbst erzieht – die anderen können ihm dabei helfen oder ihn auch stören. Am wenigsten erzieht man ein Kind damit, wenn man es bewußt »erzieht«, am meisten lernt es von den älteren, wenn sie es gar nicht wollen. Kein Mensch – egal, wie alt er ist – mag sich erziehen lassen. Er wehrt sich dagegen, mit Recht, und somit – erzieht er sich. Wir leben zusammen, mein Sohn und ich, ein jüngerer und ein älterer Mensch. Der ältere hat in dem Bündnis eine gewisse Machtposition, weil er erfahrener ist und weil er alles besorgt, was man zum Leben braucht, weil er Schutz bietet, weil er gebraucht wird. Der jüngere hat eine Machtposition, weil er noch wenig Erfahrung hat, also auf alles pfeifen kann, was den Vater bindet; weil er derjenige ist, der geschützt wird, weil er gebraucht wird.

Niemand weiß so genau, wozu er persönlich Kinder braucht, sie sind ja heute nicht mehr die einzige Altersversorgung, aber man braucht sie. Vielleicht, weil das Kind einen an seine eigene Kindheit erinnert; vielleicht gibt es einem ein Stück Zukunft, ein Stückchen Leben nach dem Tode. Vor allem braucht man aber Kinder, um gebraucht zu werden.

Mein Sohn und ich, wir versuchen uns natürlich dauernd gegenseitig zu erziehen. Und wir wehren uns dauernd dagegen.

Ich weiß nicht, ob ich das beste Beispiel für meinen Sohn bin, aber ich kann es nicht ändern, denn ich lasse mich auch nicht mehr ganz umerziehen. Er lernt jedoch von mir auch das, was ich ihm gar nicht beibringen wollte. Zum Beispiel weiß er schon, daß er nicht Schriftsteller werden will – er sieht, daß man dann zuviel schreiben muß.

Er zieht auch aus unserem Zusammenleben Schlüsse über Kindererziehung: Als ich ihm einmal sagte: »Ich freue mich schon darauf, daß du mal selbst Kinder hast, und die zahlen dir alles heim, was du mir antust«, antwortete er: »Nee, ich werde nicht so weich sein wie du. Ich werde sie zusammenhauen, dann werden sie parieren.«

Die Sorgen mit dem IQ

Die Frage der minderen oder höheren Intelligenz der Menschen ist wohl nicht das wichtigste Problem der Menschheit, denn es wurde niemals bewiesen, daß intelligente Menschen besser oder schlechter wären als die anderen, oder auch nur klüger. Die Intelligenz, so wie sie bei den IQ-Tests gemessen wird, ist nur die Fähigkeit, Aufgaben schneller zu begreifen und zu lösen. Da dabei nicht spezifiziert wird, um welche Art von Aufgaben es geht, wird die ganze Sache relativiert. Dennoch, ganz ohne Bedeutung ist die Intelligenz nicht, und sie ist nun einmal mein Lieblingsthema.

Gegen das spöttisch-verständnisvolle Lächeln an dieser Stelle muß ich mich wehren: Es handelt sich hier weder um Prahlen mit einem besonders hohen IQ noch um sehnsüchtiges Maskieren seines Nichtvorhandenseins – ich habe mich vorsichtshalber nie testen lassen.

Der Heidelberger Psychologieprofessor Franz Emanuel Weinert stellte fest, daß die neuen Generationen immer leichter mit den Tests fertig werden, also intelligenter sind; und das, obwohl sich – wie Prof. Weinert sagt – die Intelligenz eines Menschen mit dem zunehmenden Alter entwickelt. (Dies letztere behaupteten übrigens schon die Alten im Altertum.) Woher kommt das, daß die Jungen immer intelligenter werden? Mit der Darwinschen natürlichen Selektion kann man das in der heutigen Zeit kaum erklären. Sollten wir auch annehmen, daß die Intelligenteren – auch heute – die besseren Überlebenschancen haben und zumindest statistisch länger leben, worüber man noch lange streiten könnte, bedeutet das noch nicht, daß sie dadurch mehr Kinder in die Welt setzen, also ihr Erbgut breiter streuen. Dies wird von praktischen Statistiken widerlegt.

Man müßte vielleicht die Antwort bei den Antidarwinisten suchen, die den Einfluß der Lebensbedingungen für entscheidend halten: Das Leben ist heute so schwierig geworden, daß es mehr Intelligenz erzwingt. Auch das kann aber nicht ganz stimmen, weil es nicht bewiesen wurde, daß Intelligenz heute das Leben erleichtert.

Vielleicht haben die neuen Generationen in ihrem Organismus irgendeinen Intelligenz- beziehungsweise Antiteststoff entwickelt, so wie Insekten und Bakterien Stoffe entwickelten, die sie gegen DDT und Antibiotika immun machen.

Eigentlich sollten wir Älteren uns freuen, daß die Jungen intelligenter sein werden als wir. Vielleicht werden sie leichter Probleme lösen können, mit denen wir nicht fertig werden. Diese Hoffnung ist aber so alt wie die Menschheit – das Phänomen des Intelligenzzuwachses beim Nachwuchs kann auch nicht viel jünger sein –, die Geschichte hat jedoch bisher diese Hoffnung keineswegs überzeugend bestätigt. Die neuen Generationen setzen anscheinend ihre höhere Intelligenz nicht besser ein als die älteren ihre mindere.

Noch eine Tatsache trübt meine Freude: Es ergeht uns mit unserer Intelligenz wie den Rentnern mit ihren Ersparnissen. Sie haben ein Leben lang hart gearbeitet und den Gegenwert von soundso vielen Arbeitsstunden gespart; mit jeder Lohnerhöhung werden ihre Ersparnisse entwertet, weil sie jetzt weniger Arbeitsstunden darstellen.

So sammeln wir mühsam im Laufe der Jahre unsere Intelligenz – und dann kommen Generationen zur Welt, die gleich eine höhere haben.

Daß dies nicht nur abstrakt philosophische Probleme mit sich bringt, weiß jeder, der – wie ich – einen Teenager zu Hause hat und bei allen zermürbenden Diskussionen (wir sind ja

Demokraten!) allein auf die Hilfe seines veralteten IQ angewiesen ist.
Es freut mich nur, daß die Söhne unserer Söhne intelligenter sein werden als diese – und ihnen alles heimzahlen werden.

Bezahlung nach Intelligenzgrad?

Eine nicht näher genannte Londoner Firma führt mit ihren kaufmännischen Angestellten ein Experiment durch: Auf Empfehlung eines Arbeitspsychologen hat sie die Intelligenz ihrer Mitarbeiter gemessen und wird sie je nach der Höhe ihres IQ entlohnen. Allerdings, 364 von den 500 Angestellten waren mit dieser Regelung nicht einverstanden, haben sich der Prüfung nicht gestellt und sind bei ihren alten Gehältern geblieben.
Somit haben diese 364 bewiesen, daß sie die Intelligenteren sind. Erstens wissen sie, daß IQ-Tests von zweifelhaftem Wert sind. Man erinnere sich nur an die klassische Geschichte mit jenem fünfjährigen Jungen, der auf die Frage des Psychologen, ob er ein Junge oder ein Mädchen sei, »Mädchen« antwortete und prompt an der Grenze zur Idiotie eingestuft wurde. Als ihm dann seine Mutter wegen dieser Antwort Vorwürfe machte, er wisse doch, daß er ein Knabe ist, sagte der Kleine: »Auf dumme Fragen gebe ich immer dumme Antworten!«
Zweitens, die Mehrheit der Angestellten hat begriffen – man kann die Firma zu einer so intelligenten Belegschaft nur beglückwünschen –, daß sich eine Intelligenzprüfung immer gegen den Geprüften auswirkt, egal wie das Ergebnis ausfällt. Kommt ein niedriger Quotient heraus, ist der Weg zur Gehaltserhöhung verbaut – dies bezweckte übrigens der Ar-

beitspsychologe, er wollte mit den Prüfungen beweisen, daß »die meisten ohnehin überbezahlt werden«. Ja, man kann sogar wegen mangelnder Intelligenz auf die Abschußliste kommen. Und noch eher muß man mit eventueller Entlassung rechnen, wenn man sich als überdurchschnittlich intelligent zeigt. Welcher Chef möchte schon Untergebene halten, die nachweislich intelligenter sind als er?

Tatsächlich, was soll man machen, wenn es sich zeigt, daß der Bote einen IQ 140 und der Abteilungschef nur IQ 125 hat? Soll der Bote ein höheres Gehalt bekommen als sein Chef, oder sollen sie die Plätze wechseln? Ich fürchte, daß der Abteilungsleiter mit keiner dieser beiden Lösungen einverstanden sein wird. Aber auch für die Firma sind das keine Lösungen: Botendienste nach Boß-Sätzen zu bezahlen ist unwirtschaftlich, den Botenjungen zum Abteilungsleiter zu machen meistens unmöglich, es sei denn, daß er die Tochter des Oberchefs heiratet. Das passiert aber nur in Romanen.

Seine scharfe Intelligenz gibt dem Jungen theoretisch die Chance, einst Ministerpräsident zu werden oder gar Präsident eines großen Konzerns – für den Posten des Abteilungsleiters fehlt ihm jedoch wahrscheinlich die Qualifikation. Der Bote wird selbstverständlich entlassen werden, und er wird sich bei der nächsten Bewerbung die größte Mühe geben, seinen hohen IQ zu verheimlichen.

Bezahlung nach Intelligenzgrad – abgesehen davon, daß sie die Intelligenz entwürdigt, indem sie sie auf eine Stufe mit der käuflichen Liebe stellt – ist ungerecht. Wo bleibt der Wert der Sachkenntnisse, der Erfahrung, des Fleißes, des Engagements, der Protektion? . . . Und wo bleibt das heiligste Prinzip – das Leistungsprinzip?! Zumal in dem Begriff »Intelligenz«, wie immer man ihn definieren mag, die Fähigkeit inbegriffen ist, sich der Arbeit zu entziehen.

Jeder ein wenig intelligente Mensch wird begreifen, daß man nicht nach der Stufe seiner Intelligenz bezahlt werden kann. Das würde nicht nur eine Firma, sondern die ganze Gesell-

schaft erschüttern, zu einer grandiosen sozialen Umschichtung führen. Was soll man mit den vielen Menschen in führenden Positionen tun, die ihre Posten eroberten, ohne besondere Intelligenz zu besitzen? Und wie soll man dann die vielen verantwortlichen Posten besetzen, wenn man dafür eine besonders hohe Intelligenz verlangt? Es kann natürlich sein, daß ein allgemein durchgeführter Test so wenig überdurchschnittlich intelligente Menschen auf dieser Erde ausweist, daß man ihnen ruhig eine besondere Belohnung aussetzen kann – eine Art Rente, damit sie sich in den Lauf der Dinge nicht einmischen und die Kreise nicht stören.
Sonst ist es gefährlich, die Belohnung und den IQ in Zusammenhang zu bringen. Gefährlich vor allem für die Intelligenten. Man könnte ja zu der Ansicht kommen, daß Intelligenz eine Belohnung an sich ist – weil sie die Erfüllung der Aufgaben erleichtert – und sie vom Gehalt abziehen.

Intellektuelle und Bananen

Intellektueller ist keine Berufs- oder Standesbezeichnung. Es gibt intellektuelle Schuster und unintellektuelle Akademiker. Im Wörterbuch steht, daß der Intellektuelle ein Verstandesmensch ist und – in Klammern – »einseitiger«. Ein Pseudointellektueller ist demnach einer, der sich für einen Verstandesmenschen hält und vorwiegend oder ausschließlich von fremdem Verstand lebt. Ich werde versuchen, es anschaulicher zu formulieren. Wenn sich ein Mensch aus Versehen auf eine glühende Herdplatte setzt und so lange sitzen bleibt, bis sein Hintern verbrennt, weil er nicht begreift, was los ist – was ist so ein Mensch? Ein Trottel. Ein kluger, normaler Mensch wird sofort abspringen. Wenn aber einer sofort begreift, was los ist, und trotzdem auf der glühenden Platte sitzen bleibt, überlegend, ob es richtig sei, abzuspringen, ob es vielleicht nicht seine Pflicht ist, zu bleiben, ja sogar seine historische Mission – das ist kein Trottel, sondern ein Intellektueller. Denn die Intellektuellen sind die einzigen, die sich von abstrakten Wahrheiten und Überlegungen so beeindrukken lassen, daß sie sogar ernsthaft versuchen, danach zu leben. Was sie manchmal zu Helden macht und manchmal zu nützlichen oder unnützen Idioten, oft zu beidem gleichzeitig.

Intellektuelle gab es wahrscheinlich schon unter den Affen. So ein intellektueller Affe hat sich mit einer Banane in der Hand hingesetzt und philosophiert, was eine Banane »an sich« ist, ob die Bananen für die Affen geschaffen worden sind und ob es richtig ist, Bananen zu fressen, die einem doch nichts angetan haben. In der Zeit, in der er mit dem Nachdenken beschäftigt war, haben seine nichtintellektuellen Artgenossen alle Früchte weggefressen.

Ein intellektueller Affe konnte natürlich nicht lange am Leben bleiben, es sei denn, daß der Hunger ihn zu Verstand brachte und veranlaßte, seinen Verstand nur in der von der Beschaffung freien Zeit zu strapazieren. Man muß der Menschheit als Pluspunkt anrechnen, daß ihre Intellektuellen zwar mit Mühe, aber doch überleben. Obwohl sie schon immer von den Herrschenden ihres übergroßen Hanges zum Denken wegen verfolgt wurden. Wahrscheinlich liegt es daran, daß die Intellektuellen doch Menschen sind und manchmal in gefährlichen Situationen genauso reagieren wie ihre normalen Zeitgenossen.

In Ländern und Regimen, wo die Freiheit des Wortes, des Denkens, des politischen Lebens unterdrückt wird, spielen die Intellektuellen mit ihrem fanatischen Drang zur Wahrheit und Freiheit eine besondere Rolle: Sie ersetzen die freie Presse und andere demokratische politische Institutionen. Ob sie es wollen oder nicht.

Die klugen und selbstsicheren Herrschenden lassen die Intellektuellen frei reden und schreiben. Dann verlaufen sie sich in solche Tiefen, Nebengassen und Denklabyrinthe, in die ihnen niemand folgen kann. Oder sie lassen sich korrumpieren. Jedenfalls werden sie für die Regierenden ungefährlich. Gefährlich sind die Intellektuellen nur für solche Herrscher, die sie unterdrücken.

Wir Abenteurer

Es gibt Leute, geborene Abenteurer, die immer und überall Abenteuer erleben. Mal reißen sie im letzten Moment das Lenkrad nach rechts und entgehen so dem sicheren Tod, mal versucht sie eine umwerfende dämonische Brünette zu verführen (männlich); sportliche Millionäre verfolgen sie mit Heiratsanträgen (weiblich); sie kaufen irgendwo im Orient einen Riesendiamanten für einen abenteuerlich niedrigen Preis (männlich und weiblich). Ich beneide diese Leute, weil mir nichts dergleichen passiert.

Was habe ich schon erlebt? Einmal Krieg, bei dem ich nicht einmal eine Waffe in der Hand hatte. Zweimal Flucht, dreimal Emigration, lebe im vierten Land und in der vierten Sprache – alles Dinge, die im zwanzigsten Jahrhundert jedem passieren können.

Nicht einmal im Gefängnis war ich, nur schäbige sechzehn Monate als »Sondersiedler« am Ural, wo es sogar in dieser kurzen Zeit zweimal Fleisch gab. Auch Liebesabenteuer hatte ich keine, weil ich mich immer mit Frauen zufriedengab, die sich mit mir zufriedengaben.

Wenn ich es so überblicke, das abenteuerlichste in meinem Leben waren die Versuche, dem Abenteuer zu entgehen.

Sie kennen doch den: Kohn und Grün treffen sich auf irgendeinem internationalen Flughafen und unterhalten sich über das Schicksal ihrer gemeinsamen Prager Bekannten. »Was macht der Blau?« »Blau? Der ist in Brasilien, fängt im Dschungel Giftschlangen.« »Hast du was von Roth gehört?« »Ja, der ist in Australien, sucht nach Diamanten.« »Und Mimosenduft, was macht der?« »Der? Der ist in Prag geblieben und leitet einen Fleischerladen.« »Na ja, er war schon immer ein Abenteurer!«

Auch auf diese Art von Abenteuer habe ich mich nicht eingelassen. Ich bin wahrhaftig kein Abenteurer. Ausgenommen, daß ich ab und zu Roulette spiele, aber nur mit geringem Einsatz. Per Saldo bin ich bislang mit etwa 180 Mark im Gewinn. Zum Abenteurer muß man halt geboren sein.

Andersherum aber – sind wir nicht alle geborene Abenteurer? Als größte Abenteurer müßte man die Neugeborenen bezeichnen, wenn sie freilich aus eigener Initiative zur Welt kämen. So wie es heute gehandhabt wird, werden sie zu Abenteurern wider Willen. Sie kommen ins Leben, das ein Abenteuer mit garantiert tödlichem Ausgang ist. Sie werden in eine Welt geworfen, die nicht die ihre ist – weder von ihnen geschaffen, noch ihnen angepaßt. Sie kriegen als Eltern wildfremde Menschen, die sie sich nicht ausgesucht haben . . .

Vom ersten Moment seines Lebens an beteiligt sich der Mensch an einem Glücksspiel mit einem viel höheren Einsatz als dem, den ich – ja, den selbst der größte Hasardeur – beim Roulette verspielen kann. Und es geht immer weiter. Es ist Glücksache, in welche Zeit man hineingeboren wird, in welches Land, in welche sozialen Verhältnisse. Alles ist Glücksache: Schule und Lehrer, Freunde, Berufs- und Partnerwahl, Erfolg und Mißerfolg. Man sucht sich schließlich auch sich selbst nicht aus.

Der Mensch lebt abenteuerlich sein Leben lang, ob er es will oder nicht; je weniger er Abenteurer ist, um so abenteuerlicher.

Es ist natürlich so interessanter. Stelle man sich vor, wie langweilig es wäre, wenn wir alles im voraus wüßten und alles im voraus nach unserem Wunsch regeln könnten!
Andererseits, diese normalen Abenteuer des Lebens genügen völlig, um die Abenteuerlust eines normalen Menschen zu befriedigen. Ich kann von mir aus versprechen, daß ich keine anderen suchen werde. Ich möchte jedoch bei dieser Gelegenheit die verehrte Menschheit – und vor allem ihre Politiker und Staatsmänner – bitten, daß sie mir keine zusätzlichen Abenteuer organisiert. Mir reicht's!
Sollte ich dennoch zu dem Schluß kommen, daß mein Leben, mangels rasanter Abenteuer, nicht interessant genug sei, werde ich sie mir ausdenken und erzählen, wie es viele Abenteurer tun. Ich glaube, auch viele andere würden mit so einer Lösung zufrieden sein. Die Menschen sind bescheidener, als man denkt.

Ein Jahr des Menschen?

Jedes Jahr haben wir irgendein »Jahr« – des Buches, des Denkmals, der Frau, des Tierschutzes, des Kindes . . . Es wird immer schwieriger auszudenken, wie man ein Jahr benennen soll, damit es bedeutend wird, dabei aber nicht so bedeutend, daß es etwas bedeute.
Und die Lösung liegt so nah . . . Seit Jahren warte ich schon auf das »Jahr des Menschen«. 1977, in dem die Glückszahl sieben gleich zweimal auftritt, wäre eine gute Gelegenheit gewesen. Ich fürchte jedoch, daß wir mindestens auf vier Siebener warten müssen, bis zum Jahr 7777, was selbst nach dem jüdischen Kalender noch über zweitausend Jahre dauern würde. Bis dahin wird sich jedoch die Sache von allein erledi-

gen: Entweder wird man zum Schutz des Menschen kein besonderes »Jahr« mehr brauchen, oder es wird sich erübrigen, weil es keine Menschen mehr geben wird. Es gibt noch eine dritte Möglichkeit: Es werden zwar im Jahre 7777 Menschen auf der Erde leben, sie werden aber den Begriff »Jahr« noch nicht wieder erfunden haben.
Zugegeben, es ist sehr kompliziert, heute ein »Jahr des Menschen« auszurufen. Wie kann man die Menschen schützen? Mit den Denkmälern war es kein Problem, auch mit den Tieren war es einfach. Man konnte sich zum Beispiel für die armen Hühner einsetzen, damit man sie nicht in Käfigen quält, sondern ihnen freien Auslauf bietet, bevor man sie abschlachtet und ißt – zumal die freilaufenden auch besser schmecken. Wie soll man sich aber für die armen Menschen einsetzen – außer mit rührseligen oder zornigen, feierlichen oder bewegten Reden, was auch so, ohne besonderen Anlaß, geübt wird und nichts bewirkt?
Denn – vor wem soll man den Menschen schützen? Als Gattung ist er in seiner Existenz nur von dem Menschen ernsthaft bedroht. Wenn man also die Menschen verteidigen will, müßte man sie gegen die Menschen schützen. Das »Jahr des Menschen« müßte also zugleich zum »Jahr gegen den Menschen« werden.
Welche Menschen soll man also schützen: die, die bedroht sind? Oder die, die sie bedrohen – es sind ja auch Menschen –? Wer soll die Menschen schützen – und welche? Die Bedrohten können sich selbst nicht schützen – eben deshalb sind sie bedroht. Die Bedrohenden kann man nicht schützen, denn sie bedrohen sich selbst, indem sie andere bedrohen. Und die Rollen sind austauschbar, jeder Mensch bedroht auf irgendeine Weise andere Menschen, auch wenn er ihnen nur, unschuldig und unwissend, ihre Portion Futter wegißt und ihr bißchen Luft verbraucht. Die Idee, Menschen dazu zu bringen, daß sie Menschen schützen, darunter auch sich selbst, ist sehr menschlich, also irreal.

Wer soll es aber sonst tun? Die Maschinen werden von Menschen programmiert. Die Tiere sind selbst am Aussterben und sind für keine erhabenen Gedanken zu haben. Sie unterscheiden sich eben dadurch von den Menschen, daß sie ihre Beute fressen, ohne es mit humanitären Ausführungen zu begründen, und versuchen dem Gefressensein zu entgehen, ohne sich auf Ideen und Gesetze zu verlassen.
Trotzdem wäre es aber schön, das »Jahr des Menschen« auszurufen, nur so, pro forma, wie fast alles, was wir tun, um guten Willen zu zeigen. Weh tun kann es ja niemandem, wir sind ja alle Menschen.

DF 19410812238, ich liebe dich!

Die Vorstellung, daß wir einst statt unserer Namen eine Zahl aus dem Computer kriegen, ist gar nicht so schrecklich. Eine Zahl ist elegant, einfach, in jeder Sprache der Welt unmißverständlich lesbar und bietet einige Information. Ich könnte zum Beispiel PM 19281024645 heißen – P für das Geburtsland Polen, M für maskulin, 19281024 ist das Geburtsdatum und 645 ist die Ordnungsnummer, die mich von anderen an diesem Tage in diesem Lande geborenen Kindern männlichen Geschlechts unterscheidet.
Mehr Information müßte die Namenziffer nicht enthalten, sie sagt sowieso mehr als jeder Name. Denn die Namen sagen überhaupt nichts, oder sie geben eine falsche Auskunft: Jemand heißt zum Beispiel »Berliner«, ist aber in Südafrika geboren und kann kein Wort Deutsch. Jemand heißt Richardson und ist in Wirklichkeit Sohn eines George oder Henry. Das einzige, was die Namen zu bezeugen vermögen, ist die Torheit mancher Eltern, wenn, sagen wir, ein harmloser, ruhi-

ger, solider Buchhalter, dessen Hobbies Skat und Bier sind, noch immer Julius Cäsar Napoleon Hoppke heißen muß, weil es seine Erzeuger so wollten.

Was Eltern den Kindern mit der Namenwahl manchmal antun, ist geradezu kriminell. Es gab in den Zeitungen eine Nachricht, daß ein Altwarenhändler aus Wolverhampton mit dem schlichten Namen Brian Brown sein neugeborenes Töchterlein auf Maria Sullivan Corbett Fitzsimmons Jeffries Bart Bruns Johnson Willard Dempsey Tunney Schmeling Sharkey Carnera Baer Braddock Louis Charles Walcott Marciano Patterson Johansson Liston Clay Frazier Foreman Brown taufen ließ. Der Vater ist ein Boxfan, und dies waren die Namen aller Boxweltmeister im Schwergewicht seit 1882. Das arme Mädchen wird sich privat sicher einfach Mary Brown nennen. Was aber, wenn sie ein offizielles Dokument oder einen Fragebogen ausfüllen muß? Ich fürchte, daß nur wenige Arbeitgeber den Mut aufbringen werden, einen Menschen mit solch langem Namen zu beschäftigen. Übrigens, auch im alten Japan war es vornehm, viele Namen zu haben, und ein altes japanisches Märchen verspottet diese Mode: Ein kleiner Junge mit vielen Namen fällt in einen Brunnen, seine Spielkameraden wollen Hilfe holen, bis sie aber alle Namen aufgezählt haben, ist der Knabe ertrunken.

Namen führen zu Peinlichkeiten – wenn man sich als »Klug«, »Schön«, »Feige« oder »Stinker« vorstellen muß. Noch schlimmer ist das im internationalen Verkehr. Die Sprecher im Hörfunk lachten jedesmal, wenn sie Namen wie den der sowjetischen Kulturministerin Furzewa ansagen mußten – die Fernsehsprecher lachten dabei nur deshalb nicht, weil sie sich vor der Kamera beherrschen müssen.

Ein Grieche mit dem Vornamen Archiloch hat ähnliche Schwierigkeiten, wenn er nach Deutschland kommt, wie ein Tscheche mit dem Nachnamen Job (von Hiob), der nach Rußland reist.

Unzählige Schwierigkeiten gibt es mit der Aussprache frem-

der Namen. Ein ganz gewöhnlicher Herr Haussmann wird in Frankreich zum Türken Ossman. Selbst ein so leichter Name wie der des ehemaligen amerikanischen Außenministers führte zu Diskussionen, ob man »Kissinger« oder »Kinssindscher« sagen sollte. Was geschieht, wenn man mit einem polnischen Namen wie Szczebrzeszyński (Schtschebrscheschinski) zu tun hat, muß man erst gar nicht beschreiben. Daß die Chinesen, in deren Sprache die Intonation eine große Rolle spielt, ihre Namen in unserer Sprache gar nicht erkennen, ist kein Wunder.
Wenn ein katholischer Bischof mit dem Vornamen Ignatius Loyola heißt oder der CSU-Vorsitzende Franz Josef, ist das nicht weiter schlimm. Wie kann aber ein Trotzkistenfunktionär mit dem Namen »Gottlob« oder »Traugott« herumlaufen und ein christdemokratischer Abgeordneter Fidel Ché heißen, nur weil der eine fromme Eltern hatte und die Eltern des anderen in der Jugend begeisterte APOs waren?
Manche Namen wirken ausgesprochen antisexuell. Frauen schaffen zwar alles, aber es wird ihnen doch wohl schwerfallen, »Anastasius« oder »Theopurat« zärtlich zu flüstern; sollte mich die Liebe mit einer Hildegard oder einer Maria-Theresia zusammenbringen, werde ich sie in entscheidenden Momenten anders nennen, um der Ernüchterung zu entgehen. Von der armen Mary Brown gar nicht zu reden – soll ihr Freund mal sagen: »Sullivan Corbett Fitzsimmons und so weiter, ich möchte dich küssen!«
Eine Namenziffer ist neutral, überall verständlich und aussprechbar und weckt keine unerwünschten Assoziationen. Natürlich kann ich mir schlecht vorstellen, daß ich zu meinem Sohn sage »CM 196403062301, geh ins Bett, ich komm gleich mit dir schmusen«, oder zu einer Freundin »DF 19410812238, ich liebe dich!«. Ich bin auch nicht sicher, ob man mit einem Namen wie DM 192603171001 sich einen Namen als Schriftsteller machen könnte.
Die Namenzahl sollte jedoch nur für offizielle Zwecke da sein.

Für private und künstlerische Zwecke legen sich die Menschen auch heute andere Namen zu als die, die sie in den Papieren haben. Privat kann ich meinen Sohn nennen, wie ich will, ohne es amtlich registrieren zu müssen. Und er kann sich selbst ganz anders nennen, wenn ihm der Name, den ich ihm gegeben habe, nicht paßt. Seine Freunde können ihn noch anders rufen, und später kann er für jede Geliebte einen anderen Namen haben, der beiden gefällt.
Nur in den Papieren wird CM 196403062301 stehen, ein Name, den selbst ein mongolischer Verkehrspolizist korrekt lesen kann.

Helden, die uns imponieren

Mit einem Filmhelden können wir uns nur dann identifizieren, wenn er uns schmeichelt und imponiert zugleich.
Und wer imponiert uns?
Vor allem darf es keiner von uns sein. Zumeist – ehrenhafte Ausnahmen finden sich gewiß – sind wir von uns selbst keineswegs begeistert.
Taucht auf der Leinwand ein Familienvater auf, der im Schweiße seines Angesichts Schwarzarbeit aufzutreiben sucht, damit er seine Familie besser ernähren kann, ein Referent, der in einer Konferenz viel herumquatscht, damit der Chef seine Aktivität bemerke, ein Journalist, der die Schreibmaschine anglotzt, hoffend, daß der sechste Mocca seinem Hirn einen Gedanken entlockt – alle im Zuschauerraum werden sie einhellig auslachen: der Familienvater, noch verschwitzt von der letzten Schwarzarbeit, der Referent, der dabei überlegt, was er morgen in der Beratung beim Abteilungsleiter von sich geben wird, und der Journalist, der

ins Kino gegangen ist, sich zu zerstreuen, in der Hoffnung, daß ihm doch noch etwas einfallen könnte. Keiner hat für sein Ebenbild auf der Leinwand Mitgefühl.
Wenn die Balladen von tapferen Recken bei den breiten Massen der mittelalterlichen Ritterschaft beliebt waren, so kann dies nur davon zeugen, daß diese Massen nicht aus Recken bestanden, sondern aus normalen Kerlen, denen das Kriegführen keinen Spaß machte, die auf die Unbequemlichkeit der Panzer, die schlechte Qualität des Pferdefutters und auf die Blödheit der Herzöge schimpften. Ein wahrhaft tapferer Ritter – sofern er von der Existenz der Poesie wußte – identifizierte sich darin gewiß eher mit dem zärtlichen Liebhaber Adonis.
Wir dagegen identifizieren uns gern mit Rittern und Recken. Gleich den Cowboys springen wir im Galopp über alle Hürden, ohne in unserem weichen Sessel daran zu denken, wie weh uns unsere Lenden täten, wenn wir wirklich im Sattel säßen; wir machen mit genau gezielten Schüssen Champagnerflaschen auf, während es im wirklichen Leben dazu führen würde, daß wir die ganze Familie totschössen, von den Scherereien mit dem Hauswirt wegen nächtlicher Ruhestörung ganz zu schweigen.
Warum uns freie, starke, unerschrockene, individualistische Helden imponieren, ist leicht zu erklären – weil wir in der Masse leben und auf Heldentaten aus existenziellen Gründen verzichten müssen. Man hat ja Familie.
Vielleicht sollte man aber doch versuchen, sich mit sich selbst zu identifizieren. Auch wenn man nicht Gott weiß wieviel von sich selbst hält.

Der Tauschwert des Menschen

Der israelische Journalist Uri Dan schrieb, daß es einen Plan gab, Idi Amin zu entführen und gegen die Geiseln von Entebbe auszutauschen.

Der Plan wurde aufgegeben, weil man damit rechnen mußte, daß die Entführung Amins einen Staatsstreich in Uganda auslöse und niemand den Feldmarschall aus eigenen Gnaden zurückhaben wolle.

Amins Tauschwert ist nicht nur gleich Null – es ist ein Minuswert.

Ist es nicht auffallend, daß noch nie der Versuch unternommen wurde, einen Ostblock-Politiker zu entführen? Man kann es nicht nur dadurch erklären, daß sie so gut bewacht werden oder daß ihre Gegner den Terrorismus scheuen. Der wichtigste Grund ihrer Sicherheit in dieser Hinsicht ist, daß sie keinen Tauschwert haben.

Stelle man sich vor, Breschnew würde entführt: Seine Konkurrenten im Politbüro würden sich darüber nur freuen. Sie werden natürlich protestieren, lautstark und lange, um den Entführern genug Zeit zu lassen, ihre Geisel hinzurichten.

Einfache Bürger eines totalitären Regimes zu entführen, hat noch weniger Sinn: Sie werden ohne Bedenken geopfert. Sie sind ja ihr Leben lang Geiseln ihrer Machthaber gewesen, für die sie nur einen Nutzwert und keinen Eigenwert haben.

Es ist die Größe der Demokratie, daß sich eine demokratische Regierung für das Leben und die Freiheit eines jeden Bürgers – selbst eines unbequemen – einsetzen muß, ob es ihr paßt oder nicht, weil sie unter der Kontrolle der Öffentlichkeit steht. Es bleibt ihre Größe, auch wenn sich Terroristen diese Tatsache zunutze machen.

Ich dachte mir bei manchen terroristischen Akten, die die Befreiung von Gefangenen erzwingen sollten, eine Lösung: Es könnte doch passieren, daß ein Bus, in dem die Freunde der

Entführer zum Austausch gefahren werden, von einer »terroristischen Organisation« der Gegenseite entführt wird; und die Terroristen bekommen von dieser Organisation ein Ultimatum: Wenn sie die Geiseln nicht freilassen, werden ihre namentlich angeforderten Freunde erschossen. Es würde zwar einem Rechtsstaat keinen Ruhm einbringen, daß er auf seine Gefangenen nicht aufpassen kann, es ist jedoch besser, sich von den Gegnern der Terroristen blamieren zu lassen als von ihnen selbst. Zumal diese geheime Organisation zwar geheim, aber nicht unbedingt echt sein muß.
Dieser Plan ist natürlich nicht realistisch. Erstens, kein Schritt eines demokratischen Staates bleibt geheim. Und zweitens – es ist nicht ausgeschlossen, daß die echten Terroristen ihre Genossen ruhig zum Erschießen freigeben. Es könnte sich nämlich zeigen, daß die Ziele ihrer Aktionen nicht die sind, die sie angeben, und daß die Drahtzieher, Geld-, Waffen- und Schutzgeber keinen so großen Wert darauf legen, ihre lebenden Schießwerkzeuge freizukaufen, da in ihren Augen auch diese Leute keinen – oder nur einen geringen und zweckbedingten – Tauschwert haben. Es wird oft genug geschimpft, daß in einer marktwirtschaftlichen Gesellschaft Menschen nach ihrem Marktwert beurteilt und behandelt werden. Marktwert ist eben Tauschwert. Und es ist beruhigend, einen zu haben.

Alt wird man nicht

Warum haben die Menschen eine solche Angst vor dem Altern? Ich meine nicht die Angst vor dem Tod, sondern eben vor dem Altsein. Ich bin überzeugt, daß wir nicht durch das Alter alt werden, sondern durch die Angst, alt zu werden.

Es ist etwa so wie in dem alten jüdischen Witz: Ein Mann kommt zum Rabbi und sagt: »Rabbi, ich bin dumm. Was soll ich tun?«
»Wenn du weißt, daß du dumm bist, dann bist du doch nicht so dumm«, meint der Rabbi.
»Na ja, alle Leute sagen aber, daß ich dumm bin!«
»Wenn du dir selbst nicht glaubst«, antwortet der Rabbi, »und hörst darauf, was andere sagen, dann bist du tatsächlich dumm!« Diese Geschichte wird auch stimmen, wenn man »alt« statt »dumm« einsetzt.
Wenn zwei Menschen das gleiche Alter erreichen, kann einer alt werden, und der andere ist nur um eine entsprechende Anzahl von Jahren länger jung. Alt werden nur Menschen, die genug Zeit dafür haben, weil sie nichts anderes zu tun haben. Wer aktiv bleibt, hat keine Zeit zu altern.
Die Zeitungen bringen unentwegt als Sensation Berichte über kalendermäßig alte Menschen, die irgendwelche sportlichen Glanzleistungen vollbrachten. Ich selbst kannte einen Mann – ein Meter sechzig groß und etwa hundert Pfund schwer –, der in Kirgisien lebte und noch mit fünfundsiebzig Expeditionen in den Pamir führte, die bisher unbezwungene Gipfel eroberten. Dies ist alles keine Sensation: Er hat das nämlich nicht trotz seines Alters geschafft, sondern hatte eben keine Zeit, alt zu werden, weil er noch vorhatte, irgendwelche jungfräulichen Gipfel zu erklimmen.
Meiner Meinung nach ist ein lebendig gebliebener Geist noch wichtiger als ein junggebliebener Körper. Die Geistesstärke allein ermöglicht zwar nicht, den Ärmelkanal zu durchschwimmen oder auf den Mount Everest zu steigen – ermöglicht aber so viele andere Aktivitäten, daß für das Schwimmen oder das Steigen sowieso keine Zeit bleibt. Es gibt eine russische Redewendung: »Woran hält sich die Seele nur?«, die man auf gebrechliche, körperlich schwache oder schmächtige Menschen bezieht. Ich bin geneigt zu fragen: »Woran hält sich der Körper nur?«, wenn ich Leute mit verkümmertem

Geist treffe, mag ihre leibliche Hülle noch so imposant sein. Man kann nicht verbergen, daß der Körper altert. Ich bin zum Beispiel heute um dreißig Kilo älter als vor dreißig Jahren. Gerade vor diesem Alter sollte man aber keine Ehrfurcht haben – der Körper schafft in jedem Alter noch so manches, wenn man nicht durch Selbstmitleid und Mangel an Selbstvertrauen den Geist verängstigt und somit den ganzen Organismus lähmt. Und wo eben die Muskeln nicht mehr so ergiebig sind wie früher, kann der Geist einspringen, wenn er es kann. (Ich spreche jetzt nicht nur vom Sex.)
Früher nannte man einen Fünfzigjährigen »ehrwürdiger Greis«. Ich habe meinen fünfzigsten Geburtstag hinter mir und weiß noch nicht einmal, ob ich schon erwachsen bin (falls jemand weiß, was das ist).
Auf die Frage, wie man sich als . . . jähriger fühlt – diese Frage ist das verbreitetste Geburtstagsgeschenk –, muß man antworten: Je nachdem, wie alt man in diesem Alter ist.

Wer kann sich eine Midlife crisis leisten?

Jede Krankheit verbreitet sich schnell, wenn sie einmal entdeckt ist. So auch die Midlife crisis.
Zum Beispiel ein Bekannter von mir, Manager in einer großen Firma, hat unterwegs von einer Konferenz in New York im Flugzeug so ein Buch gelesen, durch einen Blick in seinen Terminkalender festgestellt, daß er demnächst fünfzig wird, und sofort hat er bei sich alle Symptome der Krise in der Mitte des Lebens gefunden.
Er entschloß sich, ein für allemal Schluß mit dem Streß zu machen und ein einfaches, naturverbundenes Leben zu führen. Er ließ alles stehen – von allen Zivilisationsgütern hat er

nur das Geld von seinem Konto und seine dreiundzwanzigjährige Sekretärin mitgenommen – und fuhr auf die Seychellen.

Schrecklich, was so eine Krise einem Menschen antun kann!

Eigentlich wollte dieser mein Bekannter schon vor fünfundzwanzig Jahren irgendwohin weit weg, mit einer Kommilitonin, die damals auch dreiundzwanzig war. Das Kapital der beiden reichte jedoch damals höchstens für eine Karte in den Harz, und die junge Dame sehnte sich auch nicht nach einem einfachen Leben, sondern ganz im Gegenteil.

Er heiratete also die Kommilitonin und begann eine erfolgreiche Karriere, die ihn so kaputtmachte, daß er jetzt von derselben Frau weglief, mit der er einst weglaufen wollte – nicht einmal ein Vierteljahrhundert ist es her!

Na, noch gut, daß er das Geld und die Sekretärin in die Krise mitgenommen hat, immerhin ein Stückchen Heimat in der Ferne.

Es muß wohl sehr schlimm sein, wenn die Krise einen überfällt, der mangels Kasse und Sekretärin keine so radikale Kur anwenden kann. Einen Bergmann unter Tage oder einen Bauern auf dem Felde.

Die Midlife crisis ist aber eine sehr wählerische und anspruchsvolle Krankheit, sie befällt nur die, die es sich leisten können. Es haben sich zwar auch schon mehrere Minderbemittelte krank gemeldet, das sind aber nur angeberische Simulanten. Die werden morgen wieder brav ins Büro oder in die Schule gehen. Kriseln können sie nur zwischendurch in der Freizeit.

Ich kann mir zum Beispiel keine so vornehme Crisis leisten, obwohl ich altersmäßig schon dran wäre. Ab und zu vielleicht ein paar Tage, dann muß ich weiter arbeiten. Schade – ich wüßte einen phantastischen Krisenort für den Winter, am Roten Meer nicht weit von Eilat. Für den Sommer könnte man was Schönes etwas nördlicher finden.

Ich habe zwar gelesen, daß, wenn man glaubt, keine Krise zu haben, dies der beste Beweis dafür ist, daß man sie hat. Was haben dann aber die, die glauben, daß sie die Krise haben? Warum kommt aber die Krise nicht zu mir, ich meine bewußt? Vielleicht weil ich auch ohnedies genug zu tun und andere Sorgen habe? Oder bin ich nicht feinfühlig genug? Oder weil ich keinen direkten Chef und keine Ehefrau habe?
Ich glaube schon, daß es sich eher in den meisten Fällen um Krisen des Mitlebens und nicht in der Mitte des Lebens handelt. Die hat man in jedem Alter: mit den Eltern, mit den Lehrern, mit den Kollegen, Partnern, Kindern . . .
Die Mitte des Lebens kann man ja auch nicht ausrechnen. Vielleicht soll man so verfahren, wie der Rabbi in einem galizischen Städtchen geraten hat, als Kaiser Franz Josef einem Lebenslänglichen die Hälfte seiner Strafe erließ: Er sollte abwechselnd einen Tag sitzen und einen Tag frei sein. Also – einen Tag arbeiten, einen Tag kriseln. Nur – wer kann es sich leisten?

Wer will 150 werden?

Ab und zu kommen Nachrichten über Menschen, die sehr lange leben. Es wurde zum Beispiel über den Kaukasier Nedschid Agajew berichtet, der 142 Jahre alt wurde. Vor einigen Jahren galt als ältester Mensch der Welt ein anderer Kaukasier, Schirali Mislimow, der angeblich über 165 Jahre alt geworden war.
Vor dem Zweiten Weltkrieg gab es in Kiew einen Wissenschaftler, Prof. Bohomoletz, der sich mit Altersforschung beschäftigte und sehr faszinierend darüber schrieb. Bohomoletz behauptete, das natürliche menschliche Durchschnittsalter

läge bei 120 Jahren, würden wir es uns nicht selbst verkürzen. Leider konnte er seine Arbeit nicht bis zu Ende führen, weil er sehr jung starb.
Es ist auffallend, daß alle Superalten in naturreinen Gebirgen leben, wo es frische Luft, gesunde Nahrung und Ruhe gibt – und wo man es mit Geburtsakten und anderen Dokumentationen nicht so ernst nimmt.
In der Sowjetunion erzählt man sich diesen Witz:
»Im Kaukasus wurde ein Hundertsiebzigjähriger entdeckt. Journalisten fragen ihn, wie er das geschafft hat. ›Während der Großen Sozialistischen Oktoberrevolution . . .‹, fängt der Alte an. ›Aber Großvater, lassen Sie das Politische raus, das können wir selbst dazuschreiben . . .‹ Der Alte fängt wieder an: ›Während der Großen Sozialistischen Oktoberrevolution . . .‹ ›Das kennen wir auswendig, erzählen Sie lieber, wie Sie gelebt haben.‹ ›Laßt mich doch endlich ausreden! Während der Großen Sozialistischen Oktoberrevolution gab es so ein Durcheinander, daß man mir in meinen Papieren hundert Jahre dazugeschrieben hat!‹ «
Nicht nur deshalb bezweifeln die Biologen die Angaben über die Superalten. Der Stuttgarter Professor Klaus Bayreuther bezeichnet 120 Jahre als die höchste Grenze des Menschenlebens – länger können sich die Zellen des Bindegewebes nicht erneuern. Wenn es aber doch möglich wäre, 150 Jahre zu leben, wäre es wünschenswert? Neunzig Jahre als Rentner zu fristen oder bis hundertundzwanzig am Laufband stehen? Wirtschaftlich wären beide Lösungen katastrophal.
Stelle man sich vor: Hundert Jahre zu warten, bis der Chef in Pension geht, um befördert zu werden! Oder hundertzwanzig Jahre mit einem Ehepartner zu verbringen, beziehungsweise sich im Laufe der Jahre mit mindestens fünf neuen arrangieren zu müssen!
Wenn man nur bedenkt, daß man unter Umständen einer geschiedenen Frau hundert Jahre lang Alimente zahlen müßte, oder sich vorstellt, wie lang die Reden beim hundertdreißig-

sten Jubiläum werden, gibt man diesen Traum lieber auf. Mir persönlich würden hundertzwanzig Jahre reichen.

Nicht nur Zwillinge

Die Schriftsteller glauben viel Phantasie zu haben, das Leben hat aber mehr. Ich habe mir vor einigen Jahren eine Geschichte ausgedacht, in der der Vater um drei Monate jünger ist als sein Sohn. Das ergab einige Komplikationen im Leben der beiden Helden – um die ging es mir. Wie es geschah, mußte ich nicht erklären und hätte es auch nicht tun können. Mir reichte, daß ich die Geschichte »Verzwickter Fall« nannte. Die französischen Zwillingsbrüder David und Mathieu Beziade sind dagegen keine Erfindung eines Satirikers und trotzdem ein echt verzwickter Fall.
Sie sind im Abstand von zehn Minuten zur Welt gekommen, David jedoch noch am 31. Dezember 1977 und Mathieu schon am 1. Januar 1978. Das allein bringt für die Brüder und ihre Eltern genug Probleme. Möglicherweise wird David ein Jahr früher zur Schule gehen dürfen und sein Bruder ein Jahr später zum Militär. Möglicherweise wird man sie gar zwei verschiedenen Generationen zurechnen.
Es ist doch denkbar, daß es eine Generation der Achtundsiebziger geben wird, eine verlorene, verratene, verkaufte oder zumindest betrogene und desillusionierte (so waren bislang alle Generationen, seit das Wort seinen heutigen Sinn bekommen hat), die sich von der pragmatischen, materialistischen, egoistischen, keine Ideale schätzenden Generation der Siebenundsiebziger (so waren bislang alle Generationen) scharf abgrenzen wird. So folgenreich kann für zwei Brüder ein Altersunterschied von zehn Minuten sein.

Um es noch ein wenig zu komplizieren, gilt nach französischem Recht der zweitgeborene Zwilling als der ältere, weil er sich im Mutterleib früher entwickelt hat. So bleibt Mathieu Beziade, trotz des späteren Jahrgangs in seinen Papieren, juristisch der Ältere.
Ich kenne die französischen Erbschafts- und Familiengesetze nicht, da jedoch die Jungs nicht einem Herrschergeschlecht entstammen, wird wohl die Reihenfolge praktisch von keiner so großen Bedeutung sein. Im Leben wie in der internationalen Politik setzen sich als ältere Brüder diejenigen durch, die größer und stärker sind, ob das die spätgeborenen Vereinigten Staaten sind oder Rußland, das eine alte zaristische Tradition fortsetzt.
Das Gesetz, das den Zeitpunkt der Entwicklung im Mutterleibe berücksichtigt, ist wissenschaftlich korrekt und gerecht, aber inkonsequent. Warum beschränkt es sich nur auf Zwillinge? Sind denn zwei am selben Tage und zur selben Stunde geborene Menschen gleichaltrig, wenn einer neun und der andere nur sieben Monate, einer meinetwegen 278 und der andere nur 263 Tage getragen wurde? Ist es gerecht, daß sie dann zu gleicher Zeit ihre Rente bekommen, obwohl die Dauer ihrer biologischen Entwicklung so unterschiedlich ist?
Man müßte noch weitergehen: Nicht nur den Zeitpunkt der Zeugung, sondern auch das Alter der Eltern und die Dauer ihrer sexuellen Enthaltung zu diesem Zeitpunkt müßte man erforschen, damit man feststellt, wessen Gene früher entstanden und wer somit juristisch älter ist.
Bei dem heutigen Stand der Meßtechnik und der Datenverarbeitung sind solche exakten Nachforschungen nicht unmöglich. Für die immer wachsende Zahl der Staatsbeamten könnten sie eine willkommene Beschäftigung sein. Und jedermann wird genau wissen, wer wirklich älter ist, nicht nur jeder Privatmann, sondern zum Beispiel auch jeder Personalchef.

Der Kalender ist ein Schuldbuch

»Das wäre Pech, am 29. Februar geboren zu werden, dann hat man nur einmal in vier Jahren Geburtstag«, sagte mein Sohn, dem diese Gefahr auch tatsächlich drohte – er wurde im Schaltjahr 1964 am 6. März geboren. Da Kinder auf den Geburtstag großen Wert legen, sollten sich das alle Eltern merken, die für ein Schaltjahr ein Kind planen.
Mit dem Geburtstag ist es ein wenig peinlich, aber man kann noch damit fertig werden. Schlimmere Einwände gegen den 29. Februar brachte ein britischer Abgeordneter vor, der ausgerechnet hat, wie viele Millionen die Arbeitgeber am 29. Februar von den Arbeitnehmern geschenkt bekommen, die Monatslohn erhalten – durch den zusätzlichen Arbeitstag. Die Arbeitgeber können natürlich umgekehrt rechnen, wenn sie einen einunddreißigtägigen Monat als Lohnmonat erklären – dann zahlen sie nicht nur im Februar, sondern sechs Monate in jedem Jahr zuviel. Nicht, daß ich Angst hätte, die Arbeitgeber würden jemanden überbezahlen, aber gerecht ist gerecht. Man muß sich entscheiden, wer wem den Tag schenkt, und vielleicht doch den 29. Februar zum Feiertag erklären, wie es der Brite vorschlägt.
An Feiertage gewöhnt man sich schnell, und es besteht die Gefahr, daß wir dann dagegen protestieren werden, daß der freie Tag nur einmal in vier Jahren kommt. Wir werden versuchen, einen 29. Februar für jedes Jahr einzuführen, und neue Verwirrung im Kalender stiften.
Daß diese Sorgen nicht neu sind, beweist die Gesetzgebung des Altertums: Der dreieinhalbtausend Jahre alte babylonische Codex Hammurabi und die Bibel schreiben grundsätzlich den Tagelohn vor, der noch am selben Abend ausgezahlt sein mußte. Immer, wenn ich auf ein Honorar lange warten muß, bewundere ich die Weisheit der alten Gesetzgeber.
Aber auch die biblische Lösung wird den Wirrwarr im Kalen-

der nicht beseitigen. Die ganzen Schwierigkeiten kommen davon, daß bei der Schöpfung des Universums kein preußischer Beamter anwesend war, der für Ordnung gesorgt hätte und bestimmte, daß die Erde die Sonne in genau dreihundertsechzig Tagen, 00 Minuten und der Mond die Erde in genau dreißig Tagen, 00 Minuten, 00,0 Sekunden umkreist. Dann könnte man alles prima einteilen und müßte keine zusätzlichen Tage einsetzen oder gar Monate, wie in anderen Kalendern.

Leider war der Preuße nicht dabei, und der liebe Gott stammt aus dem Orient, ein paar Tage spielen bei ihm keine Rolle, zumal er die Ewigkeit zur Verfügung hat. Die Umlaufzeit der Erde um die Sonne dauert 365 und 2422 zehntausendstel Tage, die des Mondes um die Erde 29,5306 Tage. Das sind sehr schöne Zahlen, aber es ist nicht leicht, sie vernünftig einzuteilen. Mit dieser Rechenaufgabe beschäftigt sich die Menschheit seit einigen Jahrtausenden, man hat schon alle möglichen Varianten ausprobiert. Allein in Indien gibt es etwa zwanzig verschiedene Kalender, mit Jahren von 354, 360, 366 Tagen, die alten Mayas hatten 18 Monate je zwanzig Tage und fünf ungezählte und arbeitsfreie Tage am Ende; die Juden haben mal zwölf, mal dreizehn Monate . . .

Mit der Reform des Kalenders beschäftigen sich heute viele Menschen, zum Beispiel einige Kommissionen der UNESCO. Es ist ein Job auf Lebenszeit, die gelehrten Herren können noch lange Theorien entwickeln, da sowieso vorläufig keine Hoffnung besteht, sie praktisch zu verwirklichen.

Ich hatte eine einfache Idee: Man könnte das Jahr in 360 Tage, also zwölf Monate mit je dreißig Tagen, einteilen, ohne seine Länge zu ändern – man müßte nur die Sekunden länger machen, um etwa ein Einundsechzigstel. Die Stunde wird damit um etwa eine heutige Minute verlängert, der Tag um etwa vierundzwanzig Minuten – und die Sache ist erledigt, das Jahr bleibt, wie es ist, nur leicht teilbar geworden. Einen längeren Tag könnten wir ganz gut gebrauchen.

Na ja, auch einfache Ideen sind nicht immer genial. In fünfzehn Tagen nach der Einführung meiner Zeiteinteilung würde die neue Uhr sieben zeigen und die Sonne eine Stunde nach Mittag – heute 13 Uhr –, nach dreißig Tagen wird sich der Beginn der Arbeitszeit mit dem Eintreten der Dunkelheit decken.
Das könnte zwar ein interessantes und romantisches Leben sein: Man könnte ab und zu Mittag beim Mondschein essen und bei der Rückkehr von der Arbeit den Sonnenaufgang genießen. So ein Leben können sich heute nur Leute aus dem Jet-set leisten. Schön, aber ein bißchen umständlich.
Heute deckt sich natürlich die Uhrzeit mit der Tageszeit und die Jahreszeit mit der Kalenderzeit auch nicht ganz. Wir haben uns aber schon daran gewöhnt, auch in der Dunkelheit aufzustehen und nicht zu erwarten, daß genau am 21. März der Frühling ausbricht.
Vielleicht hat aber meine Idee doch noch eine Zukunft. Sobald der technische Fortschritt so viel Smog produziert, daß man die Sonne sowieso nicht sieht, ist es doch absolut egal, wo sie steht, wenn man zur Arbeit geht. Und Ordnung im Kalender ist auch etwas wert!
Ein perfektes Jahr kann ich aber auch nicht versprechen. Die Wissenschaftler haben eben festgestellt, daß die Himmelsmechanik nicht so genau funktioniert wie die von Menschen hergestellten Zeitmesser. Die Erde ist irgendwie müde geworden – kein Wunder bei dem, was sie alles zu tragen und zu ertragen hat! – und läuft langsamer. Zwischen den Jahren 1900 und 1972 machte sie eine halbe Minute Verspätung.
Ich zerbreche mir den Kopf, um herauszufinden, ob jemand, der 1972 im Alter von zweiundsiebzig Jahren gestorben ist, dadurch eine halbe Minute Leben gewonnen oder verloren hat. Dank mangelnder Mathematikkenntnisse komme ich zum Schluß, daß er genauso lange gelebt hat, wie er gelebt hat, keine halbe Minute mehr, keine halbe Minute weniger, auch wenn sein Leben genau gemessen wäre. Vielleicht war

der Mann zehn Jahre im Gefängnis, fünf Jahre an der Front, führte dreißig Jahre eine lieblose Ehe . . .
»Kalendarium« bedeutete in der Antike das Schuldbuch der Geldverleiher. Der Kalender bleibt weiterhin ein Schuldbuch. Wir schulden unsere Zeit uns selbst und der Gesellschaft, die Gesellschaft schuldet unsere Zeit sich selbst und uns. Wir reden immer darüber, wie wenig Zeit wir haben, und wir verschwenden sie dauernd. Keine Manipulationen mit Jahren, Monaten, Stunden und Sekunden können uns da helfen oder stören. Und über Zeitverschwendung zu philosophieren ist die größte Zeitverschwendung.

Jahreswende? Na und?

Alle sagen, das alte Jahr ist zu Ende, das neue Jahr kommt – na und? Was ändert sich? Hätte man zufällig keinen Kalender, würde man nichts merken.
Natürlich kann man sich freuen, daß ein Jahr vorbei ist und wir noch immer leben, trotz der Friedenspolitik aller Groß- und Kleinmächte, trotz Erdbeben, UNO, Umweltverschmutzung, Steuerreformen, Abrüstungsverhandlungen und so weiter. Gäbe es aber keine Jahre, könnte man sich darüber jeden Tag, ja jede Minute freuen.
Der Jubel über den Jahreswechsel ist auch ziemlich banal – schließlich kommt ein neues Jahr jedes Jahr wieder. Jahre sind eine ziemlich solide Ware. Sie werden pünktlich geliefert, und jedes hält genau ein Jahr, keine Sekunde weniger. Wie in alten handwerklich-frühkapitalistischen Zeiten.
Inzwischen wurde aber die Produktion der Jahre verstaatlicht. Man sieht das an der Qualität der Ware. Ja, früher gab es Jahre, fragen Sie nur die Alten! Und heute? . . .

Vor allem aber erkennt man die Verstaatlichung daran, daß die Produktion keine Rücksicht auf die Nachfrage nimmt. Wie im Sozialismus. Ich möchte gern ein paar Jährchen auf Vorrat – für diesen Zweck und gegen diese Sicherheit wird mir die Bank gern Kredit geben –, nichts zu machen. Reglementiert. Allerdings gerecht: Es gibt keine Protektion und keinen Schwarzmarkt. Auch die schwarzen Jahre werden einem zugeteilt.

Das Jahr ist eine staatliche Erfindung. Wie könnte man sonst Dienstjahre berechnen, Jahresetats und -defizite erstellen? Sonst wäre die Einteilung in Jahre nur für wenige Berufe wichtig. Zum Beispiel für die Landwirte oder Astronomen. Den anderen könnte es egal sein, ob sie am 2. 1. oder am 67. 89. wieder zur Arbeit müssen.

Wie alle staatlichen Erfindungen, versucht auch das Jahr unser privates Leben zu beeinflussen. Der Kalender soll uns klarmachen, daß wir nicht mehr so jung sind, wie wir sind. Manche beeindruckt das sogar. Die einen positiv – sie glauben, daß sie mit dem zunehmenden Alter klüger und erfahrener werden; die anderen negativ – sie lassen sich einreden, daß sie mit der Jugend auch jegliche Attraktivität verlieren.

Der Kalender ist aber nur Papier, mit konventionellen Zahlen bedruckt. Wer mit zwanzig ein Trottel war, ist mit siebzig eben ein erfahrener Trottel; wer mit sechzig uninteressant ist, war mit fünfundzwanzig allenfalls nur als Sexobjekt interessanter.

Und dann: Mit den Jahren verlieren die Jahre an Wirkung. Ein Zwanzigjähriger wird nach einem Jahr um fünf Prozent älter, ein Fünfzigjähriger nur um zwei Prozent. Ob das eine Auf- oder Abwertung ist und wieviel sie in absoluten Werten beträgt, ist von Fall zu Fall unterschiedlich.

Das Neujahr und seine Feier ist so was wie eine Theaterpause – man geht ans Buffet auf ein Gläschen und kommt auf seinen Platz zurück. Die Optimisten hoffen dabei, daß der nächste Akt besser sein wird als die vorigen.

Diese Zeilen versuchen dauernd, sentimental predigthaft zu werden. Ich muß mich heftig wehren. Das macht die Zeit um die Jahreswende. Dabei ist der Jahreswechsel – wenn man von der astronomischen Seite dieses Phänomens absieht – ein einziger Schwindel. Man wird ja in der Nacht von Silvester auf Neujahr nicht um ein Jahr, sondern nur um eine Nacht älter, wie an jedem anderen Tag auch. Kein besonderer Grund also, Bilanzen zu ziehen und gute Vorsätze zu deklarieren. Die Bilanzen werden sowieso frisiert, weil wir auch sonst von unseren Passiva wissen, von denen wir nichts wissen wollen. Und gute Vorsätze, die man erst im nächsten Jahr verwirklichen will – da ist eine Nacht Aufschub auch zuviel –, sind eine Betrügerei wie das Ausschreiben von ungedeckten Schecks.
Damit aber niemand durch Nachsinnen über die kurze und erfundene Einheit »Jahr« lange und reelle Minuten oder Stunden vergeudet – wurde zwischen das alte und das neue die Silvesternacht hineingeschoben, die das mit Zwangsgeselligkeit und Sekt verhindert. Prost!

Wir haben keine Zeit

Wir haben keine Zeit. Das ist eine Tatsache. Ich möchte denjenigen sehen, der Zeit genug hat, um das zu bestreiten.
Dabei wurden Tausende und aber Tausende Dinge erfunden, die uns die Zeit sparen. Mit der Zeit zeigten sie sich jedoch alle als sehr zeitraubend
Zum Beispiel die Ehe. Irgend jemand hat irgendwann gesagt, die Ehe sei wie eine Wasserleitung – wenn man Durst hat, muß man nicht die nächste Quelle suchen, man dreht den Hahn auf und trinkt. Na ja, Herr Irgendjemand – es mußte ein Herr gewesen sein, nur ein Mann kann so selbstsicher tö-

richt sein – war wahrscheinlich nie verheiratet, und es erübrigt sich, mit ihm zu polemisieren.
Aber die Wasserleitung selbst: Sie spart uns natürlich viel Zeit. Stelle man sich nur vor, man müßte mit dem Eimer zu einem Brunnen laufen, um Wasser zu holen! Andererseits, weil wir das Wasser in der Wohnung haben, baden wir und duschen auch zweimal am Tage. Rechne man sich aus, wie viel Zeit dadurch im Jahr verlorengeht. Früher badete man einmal zu Ostern und einmal zu Weihnachten, und es war auch gut.
Und wieviel Zeit spart uns das Auto? Früher war es zeitlich ganz unmöglich, von Hamburg nach Hannover zu Freunden nur so auf einen Sprung zu fahren, von weiteren Strecken schon gar nicht zu reden. Heute fährt man mit dem Wagen knapp zwei Stunden. Dann plaudert man zwei Stunden – vorwiegend über Autos natürlich, und über die total blöden Autofahrer, mit denen man es auf der Autobahn zu tun hatte, worüber sonst? – dann braucht man wieder nur etwa zwei Stündchen, und schon ist man zu Hause.
Als es noch keine Autos gab, würde man diese sechs Stunden zu Hause sitzen, mit Nachbarn oder Freunden, die nicht weit weg wohnen, und über ganz andere Sachen reden. Oder sogar lesen.
Nehmen wir den Superzeitsparer – das Telefon. Gott weiß, wie viel Zeit es mich ohne Telefon hätte kosten müssen, nach München zu fahren und einem Redakteur zu erklären, daß mein Manuskript noch nicht fertig ist, weil ich keine Zeit hatte, es zu schreiben. Mit dem Telefon war es in Minutenschnelle erledigt.
Ein Moment, Verzeihung, mein Telefon klingelt . . .
Das war eine Bekannte. »Hast du ein paar Minuten Zeit?« fragte sie. Aus Höflichkeit, natürlich. »Nein«, sagte ich, »ich schreibe eben darüber, daß wir alle keine Zeit haben.« – »Das ist absolut richtig«, sagte sie. »Wenn du dir nur vorstellen könntest, wie *ich* unter Zeitdruck stehe . . .« Und erzählte

mir von ihrer Arbeit, ihrem Studium, ihrem Mann und ihren zwei Kindern. Das Gespräch dauerte siebenundzwanzig Minuten und wurde nur deshalb so schnell abgebrochen, weil wir beide so wenig Zeit haben.
Die technischen Errungenschaften erleichtern – rein technisch gesehen – die sogenannten zwischenmenschlichen Kontakte. Die Beziehungen zwischen Menschen haben sich dadurch zwar nicht vertieft, aber ausgebreitet. Man hat jetzt – wieder rein technisch gesehen – mehr Freunde und Bekannte. Ob man wirklich mehr Freunde hat, ist zu bezweifeln.
Viele Kontakte verbrauchen viel Zeit, wir können aber unsere Kontakte nicht aufgeben. Der Kontaktzwang ist eine Art des Konsumzwangs – und man kann in diesem Fall nicht einmal behaupten, daß es ein unnötiger Konsum wäre. Durch die komplizierte gesellschaftliche Organisation sind wir auf sehr viele Menschen nicht nur im materiellen, sondern auch im geistigen Sinne angewiesen.
Unsere Kontakte sind wie das Essen in der Kantine: Wir verlieren nicht viel Zeit damit, es mag sauber, nahrhaft und sogar nicht ganz ohne Geschmack sein. Ein Vergnügen ist es jedoch selten, und man muß schon sehr hungrig sein, um sich darauf zu freuen.
Mit der Zeit ist es wie mit dem Geld: Je weniger man davon hat, um so abhängiger ist man von ihm, man kann mit ihm schlecht wirtschaften, man kriegt dafür weniger, und man muß sich mit der Standardware minderer Qualität abfinden.
Weil wir so wenig Zeit haben, vergeuden wir sehr viel Zeit. Wir rufen einander an, erfahren, daß es unseren Freunden gut oder mittelprächtig geht, und sagen am Ende: »Wir müssen uns endlich treffen, um uns richtig auszusprechen.« Dann treffen wir uns in einem halben Jahr und wissen nicht so richtig, worüber wir reden könnten. Komischerweise ist es so: Je länger man sich nicht gesehen hat, um so weniger hat man

sich zu erzählen. Meistens spricht man über nichts, und die Zeit, die wir uns für das Zusammensein frei gemacht haben, ist vergeudet.

Andererseits – wollen wir eigentlich Zeit haben? Was tun wir mit ihr, wenn wir sie mal haben? Wir versuchen sie so schnell wie möglich totzuschlagen.

Man schaltet im Fernsehen ein Programm ein, das einen kaum interessiert, oder man versucht fieberhaft per Telefon jemanden zu erreichen, der für uns ein bißchen Zeit hätte, egal wen, auch Leute, die man gar nicht so sehr mag.

Ja, was soll man mit dem bißchen gefundener Zeit sonst tun? Für jene großen Pläne, von denen wir immer sprechen, wenn wir uns beschweren, daß wir keine Zeit haben, ist es zu wenig (außerdem machen wir diese Pläne nur deshalb, weil wir wissen, daß der Zeitmangel uns vor der Notwendigkeit bewahrt, sie zu verwirklichen); dagegen ist diese Zeit zu lang, um sie mit sich selbst zu verbringen.

Man langweilt sich mit sich selbst. Man ist ja mit sich selbst kaum bekannt, da man unter diesem dauernden Zeitdruck keine Zeit hat, sich mit sich zu beschäftigen. Wir haben keine Zeit, und wir haben Angst, welche zu haben.

Deshalb ist keine Zeit so gründlich vergeudet wie die, die man damit verbringt, über den Mangel an Zeit zu jammern.

Die Zukunft ist gesichert

Die Wissenschaftler vom Club of Rome sagen der Welt eine schreckliche Zukunft voraus, beziehungsweise gar keine. Der Futurologe Herman Kahn malt uns eine rosige Zukunft vor. Er glaubt an den Fortschritt, was er mit den Kommunisten gemeinsam hat. Es wird wohl zwischen ihnen gewisse Diffe-

renzen in der Frage geben, wohin es fortschreiten soll und wird. Das sind aber Details. Hauptsache, daß wir uns auf den Fortschritt freuen können, so oder so.
Das Problem ist, daß die Zukunftspropheten, die Hell- wie die Schwarzseher, allesamt Theoretiker sind. Das heißt, die Kommunisten, wenn sie an der Macht sind, sind Praktiker – was die Macht betrifft. In Sachen Fortschritt sind sie Theoretiker.
Was sagen die Praktiker zu dieser Frage? Ich habe neulich einen Prospekt bekommen von einer Firma, die Porzellangeschirr produziert. Diese Leute reden nicht lange drumherum, sie garantieren uns schlicht, daß wir ihre Teller, Tassen und Kannen in derselben Form und demselben Muster bis 1990 nachkaufen können. Dies ist der sachlichste und handfesteste Beitrag zu der Zukunftsdiskussion, den ich je gelesen habe. Er schenkt mir Sicherheit und Optimismus.
Was immer passieren sollte, so viel kann gar nicht passieren. Sollte eine Bombe mein Haus – samt Geschirrschrank – treffen oder irgendwelche Besatzungssoldaten meine Teller »organisieren« – ich kann mir mein Service nachkaufen. Sollte ich, sagen wir, wegen extremer Pressekonzentration oder aus politischen Gründen arbeitslos werden und nur noch ab und zu ein paar Kartoffelschalen und einen Heringskopf zu essen haben; sollte ich wegen Energiemangel Mist für den Herd trocknen müssen, um einmal im Monat heißes Wasser zu kochen – ein geschmackvoller Teller für mein Mahl und eine ästhetische Kanne für meinen Tee-Ersatz sind mir garantiert. Vorausgesetzt, daß wir Glück haben und alle diese kleinen Unannehmlichkeiten vor 1990 passieren. Ist das nicht beruhigend?
Sind also die Kaufleute Optimisten im Sinne der Fortschrittsapostel? Nicht unbedingt. Sie glauben nur an die Unsterblichkeit der Keramik, womit sie recht haben mögen, denn keramische Erzeugnisse sind das einzige, was von vielen ausgestorbenen Völkern und Kulturen übriggeblieben ist.

Egal, was kommt: Die Russen, die Chinesen, die Scheichs, die Monegassen mit Roulettezwang, der Totalitarismus, die direkte Demokratie oder gar der Sozialismus, die Umweltverschmutzung oder die Regeneration der Natur, Überbevölkerung oder Geburtenstopp, Superkonjunktur oder Superkrise – Porzellan bleibt. Es ist nicht so zerbrechlich wie die Menschheit.

Warum sollen wir uns Sorgen um die Zukunft machen? Wir wollen abwarten und Tee trinken. Aus dem schönen Porzellan, das bis 1990 nachbeziehbar ist. Für die folgenden Jahre wollte die Firma vorsichtshalber keine Garantie übernehmen.

Selbst Gauner taugen heute nichts

Muß man heute tatsächlich beruflich besser qualifiziert sein als je zuvor? Gewiß, ein durchschnittlicher Kernphysiker muß mehr von den Atomen verstehen als seinerzeit der geniale Demokritos von Abdera, der etwa fünf Jahrhunderte vor unserer Zeitrechnung lebte. Immerhin war aber Demokritos nicht nur Naturforscher, Mathematiker und Astronom, sondern auch Philosoph und Sprachgelehrter. Das soll ihm heute einer nachmachen! Obwohl er aus der Stadt der Dummköpfe, aus dem antiken Schilda, stammte, hat er sich ein atomistisches Modell selbst ausgedacht.

Wir wollen nicht bestreiten, daß Naturwissenschaftler heute mehr wissen und können als ihre Vorgänger. Was jedoch Berufe betrifft, in denen man psychologisch arbeiten und gute Menschenkenntnisse haben muß, sind wir heute keineswegs weiter als unsere Vorfahren. Das ist die Tragödie des Fortschritts, der Hauptkonflikt unserer Zeit. Wir wissen viel darüber, was sich auf fremden Planeten tut und auf entfernten

Sternen, von denen das Licht Jahrtausende lang zu uns wandert, aber das menschliche Wesen können wir nicht besser ausleuchten als die Menschen, die vor Jahrtausenden lebten.

In den Berufen, die vorwiegend von Menschenkenntnis, Scharfsinn und Witz leben, gibt es keinen Fortschritt. Dies zeigt sich beispielhaft an der Entwicklung des uralten Gewerbes der Gauner und Diebe. Es gibt zwar schon einen ganzen Zweig der Computerkriminalität – aber eine dumme, von der Konstruktion her gutgläubige Maschine zu überlisten, ist keine Spitzenleistung; es ist genauso unsportlich wie ein Heiratsbetrug an einer fünfzigjährigen Jungfer, die vor einem Monat aus dem Kloster kam.

Wenn es aber um echte Gaunerkunst geht . . . »Tausendundeine Nacht« und die Folklore vieler anderer Nationen übermitteln Geschichten von Meisterdieben und Meisterbetrügern, im Vergleich mit denen ihre zeitgenössischen Kollegen wie Waisenkinder dastehen. Es scheint, daß die begabtesten und kreativsten von ihnen in die Wirtschaftskriminalität eingestiegen sind. Dies ist jedoch auch kein Arbeitsfeld für Meister. Wirtschaftsschwindel ist eine einträgliche, aber plumpe Sache, denn er ist für Normalverbraucher kaum von der legalen Profitmache zu unterscheiden.

Die alte Geschichte: Wieder geht ein traditionsreiches Handwerk in der konzentrierten und organisierten Industrie auf.

Es gibt natürlich auch heute noch Diebe, die die alten psychologischen Tricks beherrschen. Die Polizei fahndete neulich nach einem Mann, der in der Schweiz und in Deutschland Gold weit unter dem Preis angeboten hat, kleine Mengen auch ordentlich lieferte und dann mit hohen Vorauszahlungen für große Lieferungen verschwand. Er erbeutete etwa drei Millionen Mark. Ich an Stelle der Polizei würde nicht besonders eifrig nach ihm fahnden – seine Kunden waren ja selbst Gauner, denn bei diesem Goldpreis mußten sie annehmen, daß die Barren Diebesgut sind oder der Verkäufer ein

naiver Trottel. Der Betrüger arbeitete traditionsgemäß mit der Geldgier der »anständigen« Menschen und hat sich sein Geld durch psychologische Kenntnisse und durch die Lektion des Anstandes, die er seinen Kunden erteilte, verdient.
Ein guter Psychologe, aber ein viel gemeinerer Kerl war der 27jährige Jugoslawe, der in Hamburg auf dem Hauptbahnhof seine in die Heimat reisenden Landsleute umarmte, sie mit weinerlicher Stimme Grüße an das Heimatland auszurichten bat und ihnen dabei die Brieftaschen stahl.
Von Anpassungsfähigkeit der Diebe zeugt eine Nachricht aus New York. Die Polizei hat festgestellt, daß am meisten da geklaut wird, wo die Schilder »Vorsicht, Taschendiebe« hängen: Die meisten Passanten fassen beim Lesen dieser Warnung unwillkürlich nach ihrer Brieftasche und zeigen somit den Dieben, wo ihr Geld steckt.
Diesen vereinzelten psychologischen Profileistungen stehen viele Beispiele von Pfuscherei gegenüber. So der Dieb aus Rock Falls in Illinois, der einem Klubbesitzer anstatt der Einkaufstüte mit Tageseinnahmen eine mit Paprikaschoten entrissen hat; französische Diebe, die Giftschlangen, und deutsche, die (für Nichtdiabetiker tödliche) Insulinspritzen klauten; der entflohene Häftling aus Rio de Janeiro, der in der Gefängnisdruckerei alles mögliche drucken konnte und es nur zu einem Spaß ausnutzte: Er druckte einen Haftbefehl für den Gefängnisdirektor.
Die schlimmste Unkenntnis der Psychologie und des Zeitgeistes zeigte jedoch ein Betrüger, der in einer süddeutschen Zeitung für 2000 Mark inserierte, daß er ein tibetanischer Mönch sei, und »Kontakte mit den Seelen der Verstorbenen« für 9,50 offerierte. Auf diese Anzeige meldeten sich nur zwei Interessenten. Er hätte sich als Doktor der Parapsychologie ausgeben und mindestens dreihundert Mark pro Kontakt verlangen sollen. Dann wären nicht zwei Kunden, sondern Tausende gekommen, und außerdem könnte er noch zum Bestseller-Autor werden.

Nein, selbst die Gauner haben heute keine richtige Qualifikation.

Ausgeliefert und verkauft

Ich habe wohl nicht den richtigen Beruf gewählt. Oder ich bin nicht der richtige Mann. Kurzum, ich sehe in meinem Beruf keine Möglichkeit, jemanden zu betrügen und somit reich zu werden. Ich kann nicht dem Verlag leere Papierblätter schikken und behaupten, das sei das Bedeutendste, was die Weltliteratur bis heute hervorgebracht hat – man wird es mir nicht abnehmen. Ich kann für meine Satiren nicht mit der Behauptung Reklame machen, daß ihre Lektüre den erwünschten Haarwuchs unterstützt oder den unerwünschten stoppt, daß sie den Damen den Busen festigt oder die Potenz der Herren stärkt, daß sie ein unentbehrliches Heilmittel seien, wenn man Konflikte in der Familie oder mit dem Chef hat.
Beweise dafür, welche Möglichkeiten andere Leute haben, bringt die Presse jeden Tag. Zum Beispiel die Nachricht aus New York darüber, wie eine Verbraucherorganisation eine Abtreibungsklinik des Betrugs überführt hat. Eine Mitarbeiterin der Organisation brachte Urin zur Analyse. Die Mediziner sagten ihr, sie sei schwanger, und boten ihr an, falls sie Geld bei sich habe, sofort die Operation durchzuführen. Der Urin, den die Dame zur Probe gebracht hatte, stammte jedoch von einem Mann. Wie viele Frauen wurden von solchen Kliniken um ihre Sorge und ihr Geld erleichtert, obwohl sie gar nicht schwanger waren?
Diese Frauen wurden nur um ihr Geld geprellt – man darf wohl annehmen, daß man an ihnen nur Scheineingriffe ausübte. Wie viele Menschen wurden von verschiedenen medi-

zinischen Geschäftemachern auch gesundheitlich geschädigt durch sinnlose Operationen und Kuren oder falsche Arzneien? Und bezahlt haben sie es auch noch.
Betrug der Medizinmänner empört uns besonders, weil sie unser Leben in ihrer Hand haben. Sind wir aber anderen Spezialisten in anderen Bereichen nicht genauso auf Gnade und Ungnade ausgeliefert? In Hamburg wurde ein Betrüger verhaftet, der Scheinoperationen an Staubsaugern machte. Er holte sich vom Sperrmüll einen alten Motor, suchte einen Bürger auf, der einen Staubsauger der bestimmten Marke hatte, gab vor, ein Serviceman der Firma zu sein, untersuchte das Gerät, diagnostizierte auf Motoraustausch, führte ihn durch und kassierte. Mit dem ausgebauten, gesunden Motor wiederholte er den Vorgang beim nächsten Kunden, und so etwa achtzigmal, bis er sich durch einen Fehler beim Kassieren verdächtig machte, ausgerechnet bei einem Kunden, der pensionierter Polizeibeamter war.
Jetzt würde es sich gehören, die Leichtgläubigkeit der Menschen zu tadeln, die den Betrügern hilft. Ich kann es jedoch nicht tun, weil ich nicht sicher bin, daß ich selbst auf einen Betrug nicht hereinfallen würde. Natürlich wird man mir nicht einreden können, daß ich schwanger bin. Man hat mir fest eingetrichtert, daß es bei einem Mann unmöglich ist. Aber von Staubsaugermotoren habe ich keine Ahnung, ebensowenig wie von Waschmaschinen, Elektrizität, Schuhleder, Pfeffersorten und hundert Millionen anderer Dinge.
Welcher durchschnittliche Automobilist versteht etwas von der Technik seines Fahrzeuges? (Ich möchte jährlich nur ein Prozent davon haben, was die Motoristen täglich für nichtausgeführte oder nicht notwendige Reparaturen bezahlen.) Wer kann nachprüfen, ob das Waschmittel, das er gekauft hat, tatsächlich »biologisch aktiv« ist – falls das überhaupt etwas bedeutet – oder irgendein Extrakt tatsächlich vitaminreich ist? Meine beruflichen Kenntnisse können mich höchstens davor warnen, einen Bestseller zu kaufen. Wir sind alle

von Spezialisten und »Spezialisten« abhängig – weil wir selbst Spezialisten sein müssen.
Ein Biologe oder ein Rechtsanwalt kann natürlich lernen, den Staubsauger selbst zu reparieren, oder mindestens, seinen Zustand zu begutachten. Es wird sich aber nicht lohnen: Der Zeitaufwand für das Erlernen wird ihn viel mehr kosten als das, was ihm ein eventueller Betrüger abnimmt. Und es besteht noch das Risiko, daß sein Staubsauger gar nicht kaputtgeht, sondern zum Beispiel die Gasheizung. Alles kann man nicht lernen.
Man kann sich nicht einmal trösten, daß das, was man den Betrügern gegeben hat, Lehrgeld sei. Auch ein gebranntes Kind muß den Monteur rufen, wenn irgendein Gerät nicht funktionieren will, und kann nicht viel tun, wenn der Mechaniker anstelle eines Schräubchens für dreißig Pfennig ein Teil für dreihundert Mark auswechselt. Und selbst die Frau aus der New Yorker Verbraucherorganisation wird zum Arzt laufen, wenn sie den Verdacht schöpft, daß sie ein unerwünschtes Kind erwartet; diesmal mit eigenem Urin.
Nein, das ist kein Lehrgeld. Das ist das Steuergeld dafür, daß wir alle eng spezialisiert sind.
Warum aber mußte ich mich für einen Beruf spezialisieren, in dem ich nicht betrügen kann?

Geborene Verbrecher

Der amerikanische Psychiater Raymond R. Crowe vom Iowa College of Medicine hat eine Gruppe von Kindern beobachtet, die von Insassen eines Frauengefängnisses geboren und in anständigen bürgerlichen Familien erzogen worden waren. Sie wurden viel öfter kriminell als die aus einer vergleichba-

ren Kontrollgruppe, die von nichtkriminellen Müttern stammten. Der Schluß: Neigung zum kriminellen Verhalten ist mindestens zum Teil erblich.
Schade, daß Dr. Crowes Beobachtungen nur eine kleine Gruppe (52 Frauen und Männer) umfaßten und dadurch die hundert Jahre alte These Lombrosos vom »geborenen Verbrecher« nicht sehr überzeugend unterstützen. Schön wäre es. Diejenigen von uns, die keine Verbrecher im Stammbaum haben, könnten erlöst aufatmen – heutzutage sind wir ja alle verdächtig. Und man könnte dem Verbrechen in etwa dreißig Jahren ein Ende machen – man müßte nur alle Verbrecher lebenslänglich isolieren und verhindern, daß sie Kinder kriegen.
Die Gerichtsverfahren würden sich äußerst vereinfachen, da der Verteidigung die Möglichkeit genommen wird, auf schwere Kindheit, soziale Umstände und so weiter hinzuweisen. Andererseits ist es aber unmöglich, jemand für eine Tat zu verurteilen, für die er schon durch seine Geburt determiniert wurde. Man müßte schließlich Gerichte überhaupt abschaffen und durch medizinisch-genetische Institute ersetzen.
Die schöne Perspektive hat jedoch einen Haken: Die Auffassung des Verbrechens ist in verschiedenen Ländern und verschiedenen Regimen unterschiedlich. In der Sowjetunion ist es zum Beispiel ein Verbrechen, Solschenizyn zu lesen und viele andere Autoren. Hat also eine Sowjetbürgerin »August 1914« gelesen, müßte man sie sterilisieren. Was aber, wenn sie schon Kinder hatte, bevor sie das Verbrechen beging? Und von wem hat sie diese kriminelle Lesemanie geerbt, falls sie geboren wurde, als Solschenizyn noch nicht verboten war?
In vielen Staaten ist Ehebruch noch ein Verbrechen. Man müßte also dafür sorgen, daß Ehebruch keine Kinder zur Folge hat. Die Ehebrecher sorgen zwar meistens selbst dafür, daß sie keine Kinder zeugen, jedoch nicht immer mit Erfolg. Die Lösung wäre, jede Schwangerschaft, die aus einem Ehe-

bruch stammt, zu unterbrechen – die Schwangerschaftsunterbrechung ist jedoch in diesen Staaten auch ein Verbrechen; und die Ehebrecher können ihre verbrecherische Neigung auch den legalen Kindern vererben. Die Kette wird endlos. So kann man leicht das ganze Menschengeschlecht auslöschen.

Nehmen wir aber jene Taten, die überall als kriminell gelten, zum Beispiel Diebstahl und Mord. Sagen wir, der Sohn einer Kaufhausdiebin wird zufällig auf legalem Wege Millionär (hypothetisch ist auch so was möglich), ohne zu stehlen; vielleicht hatte er keine Gelegenheit, in ein Kaufhaus zu kommen. Dann, seinen verbrecherischen Genen gehorchend, stibitzt er im Kaufhaus eine Uhr für dreißig Mark. Wenn ein Millionär aber in kleinen Mengen klaut, ist es kein Verbrechen, höchstens Kleptomanie. Die Frage ist: Soll man seine Kinder isolieren oder nicht?

Verhältnismäßig klar ist die Sache mit den Mördern. Mord ist überall Mord, freilich mit kleinen Ausnahmen: Wenn ein Palästinenser einen Israeli tötet, ein Ire einen anderen Iren, ein weißer Südafrikaner einen schwarzen, ein schwarzer Ugander einen braunen ... Das Problem kompliziert sich wieder. Und wenn sich die Menschheit auch einigt, daß Mord immer Mord sei, und diejenigen, die Neigungen hätten, andere Menschen zu töten, genetisch eliminiert ... Wo nimmt man dann die Helden für den nächsten Krieg her? Und andersherum – wie ist das mit den Kindern von Helden der vergangenen Kriege – haben die keine Neigung zum Töten geerbt?

Es wäre einfach, mit der Gewißheit zu leben, daß Kriminalität angeboren ist – wenn es nicht so verflixt kompliziert wäre. Pater Mendel sei Dank, daß die Ergebnisse von Dr. Crowe nicht sehr überzeugend sind.

Langeweile weilt am längsten

Die Menschen sind zur Langeweile ungerecht – sie hassen sie völlig unbegründet. Langeweile verlängert nämlich das Leben.

Man kann jeden Zeitabschnitt – sagen wir, einen Tag – kurz- oder langweilig verleben. War er langweilig, dauerte er – wie schon das Wort sagt, länger. Man erreichte also einen Zeitgewinn, zwar nur subjektiv, aber immerhin.

Wenn zum Beispiel ein Theaterstück langweilig ist, spottet man: »Um Mitternacht habe ich auf die Uhr geschaut – und es war erst neun.« Na und? War man eben für das gleiche Eintrittsgeld drei Stunden länger im Theater. Zeit ist Geld, es war also ein reiner Gewinn.

Das erinnert mich an die Geschichte mit dem Kiewer Millionär Brodskij, die lange vor dem Ersten Weltkrieg passierte. Man fragte ihn: »Herr Brodskij, Sie haben doch Geld genug, warum fahren Sie immer mit dem Personenzug und nicht mit dem Schnellzug?« – »Na, bin ich denn meschugge?« antwortete der alte Brodskij. »So zahl ich weniger und fahre länger!«

Ja, ich weiß, alte Geschichten sind langweilig – deshalb aber leben sie so lange. Wie die kaukasischen Schafhirten, deren Leben auch nicht eben kurzweilig verläuft.

Es gibt einen jüdischen Fluch: »Du sollst in interessanten Zeiten leben!« Denn in einer interessanten Zeit lebt man kurzweilig – und meistens auch kurz.

Viele Leute sagen – ich habe es auch schon oft gesagt: »Ich habe keine Zeit, mich zu langweilen.« Na – ist das ein Vorteil? Es beweist doch nur, daß, wer sich nicht langweilt, keine Zeit hat. Zeit braucht man aber, sie ist zeitlebens lebenswichtig, sie ist ja eine Dimension des Lebens. Man sollte sich schon ab und zu Zeit nehmen und sich mindestens eine kurze Weile langweilen. Viele Menschen haben dieses Bedürfnis erkannt.

Sie scheuen keine Mühe und keine Kosten, fahren irgendwohin auf das andere Ende der Welt, um sich da schön zu langweilen – mit der eigenen Familie oder mit wildfremden Menschen. Vor allem aber mit sich selbst.
Langeweile ist nämlich eine Weile, in der man nur mit sich selbst verweilt und nach einer kurzen Weile feststellt, daß man sich mit sich selbst langweilt, weil man sich nichts Neues zu sagen hat. Und es ist egal, ob man dabei tatsächlich allein ist oder unter Menschen, die uns etwas darbieten, was uns nicht interessiert. Wer der Langeweile entfliehen will, muß keine Menschen oder Attraktionen aufsuchen. Es reicht, wenn man weggeht und sich selbst zu Hause läßt.
Man soll aber nicht immer weglaufen, man soll sich ab und zu langweilen. Wann hat man denn sonst Gelegenheit, sich mit sich selbst zu beschäftigen, mit dem Menschen, den man am meisten liebt, auch wenn er langweilig ist?
Man muß der Gesellschaft zugestehen, daß sie an die wichtigsten Bedürfnisse ihrer Mitglieder denkt. Unzählige Menschen sind damit beschäftigt, Langeweile für andere zu produzieren: Redner, Urlaubsmanager, Ehepartner, Buch- und Fernsehautoren, Behörden, Verwandte, Chefs – es wäre langweilig, alle aufzuzählen.
Sollte diese Überlegung die Leser langweilen, muß ich ein höheres Honorar verlangen – denn ich habe den Lesern somit geholfen, zu sich selbst zu finden.

Königreiche und Pferde

Seien Sie sehr vorsichtig, wenn Ihnen jemand zuruft: »Ein Königreich für ein Pferd!« Auf so einen Tausch können Sie sich nur dann einlassen, wenn das Pferd nicht Ihnen gehört.

Ein Pferd ist ein konkretes Ding, es kann zwanzig Jahre aushalten, wenn nichts Besonderes passiert und wenn man es pflegt. Ein Königreich ist abstrakt, ein geographisch-politischer Begriff, heute ist es da, morgen ist es futsch. Und, ehrlich gesagt, wozu brauchen Sie ein Königreich? Haben Sie denn nicht schon mit der Familie Sorgen genug? Auf einem Pferd aber können Sie reiten, Ihr Vergnügen haben und zugleich etwas für Ihre Gesundheit tun.

Derjenige, der Ihnen das Angebot gemacht hat, ob König oder Nichtkönig, hat auch kein Königreich; oder er hat eins, das von fremden Armeen besetzt ist oder aber total verschuldet, oder er ist eben dabei, es zu verlieren.

Ein gut prosperierendes Königreich bietet man ja nicht zum Tausch für ein Pferd an. Erstens gibt es in so einem Königreich genügend Pferde zu billigeren Preisen. Zweitens pflegen die Herrscher an ihren Königreichen zu hängen, wahrscheinlich aus sentimentalen Gründen. Ein Königreich, das mir nicht gehört, würde ich selbst gern gegen ein Pferd eintauschen, sogar gegen ein Pony für meinen Sohn. Unter der Bedingung, daß man mir das Pony nach Hause bringt und sich das Königreich selbst abholt.

Stelle man sich vor, daß Sie tatsächlich ein Pferd haben, und der in Not geratene König hat tatsächlich ein Königreich zu vergeben. Dann muß man sich überlegen, wozu er das Pferd so dringend braucht. Will er vor dem Feind ausreißen oder im Gegenteil, sich auf den Feind stürzen, um sein Reich wiederzuerobern? Will er türmen, sehen Sie Ihr Pferd nie wieder und das Reich auch nicht. Sie glauben doch nicht ernsthaft, daß die Sieger deshalb einen Krieg geführt haben und ein Land besetzt, um es Ihnen zu schenken?

Sieger haben die Gewohnheit, auf alle Rechtsansprüche der anderen zu pfeifen, nicht nur auf solche, die durch einen mündlichen Vertrag mit dem früheren Inhaber des Reiches entstanden.

Wird sich dagegen der gute König – auf Ihrem Pferd! – auf

seine Feinde stürzen, dann gibt es mehrere Möglichkeiten, darunter aber keine, die für Sie günstig wäre. Sollte der König oder das Pferd in der Schlacht fallen, kriegen Sie natürlich gar nichts – außer Schwierigkeiten mit den Siegern, weil Sie dem Besiegten geholfen haben. Sollte Ihr König siegen, hätten Sie sogar einen gesetzlichen Anspruch – mindestens auf die Hälfte des befreiten Reiches, denn Sie haben ja die technischen Mittel, das Kriegskapital für den Sieg geliefert, sind also ein stiller Gesellschafter. Bekommen werden Sie es aber nicht, denn diesmal wird der König der Sieger sein, und Sieger, wie gesagt, pfeifen auf die Rechtsansprüche der anderen. Sie werden von Glück reden können, wenn er Sie nicht hinrichten läßt, um einen lästigen Gläubiger und Zeugen seiner schwachen Minute zu beseitigen. Im besten Fall – wenn es ein sehr edler König ist – wird man ihnen ihren kaputtgerittenen Gaul zurückgeben und vielleicht noch einen Orden.
Und überhaupt, falls Sie eine wirtschaftlich schwächere Privatperson sind, werde ich Ihnen dringend abraten, Geschäfte mit Herrschern zu machen; auch wenn es nicht so verrückte Geschäfte sind wie der Tausch eines Königreiches für ein Pferd.
Auch wenn derjenige, der Ihnen so ein lukratives Geschäft bietet, kein Monarch ist, laufen Sie weg, so schnell Sie können, denn er ist ein außerordentlich unverschämter Schwindler. Ein einfacher Schwindler wird Sie nur einfach zu betrügen versuchen, sozusagen menschlich. Er wird Ihnen einen Esel oder, sagen wir, einen Hahn bieten. Dann haben Sie für Ihr gutes Pferd doch etwas bekommen.
Ich weiß, daß Sie kein Pferd haben, und keiner hat Ihnen ein Königreich dafür geboten, also brauchen Sie meine Warnungen nicht. Die Geschichte war auch anders gemeint: Als Einführung in die höhere Politik und in das einfache, alltägliche Wirtschaftsleben.

Die Stadt ist eine Frau

Ich muß gegen die deutsche Grammatik meutern. Es ist doch unlogisch, daß eine Stadt, solange sie anonym bleibt, *die* Stadt ist, wenn man sie aber mit Namen nennt, ihr weibliches Geschlecht verliert und zum Neutrum wird.

Ein Neutrum ist etwas Gefühlloses und Gefühlunwürdiges. Wie kann man ein Neutrum lieben, wie kann man mit einem Neutrum leben und nicht selbst zum Neutrum werden?

Schlimm genug, daß es in der Welt Städte-Neutren gibt, bedrückend unpersönliche Termiten-Bauten oder säuberliche Riesenhotels. Sie sind so geworden, weil man sie weder liebt noch haßt. Die Propheten nannten Jerusalem »liebe Braut« und »freundliche junge Dirne« und schimpften sie in ihrem Zorn und Schmerz »Hure«. Die Hussiten klagten gegen »die Hure Rom« unbeirrt dadurch, daß der Name der Ewigen Stadt in Tschechisch männlichen Geschlechts ist.

Prag heißt in ihrer Muttersprache weiblich und zärtlich Praha, sie ist eine Frau – und ich bitte mich nicht zu korrigieren, wenn ich das Femininum benutze, die Grammatik ist nicht so wichtig wie die Wahrheit. Sie hat ihr weibliches Gesicht, das schön ist, auch mit den Falten des Alters; und auch wenn es von grauem Staub bedeckt ist. Sie hat ihr weibliches Schicksal, sie wurde mehrmals vergewaltigt und mehrmals gegen ihren Willen verheiratet, und hat trotzdem sich selbst nicht verloren und nicht hingegeben. Der alte Witz von der Russin, die nach dem Beischlaf sagt: »Meinen Körper hattest du, du Hund, aber meine Seele nicht«, ist in bezug auf Prag kein Witz. Man nennt Prag »Mutter der Städte«, »Mütterchen Prag« und »Königin«, das sind Namen der Verehrung, man liebt sie jedoch noch anders als die Mutter und ehrt sie noch anders als die Königin. Ich kenne keinen Menschen, der Prag besucht und sich nicht in sie verliebt hätte. Selbst die, die sie mit Gewalt bezwangen, lernen sie zu lieben, freilich mit der versoffenen, selbstbemitleidenden Liebe eines Gewaltverbrechers. Prag ist eine Geliebte nicht für eine Stunde und nicht nur für die Zeit, die man mit ihr zusammen verlebt – sie ist eine Geliebte fürs Leben. Das heißt: Königin und Mutter, eine weise, ausgeglichene, hilfsbereite Freundin und eine reizvolle Frau zugleich.

Prag ist eine Frau aus dem Volke, die sich zusammen mit ihren Kindern alles selbst erarbeitet hat. Sie weiß ihre Kleinodien zu schätzen, weil sie sie nicht von reichen Verwandten geschenkt bekommen hat, aber prahlt auch nicht mit ihnen, weil sie keine Neureiche ist. Sie ist überhaupt nicht reich, und sie hatte schon bessere Zeiten. Sie trägt jedoch ihre Armut mit der selbstverständlichen Würde, mit der Bescheidenheit und Ausgeglichenheit, mit der praktischen Anpassungsfähigkeit einer lebenserfahrenen, liebenden und geliebten Frau. Sie versucht nicht den Backfisch zu mimen und verheimlicht ihr Alter nicht, sie weiß, wie schön und attraktiv sie noch ohnedies ist. Aus demselben Grund jagt sie nicht der Mode nach – und weil sie weiß, daß sie es sich nicht erlauben kann. Die häßlichen, teuren Geschenke, die sie ab und zu in den letzten Jahrzehnten bekommen hatte und die sie nicht schmücken, vermögen nicht das Bild ihrer Harmonie zu verstellen.

Prag ist nicht für Orgien zu haben und auch nicht für die heuchlerische Moral, sie ist eine Frau, die das Leben liebt und weiß, was es wert ist und was sie selbst wert ist. Sie ist eine intelligente, gebildete Frau, keine Neuintellektuelle, die ihre Bildung dauernd dadurch beweist, daß sie mit Fremdwörtern herumschmeißt. Sie hat seit jeher einen guten Geschmack, deshalb protzt sie mit ihrem guten Geschmack nie.

Sie ist keine Dame der Gesellschaft, sie ist auf jene natürliche und feine Art aristokratisch, wie es nur kluge, gute, schöne und intelligente Frauen aus dem Volke sind.

Prag ist eine Geliebte fürs Leben. Man verläßt sie nie, auch wenn man ihr physisch untreu ist. Und man liebt sie, auch wenn man mit ihr verheiratet ist.

Daidalos' Erbe

Die Geschichte der menschlichen Flugleidenschaft ist romantisch verklärt. In den Vordergrund wurde Ikaros gestellt, obwohl seine einzige Tat, die bekannt wurde, der Absturz ist. Zum Helden, zum Symbol der menschlichen Höhenflüge, wurde Ikaros aus didaktischen Gründen hochstilisiert: Seine Geschichte, so wie sie allgemein aus Schulbüchern bekannt ist, kann nach Belieben ausgelegt werden. Man kann anschließend »Jugend, auf zur Sonne!« ausrufen oder »Junge Leute, haltet euch in Grenzen, sonst verbrennt ihr euch die Flügel!« mahnen. Dies ist sehr praktisch.
Hinter dem romantischen Glanz der Legende verschwanden in der Vergessenheit viele wichtige Details der Geschichte von Daidalos und Ikaros. Zum Beispiel, daß Daidalos nicht aus reiner Erfindungs- und Entdeckungslust die Flügel konstruierte, sondern als Mittel für die Flucht aus dem Labyrinth, in dem er mit seinem Sohn von König Minos eingesperrt wurde. Somit war es vielleicht nicht der romantische jugendliche Übermut, der Ikaros in die Höhe führte, sondern einfach Angst, der häufigste und am sorgfältigsten verheimlichte Motor des menschlichen Handelns.
Zugegeben, Daidalos' Qualifikation als Legenden-Held ist ein wenig zweifelhaft. Er hat zwar auf romantische Weise die abenteuerliche Flucht aus dem Labyrinth vorbereitet – er hat aber auch das Labyrinth selbst erbaut. Er war ein genialer Baumeister und Erfinder – hat jedoch sein Genie dem Despoten Minos zur Verfügung gestellt; er war von ihm abhängig, weil er aus seiner athenischen Heimat flüchten mußte, als er seinen Neffen Talos aus Konkurrenzneid ermordete. Kurzum: er war keineswegs mehr so jung, schön und unschuldig wie sein Sohn Ikaros. Und er hat die Flügel aus Not erfunden, nicht aus reiner Freude an der Kreativität. Irgendwie schämen sich die Menschen, wenn sie etwas aus praktischen Gründen

tun; romantisch ist nur, was als physische oder geistige Kraftprotzerei entstand.

Dabei ist die Flucht ein starkes und zuweilen heroisches Motiv, dessen man sich nicht schämen müßte. Den Fluchtbewegungen ganzer Stämme und einzelner Menschen verdanken wir die geographische Eroberung und Besiedlung des Erdballs. Flüchtlinge übertrugen und verbreiteten Wissen, Technik, Handel zwischen entfernten Völkern, sie waren die Pioniere dessen, was man Kulturaustausch nennt, und betätigen sich auf diesem Felde auch heute noch. Ich vermute, daß das British Empire einst als Ergebnis einer großen Flucht entstand – die Briten waren bereit, an das Ende der Welt zu gehen, um der englischen Kost und dem Puritanismus zu entfliehen.

Alle Flugpioniere, all die Bleriots, Lilienthals und Wrights, waren Erben des Daidalos, nicht des Ikaros. Es waren praktische und technisch versierte Romantiker, der Erfolg ihrer Bemühungen beweist es. Ich kenne ihre Lebensläufe nicht, bin jedoch überzeugt, daß hinter ihren Erfindungen irgendeine Not und auch irgendeine Flucht-Sehnsucht stand, sei es nur die Flucht vor der Armut oder vor der Eintönigkeit der Berufsroutine. Der letzte »reine« Romantiker der Luftfahrt war wohl Leonardo da Vinci, er zeichnete und berechnete seine Flugmaschinen nur so aus geistigem Übermut. Auch er war aber ein vorsichtiger Romantiker, denn er versuchte nicht, seine Maschinen zu bauen.

Die spätere Geschichte der Luftfahrt ist nur noch technisch interessant und bar jeder Romantik. Die Luftfahrt ging den Weg aller Erfindungen – sie verdingte sich dem Geschäft und dem Töten von Menschen. Die Fliegerhelden, ob im Krieg oder im Frieden, handelten auch nie aus purer Kraftprotzerei. Helden sind Menschen, die vor sich selbst flüchten und der eigenen Angst entfliehen wollen. Oder aber verblendete, gehorsame Trottel.

Die Wüste

Einhundertundvierzehn Suren hat der Heilige Koran, die Mohammed, der Prophet Allahs, diktiert hat. Ich maße es mir nicht an, dieses als die einhundertfünfzehnte beizufügen, denn ich bin kein Prophet. Es gibt heute keine Propheten, und Satiriker, die den reellen und realistischen Teil ihrer Arbeit übernommen haben, gibt es auch wenige. Wenn jemand aber in seiner Überheblichkeit und Dummheit sagt, er sei ein Prophet und besitze die einzige Wahrheit, so verderbe ihn Allah und Ihr, Menschen, bevor er Euch Verderben bringt.

Der Anblick der Wüste ermahnt den Menschen zu tiefen und erhabenen Gedanken, denn sie scheint nackt und heiß und unendlich zu sein, wie der Zorn Gottes gegen die Bösen. Sie ist jedoch nicht unendlich, noch nicht, und es bedarf heute keines besonderen Wagemutes, um sie zu durchqueren, sei es in fliegenden Käfigen, die mit Teppichen ausgelegt sind, sei es in rollenden Häusern, deren Luft auch für diejenigen angenehm gehalten wird, die vor lauter Faulheit und Verwöhntheit selbst das Atmen für eine Anstrengung halten. Wer aber andere Fortbewegungsmittel wählt, um in die Wüste einzudringen, obwohl er hier fremd ist, beweist nicht Wagemut, sondern Hochmut, und wenn ihn Allah der Barmherzige vor der Strafe nicht verschont, ist seine Strafe gerecht.
Aber auch dem, der in seiner Unvernunft die Gefahr sucht, droht sie in der Wüste weniger als in Euren Städten. Die rasenden Ungeheuer, die Euer Leben unsicher machen, sind hier selten und haben Platz genug, um auszuweichen. Die Luft der Wüste ist heiß und macht den Atem des Menschen schwer, es ist aber kein Gift in ihr. Auch Wegelagerer gibt es in der Sandwüste weniger als in Euren Steinwüsten, und wenn es sie gibt, arbeiten sie nach althergebrachtem Muster der Kameldiebe, mit Messer, Säbel und Gewehr, was sich

schon fast anmutig ausnimmt angesichts des bedruckten Papiers und der denkenden Maschinen, mit deren Hilfe Euch Eure Räuber ausnehmen. Die gefährlichsten aber von den Arabern aus der Wüste, die im Koran ihres Falsches, ihrer Unbeständigkeit und ihrer räuberischen Gier wegen gescholten werden, stiegen in das Erdölgeschäft um, die Reisenden sind für sie eine viel zu kleine Beute, die nicht der Mühe wert ist.

Ja, selbst wenn Eure ganze Welt, die Ihr für Euer Werk haltet – und sie ist es in der Tat, ihre Beschaffenheit bezeugt es –, in Gefahr sein würde, würde die Wüste für Euch die sicherste Zuflucht sein. Denn auch der Satan, der Flüsternde und Entfliehende, dessen Macht nur deshalb so groß ist, weil er Eure innigsten Wünsche erfüllt, wird nicht auf den Gedanken kommen, vernichtende Waffen, die dazu bestimmt sind, ganze Länder zu verwüsten, auf die Wüste zu richten, die ja schon verwüstet ist.

Sie ist von Euch verwüstet, o Menschen, Ihr habt es in Eurer Bosheit und Unvernunft auch ohne diese Waffen geschafft, die Ihr heute habt. Wo heute Sand Eure Spuren verschüttet wie Euer Gedächtnis Eure Sünden, lebten einst Menschen, und das Land bot ihnen Wasser und Schatten, Oliven und Wein, Milch und Honig und zarte Lämmer für ihre Feste. Menschen waren es, die Städte und Dörfer dem Boden gleichgemacht haben, Bewässerungssysteme zerstört, die Quellen austrocknen und das Gras abgrasen ließen, die die Haine verbrannten.

Die Natur tötet und gebärt wieder, der Mensch aber tötet um des Tötens willen, mehr als er wiederherstellen kann, und er gebärt Zerstörung. Es sind die Frevler unter Euch, die dem Allmächtigen gleich sein möchten, deren Macht aber nur für Vernichtung ausreicht und nicht für die Schöpfung.

Schickt sie in die Wüste, o Menschen! Der Anblick der Wüste ermahnt zu tiefen und erhabenen Gedanken – all die, die noch denken können. Und jene, die es nicht können oder wollen, werden ihren Spiegel finden, in dem Sand der Wüste, deren einziges Ziel es ist, sich auszubreiten, zu verschütten, einzusaugen, der tot und allem Leben gegenüber gleichgültig ist.

Die Juxtage

Das Wort »Karneval« kommt vom lateinischen »carne vale« – »Fleisch, leb wohl«, was oft irrtümlich als Abschied von der Periode des Fleischverzehrens und Übergang zu der Fastenzeit gedeutet wird. Daß diese Auslegung falsch ist, beweist die allgemein bekannte Tatsache, daß in Ländern und Zeiten, in denen Fleisch Mangelware ist, keineswegs eitel Karneval herrscht. Es ist vielmehr eine Aufforderung an das eigene Fleisch, wohl zu leben, es sich also wohlergehen zu lassen. Manche Lateiner, in Anspielung an die abenteuerlichen Möglichkeiten, die der Karneval bietet, oder zumindest seinerzeit bot, legen die Worte »carne vale« als scherzhaften Abschiedsgruß an das eigene Fleisch aus. (Vergleich mit »Ave, Caesar, morituri te salutant«.) Sinngemäß unterscheiden sich beide Auslegungen nur in Nuancen.
Sowjetische Wissenschaftler, die einwandfrei nachgewiesen haben, daß alle guten Erfindungen aus Rußland kommen, führen den Begriff »Karneval« auf den berühmtesten Moskauer Trinker und Schläger des 13. Jahrhunderts, einen gewissen Kornej Matwejew zurück. Die auf dem Eis des Moskauflusses versammelte Menge pflegte diesen Kornej (sprich: Kárnej) bei seinen Boxeskapaden mit dem Zuruf zu ermuntern:
»Kornej, waljaj!«, etwa »Los, Kornej!«. Dieser heitere Satz wurde dann zum sprichwörtlichen Signal für jede Art von

Ausgelassenheit. Der Weg zu der Verballhornung »Karneval« ist klar.
Auch die sowjetische Theorie, die selbstverständlich die fortschrittlichste von allen ist, stimmt sinngemäß – obwohl sie sich auf einen ganz anderen historischen Hintergrund stützt – mit den anderen überein. Es sind nur gewisse örtliche Unterschiede in dem zu sehen, was man für vergnügliche Ausgelassenheit hält.
Auch die Etymologie des Wortes »Fasching«, ursprünglich »Fesching«, ist umstritten. Die proenglische oder anglophobe Schule (das Fremdwort entnehme ich dem Artikel eines Hamburger Reporters, der die proenglische Sympathie der Hanseaten »Anglophobie« nannte) meint den Ursprung des Faschings in dem englischen Wort »fashion« = Mode gefunden zu haben. Diese Schule hat zwei Zweige. Ein Teil der Wissenschaftler behauptet, daß die Altengländer die fröhlichen Umzüge »fashion« oder »fashioning« nannten, weil sie ironisch meinten, daß die bunten Gewänder Muster für die Mode seien; die anderen sind der Meinung, daß der Umzug selbst als Mode bezeichnet wurde, weil er aus den romanischen Ländern kam – ebenfalls ironisch, denn die vornehmen Insulaner müssen immer ironisch sein.
Eine eher unbedeutende profranzösische Schule vertritt die Meinung, daß die Bezeichnung »Fasching« von den französischen Worten »pas chic« stammt, weil die leichtlebigen Franzosen der Ansicht waren, daß man sich für die fröhlichen Tage locker und nicht vornehm kleiden soll.
Ich bin, und zwar nicht nur aus patriotischen Gründen, sondern auch weil ich es am überzeugendsten finde, Anhänger der altösterreichischen Schule. Diese führt den »Fasching« auf das Prager-Wienerische »fesch«, beziehungsweise »Feschak« zurück (davon dann »Fesching« und später das unverständliche »Fasching«). Die fröhlichen und gutmütigen Menschen der alten Monarchie fanden nämlich die Verkleideten fesch, nett und liebenswürdig, zumal ihre Gesichter mit

Masken bedeckt waren. Die ausgelassene Faschingszeit bot auch den unternehmungslustigen »Feschaken« paradiesische Möglichkeiten.

Die böswilligen Behauptungen einiger Sprachforscher, die »Faschismus« von »Fasching« abzuleiten versuchen – in Anspielung auf die österreichische Herkunft Hitlers und auf die Vorliebe der Faschisten für Maskeraden, Umzüge und manipulierte Massenversammlungen, entbehren jeder wissenschaftlichen Grundlage.

Es bleibt uns noch die nüchterne und gänzlich unpassende Bezeichnung »Fastnacht«, die sich in manchen puritanisch frommen Gegenden hält. Das Fasten ist ja das letzte, was man mit so einer »Fast«-Nacht in Verbindung bringen kann. Sie hieß auch ursprünglich »Festnacht« – auch dies schon ein nüchterner neutraler Name, der den heidnischen Charakter des Festes vergessen lassen sollte. Die spätere Umbenennung in »Fastnacht« ist eine listig heuchlerische verbale Tarnung, die für jeden Puritanismus so typisch ist.

Karneval, Fasching, Fastnacht und wie sie noch heißen, sind offiziell zugelassene, ja verordnete Juxtage. An diesen Tagen darf und soll jeder lustig sein, ohne sich verächtlich oder gar verdächtig zu machen. Wer nicht auf wissenschaftliche Genauigkeit bedacht ist, kann sie auch Spaßtage nennen, diese Bezeichnung hält jedoch einer Analyse nicht stand. »Spaß« ist ein uraltes Wort und hat deshalb eine sehr konkrete und nicht ausdehnbare Bedeutung. Es wurde als Zusammenziehung der Worte »Speise« und »Spieß« gebildet, wahrscheinlich schon damals, als der erste Mensch auf die Idee kam, Fleisch am Spieß zu braten. Dies war die erste Speise, die wirklich Spaß machte, nicht nur beim Essen, sondern schon bei der Vorbereitung. »Spaß« hat also eine ursprüngliche, biologisch-instinktive Bedeutung. Lustigkeit an dafür bestimmten Tagen muß nicht unbedingt Spaß machen. Mancherorts ist sie auch kein Spaß, sondern eine ernste Aufgabe, eine Bürgerpflicht.

»Juxtage« eignet sich viel besser, schon wegen der unbestrittenen Etymologie des Wortes »Jux«. Es ist die Imperativform von »jucken« – juck's! Gemeint ist das Jucken des Zwerchfells und anderer Organe, die im Zusammenhang mit den obengenannten Tagen und Nächten aktiviert werden können. Die weise gewählte Form mit dem »s« am Ende zeigt, daß es nicht von allein jucken muß – es handelt sich also um keine unkontrollierbare Reflexreaktion –, sondern das Jucken kann und soll hervorgerufen werden, eventuell mit künstlichen Mitteln, bei sich selbst und auch bei anderen Personen. Im Wort »Jux« ist eine kollektive Zusammenarbeit andeutungsweise inbegriffen (»s«), womit es sich zugleich von dem Begriff »Humor« abgrenzt, denn Humor ist eine streng individuelle Angelegenheit. Daß gemeinschaftlicher Jux und Juxtage nichts mit Humor zu tun haben müssen, ist auch aus der Praxis bekannt. Deshalb sind wir der Meinung, daß »Juxtage« die einzige wissenschaftlich präzise Sammelbezeichnung für Karneval, Fasching, Fastnacht usw. ist.

Stühle an die Macht?

Die Zahl der Stühle und Sessel in den europäischen Ländern übertrifft die der menschlichen Bevölkerung in einem Verhältnis von mindestens 15:1. Ich habe allein in meinem Zwei-Personen-Haushalt zwölf Sitzgelegenheiten, Sofas und Couchen nicht mitgerechnet. Meinem Sohn stehen Stühle in der Schule zur Verfügung, für mich stehen Stühle in jeder Kneipe bereit, und für uns beide werden Stühle und Sessel in Theatern, Kinos, Restaurants, bei Ärzten und Zahnärzten und so weiter frei gehalten. Man darf auch nicht jene Stühle vergessen, die auf uns in bekannten und noch unbekannten

Familien warten, falls wir sie mal besuchen. Die Schätzung 15:1 ist also eher zu knapp.
Das kommt davon, daß die Menschen den Stühlen gegenüber eine Position einnehmen wie einst die Kolonialherren, die für jede Arbeit einen anderen Boy hatten. Und sollte jemanden dieser Vergleich unangenehm berühren, kann er sich auf die Prinzipien der englischen Gewerkschaften berufen, die für jede Handbewegung einen anderen Spezialisten vorschreiben.
Die Masse dieser unentbehrlichen Möbelstücke stellt eine ungeheure Kraft dar. Würden sie sich vereinigen, könnten sie auf einmal die Menschen zu Fall bringen. Buchstäblich.
Trotz der großen Unterschiede zwischen ihnen – sie reichen von einem bescheidenen Hocker oder Schemel bis zum Thron, ja noch höher, bis zum weichen und wissenschaftlich konstruierten Vorstandssitz einer Mammutfirma – haben die Stühle die besten Gründe und Voraussetzungen, sich zu vereinigen: Sie werden nämlich alle im direkten Sinn des Worts von den Menschen unterdrückt.
An Führern fehlt es ihnen nicht – Führer gibt es immer und überall genug, und die verweichlichten Polstersessel haben sicherlich eine Menge ehrgeiziger Nachkommen, die sich nicht ausgefüllt fühlen. Sie haben auch Millionen harter Kämpfer aus Holz, Stein und Stahl. Manche hochgestellten Sessel haben starke Machtpositionen inne, denn sie und nicht die Leute, die in ihnen sitzen, sind entscheidend. Warum haben aber die Stühle noch nicht die ganze Macht in unserer Welt übernommen?
Die einzige Erklärung ist, daß sie noch nicht daran interessiert sind, die Verhältnisse umzukehren. Die Menschen sind falsch konstruiert und bieten den Stühlen keine bequeme Sitzgelegenheit. Die Sessel werden aber immer raffinierter und formen immer mehr die menschlichen Körper nach ihrem Willen.
Wenn es einmal soweit ist – dann wehe den Menschen! Die

Sessel und Stühle werden zur Revolution aufmarschieren und anrollen, mit Milliarden von Beinen, mit Millionen von Rollern.

Rehabilitierung der Schweine

Der amerikanische Autor William Hedgepeth hat ein Buch über Schweine veröffentlicht, in dem er versucht, die seit Jahrtausenden beschmutzte Ehre dieser borstigen Vierbeiner reinzuwaschen. »Hunde sind kriecherisch«, sagt Hedgepeth, »Katzen herablassend, aber Schweine schauen dir treu ins Auge und behandeln dich wie ihresgleichen.«

Dies Letztgenannte – daß Schweine bereit sind, den Menschen als ihresgleichen zu betrachten – spricht zwar nicht so sehr für ihren Verstand, dafür aber für ihre Bescheidenheit und Großzügigkeit. Die Menschen selbst sind weit davon entfernt, andere Menschen als ihresgleichen zu sehen, um so mehr müßten sie einer fremden Art, also den Schweinen, für diese Anerkennung dankbar sein.

Andererseits ist dies vielleicht der Grund, weshalb der Mensch diese sympathischen Tiere nicht nur vernichtet, sondern auch mit Verachtung verfolgt. Der Mensch mag es nicht, mit anderen Tieren verglichen zu werden, einige große Raubtiere ausgenommen, die wegen ihrer Stärke, Gefräßigkeit und Gefährlichkeit als edel gelten. Er mag es zum Teil aus Anmaßung nicht, zum Teil aus Furcht vor dem Vergleich. Der Vergleich mit dem Schwein kann für den Menschen besonders unangenehm werden. Wie bekannt, ist der Organismus dieser Tiere dem menschlichen sehr ähnlich. Und sie gehören zusammen mit dem Menschen zu den wenigen Tieren, die so intelligent sind, alles zu fressen, was die Natur bietet.

Wie kann sich der Mensch auf einen Vergleich mit Lebewesen einlassen, von denen der Autor Hedgepeth behauptet, daß sie »sauber, ehrenhaft und anständig« sind?
Ungeachtet des biblischen Rats, man solle keine Perlen vor die Säue werfen, will Hedgepeth eine »Schweine-Akademie« gründen, wo die Vierbeiner nicht nur mit gutem Fressen, sondern auch mit Musik und Poesie bedient werden sollten. Ich will nicht mit dem Bibelspruch dieses Unternehmen in Angriff nehmen. Vielleicht war der Spruch anders gemeint, als er ausgelegt wird – daß Perlen nämlich ein ganz nutzloses Klunkerzeug sind, das nur den Menschen blenden und ein intelligentes Tier nicht interessieren kann.
Das Unterfangen ist aber gefährlich. Der Initiator der Schweine-Akademie sagt mit Recht, daß Schweine bisher »intellektuell nie stimuliert worden sind wie andere Tiere«. Das mag gute Gründe haben. Denn – was, wenn es sich zeigt, daß das Borstenvieh mehr Verständnis für Musik und Literatur hat als die Menschen? Was dann? Kann man denn ein feinfühliges, musikalisch und literarisch gebildetes Wesen zu Schnitzeln und Schinken verarbeiten?
Ja, das ist das Problem. Solange wir Schweine essen, können wir sie nicht rehabilitieren. Es ist natürlich ein schrecklicher Gedanke, daß wir möglicherweise die intellektuelle Elite der Tierwelt vertilgen. Aber – soll man deshalb auf Spanferkel und Schweinegulasch verzichten? Der eigene Magen war dem Menschen schon immer näher als die Gerechtigkeit.
Wenn die Schweine tatsächlich so intelligent sind, wie William Hedgepeth behauptet, müssen sie verstehen, daß sie erst dann rehabilitiert werden, wenn sie die Macht an sich reißen und den Menschen nicht mehr als ihresgleichen, sondern als Fraß betrachten. Sie sind ja auch Allesfresser.
Eins würde mich noch interessieren: Wie steht Herr Hedgepeth zum Schweinebraten?

Marsch in das Weltall!

Ich habe mal geschrieben, daß ich gerne noch hundert Jahre auf Weltraumflüge verzichten könnte, wenn man die dafür bestimmten Mittel auf der Erde für dringendere Zwecke verwenden würde. Ich habe meine Meinung geändert. Älter geworden, begriff ich, daß man öffentliche Gelder – wie auch immer eingespart – niemals vernünftig ausgeben wird.

Man kann keineswegs auf die Erforschung des Weltraums verzichten. Im Gegenteil, es ist wohl die letzte Eisenbahn – oder vielleicht die letzte Rakete –, eine richtige Transportverbindung zu anderen Planeten herzustellen.

Die Besiedlung fremder Planeten ist zwar, meines Erachtens, keine erstrangige, keine dringende Aufgabe. Den Schwarzsehern, die eine katastrophale Überbevölkerung der Erde voraussagen, glaube ich nicht. Die unzähligen brachliegenden Gebiete unseres Planeten könnten Unmengen von Menschen beherbergen und ernähren, wenn man die Mittel, die man für den Kampf um jedes Stückchen Wüste ausgibt, dazu verbrauchte, die Wüsten urbar zu machen.

Sollten sich die Menschen bei unveränderten Verhältnissen übermäßig vermehren, werden die Überzähligen vor Hunger aussterben oder von ihren Artgenossen erschlagen werden, wie es auch bei anderen Tierarten im Falle einer plötzlichen Vermehrung geschieht. Sollte sich dagegen unerwarteterweise der Wohlstand in der ganzen Welt ausbreiten, wird die Bevölkerungsexplosion von allein aufhören. Menschen, die im Wohlstand leben, sind nicht auf Kinderzeugung als einzige Altersversicherung und einzige Freizeitbeschäftigung angewiesen, sie haben andere Wünsche und Hobbies und passen schon gut auf, um ihr materielles Wohl nicht zu schmälern.

Es gibt also keine zwingenden Gründe, fremde Planeten als Siedlungsgebiete zu besetzen. Es gibt aber andere wichtige

Gründe, sie zu erobern. Der erste Grund ist das Erobern als solches. Für Militärs und manche Staatsmänner ist dies ein Zweck an sich – eine Prestigefrage und das höchste Ziel. Für Eroberungsspiele sind Mars oder Saturn ideale Spielplätze. Ihre weitläufigen und herrenlosen Gebiete könnten jeden Marschall entzücken. Auch für uns, Rangniederen oder gar Zivilisten, sind sie günstig – bei außerirdischen Expansionen müssen keine Menschen getötet werden. (Vielleicht könnte man die Eroberer überzeugen, daß es auch so Spaß macht.)

In Prag kursierte seinerzeit dieser Witz: »Hast du schon gehört?« fragte ein Tscheche den anderen. »Die Russen sind auf dem Mond!« Und der andere rief freudig: »Alle?«

Ich bin überzeugt, daß die Prager (die Warschauer, die Budapester, die Ostberliner . . .) sich auch mit einer bescheideneren Lösung zufriedengegeben hätten; man brauchte nur die Parteispitze samt Apparat im Kernland und in den Kolonien, die hohen Militärs und ein paar tausend Spitzel von der bösartigsten Sorte ins Weltall zu verfrachten.

Aus anderen Erdgegenden würde man wohl auch einige tausend Plätze in den Müllabfuhrraketen des irdischen Hygienedienstes anfordern. Wäre das nicht eine Wonne, Leute, die man am liebsten auf den Mond schießen möchte, tatsächlich auf den Mond zu schicken?

Den Mond möchte ich persönlich jedoch lieber sauberhalten. Für die verschiedenen Idiamins sollte man vorsichtshalber isolierte Planetoiden ein paar Lichtjährchen weiter suchen. Der Mond soll für uns, normale – das heißt, halbverrücktgemachte und halbverdummte – Weltbürger als Ausflugsort reserviert bleiben. Wenn wir die Erde ab und zu ein Wochenende lang von dem Mond aus betrachten, werden wir vielleicht endlich begreifen, daß unser kleiner und eigentlich gemütlicher Planet *ein* Ganzes ist.

Unser guter Name

Der Soziologe Helmut Schelsky hat einmal vorgeschlagen, alle Kraftfahrzeuge mit den Namen ihrer Besitzer zu bezeichnen. Die Nummern seien zu anonym, und solange man anonym bleibt, fällt es einem nicht so schwer, sich unkontrolliert und rücksichtslos zu benehmen, als wenn man deutlich unter eigenem Namen handelt. Das kann jeder bestätigen, der je einen anonymen Brief geschrieben oder erhalten hat. »Wenn man in seinem eigenen Büro oder Betrieb als vorbildlicher Fahrer oder als unsozialer Verkehrsteilnehmer gilt, so wiegt das schwerer als ein Rabatt bei der Versicherung oder als eine stillschweigend gezahlte Buße«, sagt der Soziologe.
Die Idee ist gar nicht so schlecht. Man kann sie sogar schmackhaft machen, wenn man auf das Schild auch den Beruf und die gesellschaftliche Position einträgt und damit ein neues Statussymbol schafft. Das könnte sogar die einst beliebten Orden und Uniformen ersetzen.
Ganz nebenbei könnte das verschiedenen motorisierten Hochstaplern, Schürzenjägern, Betrügern und Sittenstrolchen das Werk erschweren. Andererseits werden Namenschilder viele Komplikationen herbeiführen. Einer, der in einem gestohlenen Wagen mit dem fremden Namen oder sogar nur im Wagen mit der Visitenkarte seines Schwiegervaters fährt, wird sich viel sicherer und uneingeschränkter fühlen als in einem anonymen Fahrzeug. Den Autodieben wird ihre Arbeit durch zusätzliche Information erleichtert. Am meisten wird aber die Liebe leiden. Kann sich denn ein Bankdirektor erlauben, seinen mit Namen gekennzeichneten Mercedes vor der Tür seiner Sekretärin oder vor einem Hotel abzustellen? Kann ein Pater familias, der oft Konferenzen am Wochenende hat, riskieren, daß seine Frau am Montag gefragt wird: »Wie war es in Travemünde? Wir haben dort gestern euren Wagen gesehen.«

Für die Sicherheit im Autoverkehr wäre es viel wichtiger, nicht die Autos, sondern ihre Opfer, die Fußgänger, mit Namen sichtbar zu bezeichnen. Es ist doch moralisch schwieriger, »Josefine Müller, Rentnerin, 71, acht Enkelkinder« zu überfahren als eine anonyme alte Frau.
Der tschechische Schriftsteller Karel Čapek hat mal die Geschichte eines Ferkels erzählt, das den Namen »Wenzel« erhielt. Als es zum großen Schwein gewachsen und geschlachtet war, wollte niemand von der Familie davon essen. Wie kann man ein Stückchen Wenzel essen? Der Schriftsteller zog den Schluß: Hätten die Soldaten, die aufeinander schießen, gewußt, wie die auf der anderen Seite heißen und wer sie sind, könnten sie sich nicht gegenseitig umbringen.
Insofern ist die Anonymität eine Tragsäule der Gesellschaft. Man kann »eine Kompanie« Soldaten in den Tod schicken, kann »zwanzig Prozent« der Belegschaft entlassen, man kann »den Verbrauchern« mehr Geld abnehmen – den Herren Meyer, Schmied, Wolf kann man das nicht so leichten Herzens antun.
Kann man das nicht? Quatsch? Čapek sprach doch nur von einfachen Soldaten. Generäle haben sich nie geniert.
Bei den Auto-Namenschildern ginge es um verhältnismäßig kleine Sünder, die einfache Verkehrsmannschaft. Die könnten noch vielleicht auf ihren guten Namen achten. Na – und wennschon – wird das helfen?

SON! Rettet unsere Nasen!

Ein junger Mann aus Pforzheim hängt sich Gewichte an die Nase, um zu beweisen, was sie alles aushalten kann. Demnächst plant er das Rekordgewicht von 16,5 Kilo.

Als Rekord ist es genauso sinnvoll wie Sportleistungen im Weitspucken, Dauerschaukeln und Schnellwürstchenessen. Vielleicht hat es aber einen Sinn als Vorbereitung fürs Leben. Wenn er die Nase getrimmt hat, wird es ihm vielleicht nicht so weh tun, wenn man ihn an derselben herumführt, und er wird nicht gleich vom Leben die Nase voll haben, selbst wenn er ein paarmal auf die Nase gefallen ist.

Vorsicht aber. Nicht alle Nasen würden solch eine Belastung aushalten. Und die Nase ist doch für viele Berufe ein unentbehrliches Arbeitsinstrument, nicht nur für Köche, Wein- und Teeprüfer oder Drogenfahnder.

Ein Journalist, der keinen Riecher hat, kann sich sofort seinen Beruf ins linke Nasenloch stecken – in der Presse kann er höchstens noch in irgendeinem Parteiorgan arbeiten. Da muß man aber wiederum eine Nase dafür haben, was die Bonzen wünschen, ja eine besonders lange und breite Nase, damit die Chefs auf ihr herumtanzen können. Das braucht man bei jedem untergeordneten Posten in jeder Hierarchie.

Viel gefährlicher als jene Gewichte ist jedoch für unsere Nasen das neue Deodorans, das in Amerika erfunden wurde. Es funktioniert ganz anders als die herkömmlichen: es übertönt nicht die üblen Gerüche, sondern schaltet unsere Fähigkeit aus, üble Gerüche wahrzunehmen. Dieses teuflische Zeug macht unsere Nasen wertlos. Denn die Nase ist vor allem eine Warnanlage, und Gerüche, die wir als übel empfinden, sind Warnsignale.

Auf den Duft von frischem Brot, von gutem Kaffee, von einem Braten mit Knoblauch, von blumigem Wein, von trocknendem Heu oder von einem schönen weiblichen Körper möchte ich ungern verzichten. Der Verlust dieser und Tausender anderer Wohlgerüche wäre sehr schlimm – aber nicht lebensgefährlich.

Wenn man uns aber die Fähigkeit nimmt – sei es nur zeitweise –, üble Gerüche wahrzunehmen, ist das lebensgefährlich.

Ein Mörder kann in unserer Wohnung so ein Deodorans verstreuen und dann den Gashahn öffnen, und wir werden das Gas einatmen, ohne die Nase zu rümpfen. Ein Gastwirt kann uns in einem deodorierten Restaurant mit alten Buletten oder verdorbenem Fisch vergiften, sogar ohne es zu wollen, denn er wird den Gestank auch nicht riechen.
Ich protestiere entschieden dagegen, daß man unsere Sinnesorgane ausschaltet. Ich will meine Nase haben, auch wenn im Leben nur wenige Dinge nach Rosen duften. Vielmehr – eben deshalb!
Und dann – fängt man einmal mit dem Geruchssinn an, wird man nicht dabei stehenbleiben. Man wird ähnliche chemische Waffen erfinden, um unseren Sinn für Realität abzutöten und unser Gehirn auszuschalten – die bislang bekannten Methoden, seit Jahrtausenden verfeinert, haben es doch noch nie hundertprozentig geschafft.
Nein, die Methode, auf der jenes vollkommene Deodorans basiert, stinkt mir sehr!

Gesunde Steuern

Ein Arzt aus Marburg erklärte in einem Leserbrief, daß für die Kostenexplosion im Gesundheitswesen diejenigen leichtsinnigen Menschen mitverantwortlich sind, die nicht gesundheitsbewußt leben, und er schlug vor, diese unverantwortlichen Mitverantwortlichen mit Steuern zu belegen: Mit einer Gesundheitssteuer auf Tabak und Alkohol und mit einer Kostenbeteiligung bei Übergewicht.
Der Doktor hat recht. (Mediziner haben übrigens immer recht, und wenn sie sich ausnahmsweise einmal irren, zeigt es sich erst bei der Obduktion.) Er ist nur nicht konsequent

genug. Warum soll man nur Tabak, Alkohol und Übergewicht besteuern?
Die Menschen leben ja überhaupt leichtsinnig und nicht gesundheitsbewußt. Allein die Entscheidung zu leben, ist leichtsinnig – und ich meine es jetzt nicht politisch, sondern gesundheitsbewußt: Denn jeder, der lebt, kann mal krank werden – auch ein Nichtraucher, Abstinenzler und Diät-Naturköstler. Es wäre also erforderlich, auch das Leben als solches mit einer Steuer zu belegen.
Kinder zu zeugen ist auch nicht sehr gesundheitsbewußt. Die Schwangerschaft und die Geburt bringen Gesundheitsrisiken mit sich und dazu noch das Risiko von Kinderkrankheiten.
Man darf auch nicht vergessen, daß mit jedem neuen Menschen die Zahl der potentiellen Patienten wächst.
Allerdings, Kinder nicht zu zeugen, ist auch riskant, denn Kinderlosigkeit kann manche Frauenkrankheiten verursachen und auch psychische Störungen bei beiden Geschlechtern. Fazit: Eine allgemeine Kinder- und Kinderlosigkeitssteuer für alle Bürger über vierzehn.
Die meisten Menschen gefährden leichtsinnig ihre Gesundheit durch Arbeit. Jede Arbeit schadet auf irgendeine Weise. Vielleicht nur Schafhirten, Förster und Gebirgsbauern haben einen Beruf, der gesünder ist als die anderen. Man kann jedoch nicht alle Menschen zu Hirten machen – das würde zur Überproduktion von Fleisch, also zur Völlerei und Übergewichtigkeit führen. Außerdem sind auch die Hirten bei ihren Bergwanderungen bei jeder Wetterlage nicht ganz ohne Gesundheitsrisiko. Also – auch eine Steuer auf Arbeit ist fällig. Zum Teil existiert sie schon in der Form von Steuerprogression.
Die Städter müßten für das ungesunde Wohnen in der Stadt besteuert werden. Die Sportler für das gefährliche Überanstrengen ihrer Organismen. Die Nichtsportler für das Vernachlässigen der Instandhaltung ihrer Körper.

Aus demselben Grund müßten Leute besteuert werden, die nicht regelmäßig zum Arzt gehen. Aber auch Menschen, die regelmäßig ihren Arzt besuchen, müßten dafür Steuern zahlen. Erstens verursachen sie schon somit Mehrkosten. Zweitens, der Arzt findet bei der Untersuchung immer etwas, womit sie sonst – hätten sie den Arzt nicht aufgesucht – noch hundert Jahre ruhig und ohne Arztkosten hätten leben können.

Wer weit von einem Arzt wohnt, soll dafür zahlen, weil bei ihm das Risiko, daß er ernst krank wird, größer ist. Wer in der Nähe von Ärzten lebt, muß auch zahlen, weil er sie öfters besuchen kann und somit mehr Geld für seine Gesundheitspflege beansprucht.

Würde man alles aufzählen, könnten etwa hunderttausend neue Steuern entstehen. Man könnte aber dann die Ärzte, die bei soviel Gesundheitsbewußtsein weniger Arbeit haben werden, mit der Steuereinziehung beschäftigen.

Es besteht natürlich das Risiko, daß die medizinischen Steuerpfänder angesichts so hoher Einnahmen, die zum großen Teil für ihre Honorare bestimmt sind, vor Freude verrückt werden. Deshalb müßten sie eine besonders hohe Gesundheitsrisikosteuer zahlen.

Speck für den Wohlstand

Die Stuttgarter Verbraucherzentrale hat ausgerechnet, daß die sechzig Millionen Bundesbürger während der Weihnachtsfeiertage insgesamt 45 000 Tonnen Speck ansetzen. Diese Menge würde einen dreißig Kilometer langen Güterzug mit 2000 Waggons füllen.

Ich weiß nicht, wie das ausgerechnet wurde – wahrscheinlich

von der Menge der eingekauften Lebensmittel mit Hilfe von wissenschaftlichen Quotienten abgeleitet.
Erschrecken tut mich aber diese Zahl nicht – falls sie als Warnung gemeint war. Jede Zahl wirkt imposant, wenn man sie mit sechzig Millionen multipliziert. Es fehlen auch zum Vergleich Angaben darüber, wieviel man an normalen Wochenenden zunimmt und wieviel man nach den Feiertagen beim Wintersport und beim Silvestertanz wieder abwirft.
Ökonomisch gesehen, ist diese Speck-Nachricht sehr erfreulich. Ich weiß nicht, wieviel Lebensmittel man verarbeiten muß, damit sich ein Kilo Speck bildet, es wird aber mindestens zehnmal soviel sein müssen, wenn nicht mehr. Rechnen wir also zurück – und wir haben zwanzigtausend Waggons Lebensmittel, mit Verpackung etwa vierundzwanzigtausend, also einen Güterzug von dreihundertsechzig Kilometern. Dieser Zug hat wohl kräftig geholfen, das Defizit der Bundesbahn zu mindern, den Umsatz in den Geschäften zu heben, die Produktion zu stützen, Arbeitsplätze zu erhalten . . .
Viele Menschen haben sich dabei ihre paar Gramm Speck verdient. Und viele werden noch dabei gutes Geld verdienen, wenn ein Teil der sechzig Millionen dazu übergeht, diesen Speck wieder abzuschaffen: Ärzte, das Personal von Kurkliniken, Trimm-dich-Zentren, Sportzentren, Schwimmbädern . . .
Und es geht wirklich um gutes Geld, denn der Speck ist beim Abschaffen viel teurer als beim Anschaffen. Ein Kilo Speck bei der Kur zu verlieren, hat mich etwa dreihundert Mark gekostet, verlorene Arbeitszeit nicht mitgerechnet – für dieses Geld hätte ich lieber Kaviar essen sollen, von dem man nicht dick wird. Man sieht: Speck ist kein Wohlstandssymbol mehr, er ist aber für den Wohlstand unentbehrlich.
Die Nachricht von den 45 000 Tonnen ist auch politisch erfreulich. Mit Speckzuwachs wurde ja gerecht und bedenkenlos bei allen sechzig Millionen Bürgern gerechnet, nicht nur

bei den Reichen. Dies ist nicht nur demokratisch, sondern entspricht auch der Realität. Im Gegenteil, die Ärmeren werden mehr zunehmen als die Reichen, weil man von Gänse- oder Schweinebraten mit Bier, von Wiener Schnitzeln und selbst vom Karpfen mehr Speck ansetzt als von Austern und Champagner; und weil die Reichen mehr Geld und Zeit in die Pflege der schlanken Linie investieren können.
Menschlicher Speck hat eine politisch positive Wirkung. Er beruhigt die Menschen, macht sie weniger agressiv. Er schützt auch – zum Beispiel vor allzu großer Empfindlichkeit fremdem Elend gegenüber.
Da unter der halben Million Tonnen Lebensmittel auch Importwaren waren, helfen wir mit unserem Speck auch Menschen in ärmeren Ländern zu ernähren. Wir Wohlstandsbürger können unseren Speck mit Stolz tragen. Wir fressen ihn uns im Kampf gegen Armut und Hunger an.

Schnee in der Stadt

Wozu braucht man in der Stadt Schnee? Er behindert nur den Verkehr, zwingt uns, die Treppenhäuser und Teppichböden zu verschmutzen, die Straßen zu fegen, Salz zu streuen, das uns dann die Schuhe zerfrißt.
Man hätte schon längst dieses nasse weiße Ding aus den Städten aufs flache Land umdisponieren müssen, wo es sich vielleicht positiv auswirken könnte. Denn die Bauernregeln behaupten: »Eine gute Decke von Schnee bringt das Winterkorn in die Höh« und »Frost und Schnee in der Adventszeit – viel und gutes Wintergetreid«. Ganz klar ist diese Wirkung freilich nicht, denn eine andere Bauernregel warnt: »Viel Schnee, viel Heu, aber wenig Korn und Obst dabei.«

Von der Landwirtschaft verstehe ich noch weniger als die Herren, die über Agrarpolitik entscheiden, eines weiß ich aber genau: Auf dem Asphalt wächst weder Korn noch Heu. Und wenn irgendwelche Machenschaften der EWG-Agrarier verhindern, daß wir den Schnee aus den Städten auf die Felder verschieben, dann sollen wir ihn eben in die Gebirge und Wintersport-Zentren schicken.
Vernünftige Lösungen sind aber immer schwer durchzusetzen. Um die Weihnachtszeit wünschen sich sogar viele Städter den Schnee, wohl aus dekorativen Gründen. Es ist aber eine teure und lästige Dekoration. Und dann: Schon Goethe sagte in seinen »Maximen und Reflexionen«: »Der Schnee ist eine erlogene Reinlichkeit« – obwohl zu seinen Zeiten der Schnee selbst in den Städten einigermaßen weiß war. Heute ist er nur ein wenig weißer als das Grau unserer Betonsiedlungen.
Daß sich Leute in der Stadt auf den Schnee freuen, kann man sich nur mit atavistischen Instinkten erklären. Für unsere Vorfahren bedeutete der Schnee, daß man nicht mehr auf dem Felde arbeiten kann, daß man besser essen kann – weil die Ernte unter dem Dach war – und länger schlafen, weil die Nächte länger waren. Der Schnee signalisierte eine ruhigere und lustigere Zeit – selbst Kriege waren im Winter selten, denn der Schnee behinderte die Soldaten.
Das alles ist heute für die Stadtbevölkerung nicht mehr wahr, die geerbten Reflexe sind aber geblieben. Ein Reflex ist noch aktuell: Die Assoziation zwischen Schnee und Festbraten. Wir sind wie die Pawlowschen Hunde – wir blicken auf den Schnee, und das Wasser läuft uns im Mund zusammen. Deshalb dulden wir die Nachlässigkeit der Behörden, die gegen Schneefall in den Städten nichts unternehmen.

PS. Heute frühmorgens wollte ich von einer Feier nach Hause und konnte keine Taxe bekommen, weil es schneite und die Taxen Hochbetrieb hatten. Ich lief etwa eine halbe Stunde durch die Stadt, Schnee unter den Füßen und Schnee im Haar. Herrlich!

Suchen Sie auch eine Wohnung?

Hamburg ist eine gute Stadt. Man kann in der Hamburger Luft frei atmen, mag sie noch so von den Auspuffgasen verpestet sein. Meine Meinung ist nicht objektiv, ich habe mich in diese Stadt auf den ersten Blick verliebt und lebe schon mehrere Jahre mit ihr im besten Einvernehmen. Es gibt jedoch auch ein objektives Zeugnis dafür, daß viele Menschen in dieser Stadt wohnen möchten: Hamburg gehört zu den drei deutschen Städten mit den höchsten Wohnungsmieten.
Die gutbürgerlichen Regeln, die auch in Hamburg gelten, bestimmen, daß ein Mann in geregelten Verhältnissen mindestens zwei Dinge haben muß: Eine Ehefrau und eine Wohnung. Die Reihenfolge ist vielmehr umgekehrt, da man eine Wohnung nicht so leicht findet wie eine Frau – mindestens in Hamburg. Es ist nun so: Eine Frau mit Wohnung findet unvergleichbar mehr Interessenten als eine Wohnung mit einer Frau.
Gäbe man in ein Hamburger Blatt eine Anzeige: »Mann Mitte Vierzig mit Kind und Wohnung in der Stadtmitte sucht eine passende Frau«, würde man dreißig bis vierzig Angebote bekommen, darunter einige brauchbare. Auf die Anzeige: »Mann Mitte Vierzig mit Kind sucht eine passende Wohnung in der Stadtmitte«, kriegt man dagegen höchstens ein vervielfältigtes Angebot eines Großmaklers. Er bietet für nur zweihunderttausend Mark eine Eigentumswohnung, die nicht mehr als dreißig Kilometer von Hamburg entfernt ist und schon im Mai des nächsten Jahres fertig sein wird.

Eine normale, nicht allzu teure Mietwohnung in Hamburg per Eigenanzeige zu suchen, ist ein romantisches und aussichtsloses Unternehmen. Naive Romantiker gibt es noch immer genug, sie geben jedoch schnell auf.
Dann fangen sie an, fremde Anzeigen zu lesen. Das Lesen von Wohnungsanzeigen verändert die ganze Lebensart des Suchenden. Er muß seine Schlafzeiten anders verteilen, um die Möglichkeit zu haben, das Morgenblatt um Mitternacht auf St. Pauli zu erwerben und die Abendzeitung morgens auf dem Hauptbahnhof. Nach zwei Wochen kann jeder Wohnungssuchende Kurse für Schnellesen geben – wer nicht schnell genug die interessanten Objekte findet und nicht als erster anruft, hat überhaupt keine Chancen.
Wer als erster anruft, hat auch nicht viel Chancen. Auch wenn er ganz unbarmherzig schon um sieben Uhr morgens telefoniert, ist die Wohnung meistens vergeben. (Das war mir lange ein Rätsel, bis ich einst selber eine Wohnung zu vergeben hatte: Montags habe ich eine Anzeige für Mittwoch aufgegeben; am Dienstag hat mich eine Bekannte angerufen, ihre Bekannten suchen eine Wohnung; abends haben wir den Vertrag unterschrieben – die Anzeige war nicht mehr zu stoppen; am Mittwoch mußte ich nach dem 117sten Telefonat die Wohnung fluchtartig verlassen.)
Ist die Wohnung noch frei, will die Vermieterin nur zwei ältere Damen mit einer Katze aufnehmen oder nur einen nichtrauchenden einsamen Briefmarkensammler, Fisch, zwischen 38 und 41, der spätestens um 21 Uhr zu Hause bleibt, fürs Wochenende verreist und bereit ist, im Garten zu helfen. Ein ausländischer Akzent des Mieterkandidaten, mitunter auch nur ein nichtnorddeutscher, verringert seine Chancen um zirka 89 Prozent.
Die schlimmsten Fälle sind jedoch die Wohnungen, die noch frei sind und deren Besitzer keine Bedingungen stellen: Da entpuppt sich die »komfortable Zwei-Zimmer-Wohnung« als zwei dunkle Kämmerlein hinter einem Laden oder als ein

dürftig umgebauter Dachboden im fünften Stock ohne Aufzug.
Die nächste Phase: Man sucht Makler. Es gibt verschiedene. Der unhöfliche sagt schlicht, daß er für Sie nichts hat; der höfliche schreibt Sie in eine Kartei ein, und Sie hören von ihm nie wieder; der unanständige verlangt für die Einschreibung Geld; der solide ladet Sie ein, morgen um 18 Uhr eine Wohnung zu besichtigen. Dort warten schon dreiundvierzig Paare anderer Interessenten. Alle werben um die Gunst des Maklers, einer kriegt sicher die Wohnung. Sie werden jedoch nie erfahren, wer und warum eben der.
Manchmal passiert es jedoch, daß ein Makler ihnen einen Zettel mit Adresse gibt, und Sie kriegen eine Wohnung. Dann schreibt er einen Vertrag und kassiert für diese zwei Leistungen tausend, fünfzehnhundert, zweitausend Mark – je teurer die Wohnung, um so mehr – also in umgekehrter Proportion dazu, was er für Sie getan hat. Mehr anstrengen muß er sich nicht, da die Nachfrage nach Wohnungen in Hamburg viel größer ist als das Angebot. Und die Hausherren überlassen die Verhandlungen den Maklern, weil es *sie* nichts kostet.
Meine Wohnungssuchen in Hamburg haben mir geholfen, ein wissenschaftliches Problem zu lösen: Ich überlegte immer, was ist mit den norddeutschen Seeräubern geworden, die Erich Lüth so interessant in seinem Buch »Seeräuber und Geraubte« beschreibt. Jetzt weiß ich, daß sie allesamt Wohnungsmakler geworden sind.
Es bleibt jedoch noch ein Mittel, wenn man eine Wohnung in Hamburg sucht, das alte menschliche Mittel: Bekannte, die Bekannte haben. Mit ihrer Hilfe findet man ein schönes Domizil, in einer ruhigen Straße (unter 100 Phon Lärm) und mit netten Nachbarn. Und man lebt glücklich von Mieterhöhung zu Mieterhöhung.

Technische Wunder

Moderne Technik kann ich nur bewundern – denn ausnutzen im vollen Umfang kann ich sie nicht. Alle bewundern die Technik, aber aus unterschiedlichen Gründen. Diejenigen, die von der Technik etwas verstehen, bewundern ihre konkreten Fortschritte – die anderen bewundern sie allgemein, aus Respekt vor einem Wunder, das sie nicht verstehen. Ich gehöre zu der zweiten Kategorie.

Der Respekt vor der Technik ist berechtigt, denn sie ist vollkommener als der Mensch. Eine Hi-Fi-Anlage kann zum Beispiel mit hoher Perfektion auch solche Töne wiedergeben, die ein Mensch gar nicht hören kann. Die Technik vervollkommnet sich auch viel schneller als die Menschheit. Wollten wir Geräte zur stereophonischen Aufnahme und Reproduktion von Musik mit einem Tamtam vergleichen – kein Vergleich. Vergleichen wir dagegen die Hörer der beiden Tonträger, besteht der Unterschied eben nur darin, daß die einen über die bessere Technik verfügen.

Die allzu langsame Entwicklung des Menschen wird allmählich für die Technik zum Problem, das sie lösen muß, wenn sie sich weiter vervollkommnen und ausbreiten will. Ich schreibe zum Beispiel auf einer mehr als dreißig Jahre alten Schreibmaschine und habe nicht die Absicht, mir eine elektrische zu kaufen – da ich sowieso höchstens mit vier, vorwiegend aber mit zwei Fingern tippe, kann ich ihre Vorteile gar nicht ausnutzen. Aus ähnlichen Gründen begnüge ich mich mit einem Plattenspieler, dessen Alter ich überhaupt nicht beurteilen kann, weil er mir einst von jemandem gebraucht geschenkt wurde, der sich ein moderneres Gerät kaufte. Für mich ist er gut genug, weil mein eigener Tonaufnahme-Mechanismus – in den Ohren oder im Hirn – von zu geringer technischer Qualität ist, um Feinheiten wahrzunehmen.

Meiner Meinung nach ist die nächste Aufgabe der Tonwissenschaftler, Ingenieure und Firmen nicht die Eroberung neuer Hertz-Bereiche nach oben oder nach unten und auch nicht der Übergang von Quadro- zur Oktavo- oder meinetwegen Millephonie, sondern die technische Aufrüstung der Aufnahmeapparatur in den Menschen selbst. Wie sie das machen sollen, weiß ich natürlich als technischer Analphabet nicht, aber sie werden schon was finden – vielleicht einen Draht oder ein sensibles Mikromikrophon, zum Einbauen in das Hirn – schon im Interesse der Erweiterung des Marktes.

Denn heute gibt es nur drei Gruppen von Menschen, die sich moderne und teure Hi-Fi-Anlagen besorgen: Musikfeinschmecker, Technikfeinschmecker und Leute, die als solche gelten möchten. Vielleicht noch eine vierte Gruppe: Menschen, die nicht einmal vortäuschen wollen, daß sie von Musik oder Technik viel verstehen, sondern einfach etwas beherrschen möchten, was vollkommener ist als sie selbst.

Wenn die Technik alle Menschen zu perfekten Hörern machen wird, wird sie weitere Aufgaben haben. Als erstes Antitonanlagen, die selbst Neubauwohnungen von dem Lärm der Umwelt abgrenzen und Störfaktoren im Zimmer, in dem man Musik hören will, eliminieren. Je nach der Zusammensetzung der Hörerschaft, Familienverhältnissen und so weiter, werden es manchmal auch optische Eliminatoren sein müssen. Mit großem Absatz können auch Anlagen mit eingebauten Filtern rechnen, die Schund, gestohlene Melodien und absolut idiotische (für Menschen mit IQ unter 30 bestimmte) Schlagertexte ausschalten, denn die Diskrepanz zwischen der hochentwickelten Technik und dem, was sie vermitteln muß, ist oft unerträglich. Filteranlagen werden somit auch eine Menge erstklassige Hi-Fi-Stille produzieren, die man zum Denken oder zum Gespräch nutzen kann.

Elektronische Revoluzzer

Seitdem man bei den Honorarabteilungen der großen Rundfunkanstalten Computer eingeführt hat, kommt das Geld um vier bis sechs Wochen später. Und als ich einst von meinem Verlag erfahren wollte, wie viele meiner Bücher schon verkauft wurden und wie viele noch am Lager sind, konnte man mir nicht antworten, weil der Computer gerade kaputt war.
Ohne Computer könnte man wahrscheinlich nicht so schnell auf dem Mond landen. Ich für meinen Teil bin jedoch bescheiden, ich bin bereit, auf meinen ersten Ausflug zum Mond länger zu warten als auf mein verdientes Geld. Und ich glaube nicht, daß viele Menschen anders denken.
Es ist eine Frage der Maßstäbe. Man kann sicher einen vollelektronischen Haushalt-Nußspalter konstruieren, der dreihundert Nüsse pro Sekunde knacken kann, aber der alte handbetriebene Nußknacker ist in diesem Falle ausreichend und dazu viel ökonomischer. Man könnte aus Bremen nach Hamburg mit einem Jumbo-Jet fliegen, aber es wird durch die Fahrt zum und vom Flughafen, Abfertigung, Start und Landung viel länger dauern als mit dem Auto und viel teurer sein.
Es gab in den Zeitungen eine Nachricht, daß die Stadtverwaltung von New Kent in Virginia aus Ersparnisgründen einen Computer aufstellen ließ, der vier Angestellte überflüssig macht. Für die Wartung und Bedienung der Maschine mußten jedoch sechs Leute neu eingestellt werden. Diese Nachricht war als Kuriosität gedruckt, es handelt sich jedoch nicht um eine Kuriosität. Es ist überall, wo die Aufgaben für den Computer nicht groß genug sind, die Regel.
Computer sind angeblich zuverlässiger als Menschen. Menschen sind manchmal müde, unaufmerksam, leichtsinnig, schalten langsam. Menschen irren. Der Computer schaltet blitzschnell und potenziert die Irrtümer der Menschen, die an

jedem Ende stehen – der Lieferanten der Information und der Programmierer, der Konstrukteure und Wartungstechniker und auch des Mädchens, das die Angaben tippt. Eine Kuh ist vollkommener als ein Computer: Man füttert sie mit Heu und kriegt Milch. Aus der Maschine kriegt man nur das heraus, womit man sie gefüttert hat, freilich sehr schnell.
Die Computermanie wuchert aus Prestigegründen – man will modern und wissenschaftlich sein, koste es, was es koste.
Der einzige Computertyp, den ich mir kaufen würde, wäre ein billiges Gerät, das gar nicht richtig funktioniert. Je schlechter es funktionieren wird, um so besser. Der Computer wird nämlich für mich irren. Was immer ich verpatze, ich werde die Verantwortung dafür abschieben: »Dem Computer ist ein Fehler unterlaufen.« Er wird sich irren, ich nie. Ein seliges, göttliches Gefühl – vollkommener als so eine ausgeklügelte Maschine zu sein!
Im Zweifelsfall – dies sind die wahren Gründe der Computermanie.

Die Computer werden immer menschenähnlicher. Ich hätte beinahe »menschlich« geschrieben, aber das ist nicht dasselbe, dieser Begriff ist sowieso sehr unklar, man weiß nicht einmal, ob er positiv oder negativ zu verstehen ist. Die Computer werden eben den Menschen immer ähnlicher, sie beschäftigen sich jetzt sogar mit zweckfreien Tätigkeiten wie Schachspiel, was bisher noch ein Privileg des Menschen war. Bei einer Maschine ist dies alles unheimlich und bestätigt die Befürchtungen der Science-fiction-Autoren, daß elektronische Gehirne den Menschen gefährlich werden können. Aus zwei Gründen: Es ist immer gefährlich, wenn wir das Denken – oder einen bedeutenden Teil davon – jemandem anderen überlassen. Und weil sie so »menschlich« werden – denn für die Menschen sind die Menschen die einzige wirkliche Gefahr.
Computer sind aber keine gewöhnlichen Maschinen. Die

Computertechnik bedeutet eine Revolution in der Technik, sie sind also elektronische Revolutionäre. Benehmen sie sich tatsächlich wie Revolutionäre?
Da muß man zuerst die Begriffe klären. Revolutionäre sind für jede Gesellschaft sehr nützlich, ja unentbehrlich: für jede, die sich weiterentwickeln will. Sie lassen sie nicht auf den Lorbeeren einschlafen, sie bringen Bewegung in den Laden. Allein durch ihr Vorhandensein zwingen sie die Gesellschaft, sich selbst zu reformieren, und tragen somit entscheidend zur Verhütung einer Revolution bei. (Achtung: Terroristen sind keine Revolutionäre. Subjektiv sind es eben Leute, die Terror anwenden, weil sie an die Kräfte des Volkes und an die Möglichkeit einer Revolution nicht glauben. Objektiv arbeiten sie diktatorischen, polizeistaatlichen Tendenzen in die Hände.)
Die positive Rolle der Revolutionäre endet jedoch in dem Moment, wenn sie an die Macht kommen. (Ich habe einmal geschrieben: »Endet die Revolution mit dem Sieg, endet mit dem Sieg die Revolution.«) Revolutionäre verwandeln sich in Machthaber, schlimmer als alle anderen - schon deshalb, weil sie eine unheimliche Angst haben, von einer neuen Revolution entmachtet zu werden, sie wissen ja am besten, wie man das macht.
Inwiefern Computer den Hecht im Teich der Technik spielten, als sie noch eine revolutionäre Minderheit waren, kann ich nicht sagen, dies bedarf einer besonderen Studie. Jetzt sind sie an der Macht, vermenschlichen sich rapide und benehmen sich durchaus wie ehemalige Revoluzzer. Sie versuchen alle zu überwachen. Sie verachten die arbeitenden Menschen und schmälern ihre Rechte.
Ein Computer in England faßte Zuneigung zu einem Programmierer und stockte sein Gehalt um das Zwanzigfache auf; als man ihn zu korrigieren versuchte, erboste er sich gegen seinen früheren Günstling, strich ihn von der Gehaltsliste und weigerte sich beharrlich, ihn wieder aufzunehmen – typische Willkür eines neuen Machthabers.

Sie sind harte Arbeitgeber, ohne eine Spur eines sozialen Denkens: In einem Hamburger Theaterverlag spuckte der Computer, der die Tantiemen von Autoren und Übersetzern auszurechnen hatte, die Hälfte der Verträge raus – mit der unwahren Begründung, für diese Mitarbeiter sei kein Geld eingegangen. Bemerkenswert ist, daß es keinen Grund dafür gab, eben diesen und nicht anderen Autoren ihr Recht abzusprechen. Wir sehen also, daß der Computer sehr menschlich handelte – auch Menschen, die sich im Besitz der absoluten Macht wähnen, kümmern sich nicht um Recht und Logik. Selbst wenn sie vorher aufrichtig für Recht und Gerechtigkeit kämpften.
Was kann man dann von einer blöden, wenn auch revolutionären Maschine verlangen?

Die Magie der Zahlen

Ich habe einen Fernsehkrimi mit Al Mundy gesehen. Der Unübertroffene klaut da den Gegnern Gold im Wert von zehn Milliarden Dollar weg. Er macht es zusammen mit einer schielenden Dame, beide abendlich gekleidet, die Dame auf hohen Absätzen. Die Klaumethode ist denkbar einfach: Sie tragen die Barren, à 30 Pfund und jeder 40 000 Dollar wert, einfach weg, die Frau jeweils einen, der Mann zwei. Wohin und wie weit sie damit gehen, wird im Film nicht klar. Der Held sagt, es waren nicht die ganzen zehn Milliarden, nur ein Teil. Sagen wir also großzügig – und damit es sich einfacher rechnet –, daß es vier Milliarden waren. Also hunderttausend Barren.
Brauchten die beiden nur eine Minute, um die drei Stücke wegzutragen und um zurückzukommen nur eine Minute,

hätten sie meiner Rechnung nach dreiundzwanzig Tage, dreieinhalb Stunden und noch einige Minuten lang tragen müssen, ohne sich eine Sekunde auszuruhen. Das Paar in Abendkleidung hat es in der Zeit geschafft, in der zwei Partien Billard gespielt wurden – und war nicht einmal verschwitzt.
Na gut. Ein Fernsehkrimi ist bekanntlich ein Märchen, man könnte ein Auge zudrücken, obwohl, für sooo dumm hätte man uns auch nicht verkaufen müssen. Aber wie viele solche Zahlenmärchen verkauft man uns, wenn es um viel ernstere Dinge geht?
Man liest in der Zeitung, daß ein Medikament zurückgezogen wird, weil es krebserregende Stoffe enthält. Man freut sich, daß die Wissenschaftler und die Behörden so wachsam sind, wenn es um unsere Gesundheit geht. Man liest aber in der Zeitung, daß sich krebserregende Stoffe auch in der Luft und im Erdboden, im Käse und im Pökelfleisch befinden. Eine Portion Rohschinken oder Salami befördert so viel davon in unseren Organismus wie zehn Pyramidon-Tabletten. Und eine Zigarette so viel wie zehn bis hundert ganze Salami-Mahlzeiten. Woanders liest man wieder, daß ein auf Holzgrill zubereitetes Steak so viel karzinogene Stoffe enthält wie 700 (siebenhundert!) Zigaretten, also wie sieben- bis siebzigtausend Tabletten . . . So viele Tabletten verbraucht wohl kein Mensch in seinem ganzen Leben. Man braucht also nur einmal im Leben auf ein Grillsteak zu verzichten, und der Pyramidon-Konsum ist ausgeglichen.
Freilich, wenn ich schon Krebs in mich hineinfressen muß, tue ich es lieber mit Steaks und Schinken als mit Medikamenten.
Wovor sollen wir uns jetzt aber hüten? Vor Steaks? Vor Medikamenten? Vor der Luft?
Man jagt uns mit Zahlen Schrecken ein – und macht uns auf genau dieselbe Art Hoffnungen –, weil man damit rechnet, daß wir mit sehr großen und sehr kleinen Zahlen nicht rechnen können. Und wir können es tatsächlich nicht.

Wer von uns weiß, ob eine Tonne Stahl pro Kopf der Bevölkerung zuviel ist oder tausend Tonnen zuwenig? Wenn ein Kassierer zehntausend Mark klaut oder ein Bankräuber hunderttausend erbeutet, wissen wir, wie viel das ist. Wenn aber der Staat eine Milliarde in ein sinnloses Projekt steckt oder an irgend jemand verschenkt, der sich dafür Waffen gegen uns kauft – ist das schon ein Skandal oder noch eine Bagatelle?
In einer Diktatur werden der Öffentlichkeit fast alle Zahlen vorenthalten, bis auf die, die unbedeutend oder verfälscht sind. Und die Leute da wissen, daß sie nicht informiert sind.
In einer Demokratie wird man mit Zahlen überschüttet, die meistens sogar wohl richtig sind, für uns aber unverständlich. Und die Leute glauben, daß sie informiert sind.
Denn Zahlen sehen immer seriös und überzeugend aus. Man rechnet nicht nach, selbst dort, wo man es könnte. Es haben auch wohl beim Fernsehmärchen nicht alle Zuschauer nachgerechnet.

Statistik kann alles beweisen

Dr. H. W. Daniell aus Kalifornien hat statistisch herausgefunden – anhand der Angaben von mehr als tausend Personen –, daß starke Raucher um zwanzig Jahre früher Runzeln im Gesicht bekommen als Nichtraucher. Allerdings – und das gibt der Bericht selbst zu – ist damit nicht eindeutig bewiesen, daß zwischen Rauchen und Runzeln ein Zusammenhang besteht.
Jeder, der einmal etwas von Dialektik gehört hat, weiß, daß alles mit allem zusammenhängt. Im Zeitalter der Computer ist Statistik ein Kinderspiel. Wenn man nicht nach der Kausalität suchen muß, kann man im Nu beliebige Zahlen zusam-

menstellen und vergleichen: Die durchschnittliche Länge der Pferdeschwänze mit den Monatswerten der kosmischen Strahlung und der Häufigkeit der Mittelohrentzündungen; Lutschzeiten von Pfefferminzkaugummis bei siebenjährigen Schülern mit Brutzeiten von Hühnereiern und von Parlamentsreden. Man kann so zu sehr interessanten Ergebnissen kommen. Es wird sich zum Beispiel zeigen, daß in Ländern, in denen die Politiker über ihren Auftritt im Parlament mehr als eine halbe Stunde nachdenken, die Pferdeschwänze durchschnittlich um 2,328 Millimeter länger sind, was wahrscheinlich darauf zurückzuführen wäre, daß die Betrachtung langer Schwänze beruhigend wirkt und zum tieferen Denken veranlaßt.

Es kann auch dabei herauskommen, daß in landwirtschaftlichen Bezirken, in denen Siebenjährige an einem Kaugummi länger als sechs Minuten lutschen, die Häufigkeit der Mittelohrentzündungen bei dreijährigen Knaben um 0,04 Prozent und bei zweijährigen Mädchen sogar um 0,8 Prozent zurückgeht. Das könnte damit begründet werden, daß kaugummikauende Kinder weniger aggressiv sind und dadurch auch weniger geneigt, den jüngeren Geschwistern Ohrfeigen zu erteilen. Um diese Schlußfolgerung zu beweisen, müßte man jedoch neue Tests durchführen, mit Befragung von jeweils tausend Kindern jeder Altersgruppe.

Ich habe selbst bedeutende Entdeckungen gemacht. Nach meinen Beobachtungen leben in deutschen Städten mit mehr als einer halben Million Einwohnern 67,1 Prozent der Rothaarigen im dritten Stock und höher, dagegen nur 10,7 Prozent im Parterre. Ich kann mich noch nicht entscheiden, ob ich es auf die instinktive psychologische Neigung der Rothaarigen zurückführen soll, nach den Höhen zu streben, oder damit begründe, daß die unterschiedliche Höhenlage der Wohnung auch unterschiedliche Mengen des Sonnenlichts ergibt, was wiederum die Pigmentierung der Haare beeinflußt. Deshalb habe ich auch meine Ergebnisse noch nicht publiziert,

um die Städtebau-Planung und Wohnungspolitik nicht zu verwirren.
Meine zweite Entdeckung hat vielleicht eine noch größere praktische Bedeutung. Ich habe ausgerechnet, daß in Jahren, in denen in Paris die Röcke der Mädchen durchschnittlich um drei Zentimeter kürzer werden, die Süßigkeit des Apfelsaftes in Ostkalifornien um zwei Prozent sinkt. Wenn dagegen das »Times Literary Supplement« in London mehr Besprechungen über Lyrik bringt, wird der Apfelmost in Südfrankreich um 2,8 Prozent süßer. Die erste Erscheinung kann man damit erklären, daß die kürzeren Röcke mehr kalifornische Touristen nach Paris locken, wodurch die Pflege der Apfelbäume vernachlässigt wird. Und der Hang der südfranzösischen Bauern zur Lyrik ist seit jeher bekannt.
Ich kann natürlich meine Entdeckungen nicht ganz hieb- und stichfest statistisch absichern, da ich zu Hause keinen Computer habe und auch wenig Zeit, Apfelzüchter zu befragen. Gäbe man mir jedoch genug Geld und wissenschaftliche Mitarbeiter, so wäre es kein Problem, entsprechende Versuchsgruppen zusammenzustellen und noch mehr Licht in die dunklen Zusammenhänge unserer Welt zu bringen.

Dressiertes Selbstbewußtsein

Im Münchener Max-Planck-Institut werden Kurse für Unsichere geführt. Leute, die Hemmungen und Kontaktangst haben, die von Schuldgefühlen und allgemeiner Unsicherheit geplagt sind, können da durch »Assertiv-Training« und Gruppentherapie davon befreit werden und Selbstbewußtsein gewinnen.
Die Idee, daß man Selbstbewußtsein trainieren kann, ist nicht

neu. Schließlich ist das Selbstbewußtsein nur ein spezifischer Teil des Bewußtseins, und das ist seit jeher manipulierbar. Jahrtausende existieren Institutionen – die Polizei, die Ehe, Behörden, Kirchen, Vorgesetzte aller Arten –, die das Selbstbewußtsein der einzelnen reduzieren, bis zur Abschaffung.

Genauso lange gibt es Institutionen – zum Beispiel aristokratische Familien und elitäre Schulen –, die das Selbstbewußtsein ihrer Mitglieder trimmen. Jede Armee der Welt unterdrückt das Selbstbewußtsein der Soldaten und pflegt das der Offiziere. Die einfachste und wirksamste Methode, das Selbstbewußtsein eines Menschen zu fördern, ist, ihm eine höhere Position in der Hierarchie zu geben. Da erlebt man wahre Wunder!

Die wissenschaftliche Methode des Münchener Instituts wird wohl nicht schlechter sein als die herkömmlichen unwissenschaftlichen, nur ein bißchen mühsamer, wie alles Wissenschaftliche.

Mag sie den einzelnen noch so viel geben, im sozialen Sinne ist sie belanglos. Wenn sich viele Arbeitnehmer nach einem »Assertiv-Training« dazu durchringen, mehr Lohn zu verlangen, können sich die Arbeitgeber derselben Therapie unterziehen – falls sie es noch brauchen – und dann noch selbstbewußter »Nein!« sagen. Gesellschaftliche Konflikte sind mit den Mitteln der Individualpsychologie nicht zu lösen.

Manchmal ist es sogar ausgesprochen gefährlich, die Selbstsicherheit zu trainieren. Als ich noch als Student bei einer Studentenzeitung tätig war, hatten wir eine Kollegin voller Komplexe. Sie jammerte dauernd, daß wir alle »so klug und gebildet« seien, sie dagegen »so dumm und unwissend«. Da sie sehr schöne Beine hatte, gaben wir uns die Mühe – mein Freund und ich –, ihr zu helfen. Einige Wochen lang haben wir ihr eingeredet, daß sie gescheit und begabt ist, und halfen ihr beim Schreiben. Der Erfolg ist nicht ausgeblieben: Da sie sehr schöne Beine hatte, und jetzt auch noch Selbstsicherheit, ist sie unsere Chefin geworden. Und wir mußten die ganze Arbeit für sie tun, da ihr journalistisches Können nicht so schnell wuchs wie ihr Selbstbewußtsein.

Laßt die Politiker malen

Ich könnte wohl nicht Politiker oder gar Staatsmann werden, mir fehlt das richtige Hobby: Ich kann nicht malen. Malen und zeichnen konnte ich schon in der Schule nicht, und deshalb ist mir wahrscheinlich – rein instinktiv – der Gedanke nie gekommen, Politiker zu werden.

Die Art des Zusammenhangs ist mir nicht ganz klar: ob die Beschäftigung mit dem Malen den politischen Ehrgeiz weckt, oder die Politik durch ihre Hektik ihre Jünger zwingt, sich in diese ruhige Beschäftigung zu flüchten. Ein Zusammenhang ist jedoch eindeutig feststellbar: Es ist auffallend, wie viele aktive Politiker Sonntagsmaler sind.

Ich meine jetzt nicht Adolf Hitler – er war kein Politiker, der in der Malerei Zuflucht suchte, er war ein verkrachter Maler, der sich in die Politik stürzte –, sondern zum Beispiel Winston Churchill. Oder den Bundeskanzler Helmut Schmidt, und mit ihm eine ganze Reihe von Politikern. Malerei ist auch wohl das richtige Hobby für Politiker – sie gibt ihnen die Möglichkeit, etwas ohne Worte zu sagen. Denn Worte sind ihr täglich Brot. Hamlet hat schon wahrscheinlich den Parlamentarismus mit seinen Debatten, Wahlkämpfen und Fernsehauftritten vorausgesehen, als er seine berühmten »Worte, Worte, Worte« sagte. In der Tschechoslowakei sagt man, daß der politische Funktionär die geringste Arbeit mit dem Aufräumen seines Arbeitsplatzes hat: Er braucht nur das Maul zuzumachen, und schon ist Feierabend.

Im Gegensatz zum Malen ist das Schreiben für einen Politiker das ungeeigneteste Hobby. Die Aufgabe des Schriftstellers ist es, mit wenigen Worten viel zu sagen, bei dem Politiker ist es umgekehrt. Wenn ein Politiker zum Hobby-Autor wird, läßt er sich von seiner neuen Rolle mitreißen, schreibt nicht nur Worte, sondern teilt auch etwas mit. Dieses unpolitische Vorgehen schadet meistens prompt ihm selbst und seiner Partei.

Politiker sind jedoch auch nur Menschen, und es juckt sie irgendwann, etwas zu schreiben, meistens Memoiren. Selbst weise Staatsmänner können diesem Jucken nicht widerstehen, sie verfügen dann aber, daß man das Werk erst nach ihrem Tode veröffentlichen darf. Schon wegen dieser politisch tödlichen Assoziation mit dem Tod würde ich keinem lebenden Politiker empfehlen, Memoiren herauszugeben.

Laßt Politiker ihren seelischen Ausgleich lieber im Malen suchen. Das kann ihnen kaum schaden.

Sie liefern sich so zwar den Kunstkritikern aus, dies ist aber harmlos – man verlangt von einem Staatsmann nicht, daß er ein Picasso ist. Und sollte ein malender Minister einen Kunstkritiker fürchten, ist es nur gut und demokratisch, viel besser, als wenn Kunstkritiker vor Politikern Angst haben. Ich kann mir die Alpträume der sowjetischen Künstler vorstellen, würde Breschnew malen und seine Bilder ausstellen – auch ohnedies hat man ja schon in Moskau Bilder mit Bulldozern zerstört, weil sie den Vorstellungen des Chefs nicht entsprachen. Hätte Stalin gemalt, bestünde die ganze bildende Kunst des Ostblocks der vierziger und frühen fünfziger Jahre aus Kopien und Nachahmungen seiner genialen Gemälde.

Ich mache mir Gedanken, was die Politiker so malen. Malen etwa die Männer der Opposition den Teufel auf die Leinwand, wie es ihre Funktion verlangt? Oder reagieren sie sich dadurch ab, daß sie Bilder der rosigen Gegenwart und noch rosigeren Zukunft entwerfen, als ob sie schon in der Regierung säßen? Komponieren die Politiker Selbstporträts in Weiß (für

die Nachwelt), oder malen sie ihre Gegner im dunkelsten Schwarz aus, beziehungsweise im bräunlichen Rot? Schaffen sie monumentale Riesengemälde, die für die Geschichte bestimmt sind, oder Formate, die in eine normale Wohnung passen? Malen sie realistisch, wissend, daß auch diese Methode genug Möglichkeiten bietet, so manches wegzulassen, zu verschönern oder zu karikieren – oder bedienen sie sich der Symbolik und der Abstraktion, wie bei den Wahlversprechen und Reformplänen?
Wenn Politiker Bilder malen, kann es auch für einen Laien aufschlußreich sein.
Vielleicht aber malen sie als Privatmenschen, gar nicht als Politiker? An sich ist es gar nicht schlecht, wenn Politiker privat Menschen bleiben. Laßt die Politiker malen.

Minister – Opfer und Helden

Ich wundere mich, wieso es noch Leute gibt, die Minister sein wollen. Es ist zwar eine Ehre, ein Vergnügen kann es aber nicht sein, besonders in einer Demokratie nicht. Was immer man tut, dienstlich oder privat, man steht unter Kontrolle und unter Beschuß der Öffentlichkeit. Und so viel Geld verdient man da auch nicht – bei entsprechender Qualifikation verdient man in der Privatwirtschaft mehr. Das erklärt vielleicht, warum die klügsten Menschen des Landes nicht Minister, und Minister nicht immer die klügsten sind.
Klug sind nur die, die ohne entsprechende Fähigkeiten Minister werden, denn auf diesem Umweg können sie dann doch noch gute Posten in der Wirtschaft bekommen. Als Minister braucht man ja kein Spezialist zu sein – dies beweist die Tatsache, daß derselbe Mann heute das Post-, morgen das Land-

wirtschafts- und übermorgen das Verteidigungsministerium leiten kann. Die einzige Qualifikation, die alle diese Tätigkeiten verbindet, ist die Fähigkeit, Papiere zu unterzeichnen und Steuergelder auszugeben. Und das kann doch jeder, ja, wenn man die Leute fragt, kann es jeder Nichtminister viel besser als alle Minister zusammen. Deshalb ist auch die demokratische Regel richtig, daß jeder Bürger Minister werden kann.
Als Minister oder Ministerkandidat muß man freilich ein gutes Gedächtnis haben. Man muß ja oft öffentlich reden und darf nie vergessen, was man sagen soll und, vor allem, was man nicht sagen soll. Dann nach einiger Zeit muß man alles vergessen, was man vorher nicht vergessen durfte, und man darf nicht vergessen, es zu vergessen. Ist das etwa ein Vergnügen?
In einem totalitären Regime gehören Minister zum traditionellen, aber unbedeutenden Inventar – für eine Demokratie sind sie jedoch von prinzipieller Bedeutung. Wie könnte man überhaupt ein Demokratiegefühl haben, könnte man nicht Minister kritisieren, ihnen Ratschläge geben, sie verspotten, sich über ihre privaten Fehltritte entrüsten?
Das Spiel ist erfrischend und für alle risikolos: Die Demokratie glänzt, die Kritiker und ihr Publikum fühlen sich erleichtert, und alles bleibt, wie es war. Im schlimmsten Fall wechselt die Regierung den Minister aus, was auch nichts ändern muß, und er bekommt endlich seinen warmen Posten in der Wirtschaft oder an einer Universität. Dies ist die eigentliche Aufgabe von demokratischen Ministern: Zielscheibe und Ventil zu sein. Den Rest der Arbeit machen ja – gut oder schlecht – die Ministerialen, die Spezialisten.
Somit haben die Minister eine wichtige, aber schwierige Funktion. Man macht ihnen selbst eine Liebesaffäre oder eine Fahrt mit dem Dienstwagen zum Vorwurf. Es ist sinnlos – ich möchte keinen Eunuchen zum Minister haben und keinen, dessen Zeit das verbrannte Benzin nicht wert ist –, aber es ist wirksam.

Je geringer der Anlaß der Kritik, um so mehr Menschen verstehen sie und identifizieren sich mit ihr. Um uns das Demokratiegefühl zu liefern, stehen die armen Minister selbst im Schlafzimmer unter Beschuß. Sie sind die Helden der Demokratie.

Wanzen sind Ehrensache

Prestige- und Statussymbole ändern sich schnell. Wem kann man heute noch mit einem Straßenkreuzer imponieren? Höchstens Teenagern oder Osteuropäern. Selbst ein Privatjet zeugt nur von Reichtum, nicht von der Bedeutung seines Besitzers.

Wahrscheinlich hat man allgemein noch nicht begriffen: Wer heute beweisen will, daß er wer ist, muß den Nachweis erbringen können, daß man ihm Abhörgeräte anzuhängen versucht. Ein Politiker, den man nicht abzuhören versucht, hat wahrscheinlich nichts zu sagen. Ein Unternehmen, dem die Konkurrenz keine geheimen Mikrophone zwecks Industriespionage ins Haus geschmuggelt hat, hat sicher nichts Neues zu bieten. Eine Frau, deren Mann ihr keine Minisender in ihre Lieblingsbrosche und in ihre Puderdose eingebaut hat, wird nicht wirklich geliebt. Eine Party, bei der keine Meistererzeugnisse der Radiophonie unter den Tischen und in den Cocktailoliven stecken, ist eine Versammlung von Nieten. Ein Diplomat, der feststellt, die verbrauchten Minibatterien in den »Wanzen«, die die Wände seines Arbeitszimmers zieren, sind nicht ausgetauscht worden, weiß, daß man ihm aus der Zentrale kein wirklich geheimes Dokument mehr zuschickt und daß seine Pensionierung vor der Tür steht.

Früher hat man ganz primitiv geprahlt. Wie jener Texaner, der seinem russischen Freund erzählte: »Wenn ich bei Mor-

gendämmerung in mein Auto steige und um alle meine Felder fahre, komme ich erst bei Sonnenuntergang nach Hause zurück.« – »Ja«, antwortete der Russe, »solche Autos haben wir auch.«
Oder wie die Eheleute Meier: Als Herr Meier erst kurze Zeit Direktor eines großen Unternehmens war, brachte er seine Frau zum Betriebsball mit. »Siehst du diese kesse Blondine da?« erklärte er ihr. »Das ist die Geliebte unseres Generaldirektors. Und diese temperamentvolle Brünette ist die Geliebte vom Personalchef. Die schlanke Rothaarige da an der Bar – das ist die meine.« Frau Meier wollte gleich weinen. »Wie kannst du mir so was antun! Wir leben fünfzehn Jahre glücklich miteinander . . .« – »Aber Liebling, versteh doch«, antwortete Herr Meier, »als Direktor muß man eine Geliebte haben! Wie würde ich neben den anderen aussehen, wenn ich keine hätte! Das ist doch eine Prestigefrage!« Frau Meier überlegte eine Weile und sah sich alle drei Damen gut an. Dann flüsterte sie ihrem Mann zu: »Weißt du, Hansi, die unsere ist doch die schönste!«
Also, mit dieser Art von Protzerei ist es vorbei. Jetzt wird Frau Meier erzählen: »Wissen Sie, Frau Schulze, seitdem mein Mann Direktor ist, haben wir überall ›Wanzen‹. Die scheuen keine Mühe und schießen ihm in jeden Teller Suppe einen Minisender extra.«
Jetzt werden wir endlich feste Kriterien für den Wert eines Menschen haben. Man muß nicht mehr lange erklären, was jemand schafft und welche Position er hat. Die bei den schwankenden Währungskursen unsichere Schätzung »dieser Mann ist zehn Millionen Dollar wert« wird durch eine absolut klare ersetzt: »Dieser Mann ist zwanzig Wanzen wert.« Jeder Leiter wird danach beurteilt werden, wie viele Halbleiter man auf ihn ansetzt. Für besonders verdiente und bedeutende Menschen wird man goldene Ehrenwanzen herstellen und ihre Telefone mit silbernem Draht anzapfen.
Wer keine Wanzen im Haus hat, ist gesellschaftlich absolut

unbedeutend, oder, wie man heute sagt, irrelevant. Irgendein Doktorand der Germanistik wird schon beweisen, daß »Relevanz« von »Relais« und »Wanze« stammt.

Aufruf der Grauen Partei

Meine Damen und Herren, liebe Schwestern und Brüder in Grau! Wir sind alle Zeugen eines ungeheuerlichen Betrugs! Gruppen, Grüppchen und Parteien, Grüne, Bunte, Rote, Rosarote und Schwarze geben vor, die Umwelt schützen zu wollen, und schlagen politisches Kapital daraus.
Lassen wir den wirklichen Wert ihrer Behauptungen und ihres Schutzes beiseite. Was und wen wollen sie aber schützen? Die Natur? Ist denn die Natur die natürliche Umwelt des Menschen? Nein, nein und noch einmal nein! Die Natur ist der erste und älteste Feind des Menschen!
Seit Tausenden und aber Tausenden von Jahren kämpft der Mensch gegen diesen gnadenlosen und tückischen Feind, seit dem Moment, als er den ersten Ast von einem Baum abgebrochen hat, um sich gegen seine natürlichen Feinde zu wehren.
Die einzige wirklich menschliche Umwelt ist die, die der Mensch selbst geschaffen hat: Unsere grauen Städte, grauen Straßen und Autobahnen, unsere Autos, die nur aus Mißverständnis nicht alle grau sind, unsere Wohnungen, in deren grauem Licht wir uns so gemütlich fühlen! Grau ist die Farbe unseres Lebens und somit auch unserer Grauen Partei!
Wir, Männer und Frauen, die im grauen Alltag ergrauen, müßten uns verbinden, um *unsere* Umwelt zu schützen, die Früchte der jahrtausendelangen Emanzipation der Menschheit von der Natur. Unsere Partei muß wie ein grauer Ze-

mentblock aufstehen, um die heuchlerischen und verräterischen Pläne der Naturagenten in allen anderen Parteien zu verhindern!

Was gaukeln uns diese Leute vor? Was schreiben sie auf ihre Fahnen? Sonne, frische Luft, sauberes Wasser, grüne Wälder und Wiesen.

Was hat der Mensch von der Sonne? Sie scheint nur da und dann, wo es sowieso heiß ist, sie quält uns mit Hitze und Schweiß. Wir schicken unsere Jugend in die Sonne – und wie kommt sie zurück? Braun oder rot! Dafür sollen wir uns einsetzen?

Naturluft ist zweifelsohne für Tiere gut, auch primitive Urmenschen konnten sie vielleicht gut vertragen. Uns zivilisierten Stadtmenschen bringt sie nur Rauschgefühle, Erkältungen, Bronchienkrankheiten und Rheuma. Kein Vergleich mit unserer technisch erzeugten Stadtluft, in deren Abgasen und Rauch keine Krankheitskeime überleben können.

Naturreines Wasser ist nichts für uns. Wenn ein zivilisierter Mensch schon gezwungen ist, Wasser zu trinken oder in Wasser zu baden, präpariert er es mit Chemikalien, durch Kochen oder Destillierung.

Und – wollen wir wieder in die Wälder gehen, aus denen unsere Ahnen vor Jahrtausenden geflüchtet sind? Wollen wir Wiesen pflegen, die unseren Häusern, Garagen und Straßen Platz wegnehmen? Überlassen wir dieses alles den halbwilden südländischen Naturvölkern! Im Laufe ihrer Zivilisierung und unter unserem Einfluß werden sie es selbst verbauen und vermenschlichen.

Welche Heuchler die Propagandisten der Rückkehr zur Natur sind, beweisen ihre eigenen Ausflüge in die Natur: Sie nehmen alle möglichen Produkte unserer Zivilisation mit, vom Zelt bis zum tragbaren Fernsehgerät, um sich von der geliebten Natur abzuschirmen. Denn sie plagt auch die, die vor ihr kriechen – mit Hitze, Regen und Schnee, mit Mücken, Ameisen und Schlangen, mit tausend anderen Plagen.

Was tun diese Verräter? Mit unseren Steuergeldern stopfen sie die Natur mit den von uns hergestellten Chemikalien voll, um ihr Wachstum zu unterstützen. Der Wissenschaft sei Dank, diese Produkte des menschlichen Könnens sind perfekter als die verirrten Menschen, von denen sie an unseren natürlichen Feind verschenkt werden: Sie denaturieren die Natur und vermenschlichen sie.
Das reicht aber nicht. Wir, die Graue Partei, rufen zum Kampf gegen die Natur auf! Zuerst müssen wir sie aus unseren Städten verbannen – es sind *unsere* Städte, die wir mit Mühe aufgebaut haben, fremde Elemente haben hier nichts zu suchen!
Unser Programm für die nächste Zukunft:

1. Die Städte müssen von Bäumen gesäubert werden, die den Verkehr gefährden und Vögeln Zuflucht bieten, die uns mit ihrem Lärm zu ungeeigneten Zeiten wecken!
2. Weg mit den grünen Flächen, diesen Sammelbecken für Hunde- und Katzenkot, die unseren Autos Parkplätze wegnehmen!
3. Die Städte müssen überdacht und hermetisch abgeschlossen werden, um sie vor den Launen der Natur zu schützen und unsere menschliche graue Atmosphäre zu erhalten.
4. Keinen Groschen aus unseren Steuergeldern für die Erhaltung der Natur, die selbst keinen Groschen Steuer zahlt!

Städter und Städterinnen, vereinigt euch! Jeder, der seine grauen Zellen zum Denken benutzt, weiß: Unsere Zukunft ist grau!

Das große Post-Projekt

Ich bin nicht sicher, ob die jeweils neue Gebührenerhöhung die Probleme der Bundespost und unsere Probleme mit der Post lösen kann. Womit ich keineswegs behaupten möchte, daß sie unberechtigt wäre. Die Erfahrung zeigt, daß es mit der fortschreitenden Rationalisierung des Postwesens immer länger dauert, bis ein Brief zum Empfänger kommt. Da sich die Post jetzt mit jedem Brief um ein bis zwei Tage länger beschäftigen muß, ist es nur gerecht, wenn sie dafür auch mehr Geld verlangt.

Man kann ja noch weiter rationalisieren: Nach der Abschaffung der Samstagzustellung kann man auch auf die Zustellung am Montag verzichten. Am Wochenende werden ja sowieso nur unwichtige Privatbriefe geschrieben. Und da die meisten Menschen zu faul sind, von sich aus einen Brief zu schreiben, und höchstens auf erhaltene Briefe antworten, wird man dann auch am Dienstag keine Zustellung brauchen. Und so weiter.

Das alles beseitigt jedoch nicht die Hauptursache des Postdefizits, die steigenden Personalkosten. Wenn man auch dadurch einige Postzusteller einsparen wird, beansprucht die Durchführung und Überwachung der Rationalisierung mehrere Führungskräfte, die teurer sind als die Briefträger.

Ich habe den starken Verdacht, daß die Gebührenerhöhung und andere Rationalisierungsmaßnahmen bei der Post das Werk einer heimtückischen Bundesbahn-Lobby sind. Um das Defizit der Bahn zu mindern, beabsichtigt man einen Zustand zu schaffen, bei dem es sich lohnen wird, lieber persönlich von Hamburg nach München zu fahren, als einen Brief zu schikken.

Für Firmen und Institutionen mit viel Korrespondenz müßte es eigentlich heute schon billiger sein, einen Angestellten mit zwei Koffern voll Briefe zwischen den Großstädten per Bahn pendeln zu lassen, als das Porto zu zahlen. Man braucht nur noch auf den Bahnhöfen Postfächer aufzubauen, von denen sich die Empfänger ihre Post abholen. Und wenn die Firmenboten noch bereit wären, Post von Privatpersonen mitzunehmen, die daran interessiert sind, daß ihre Briefe schnell ankommen, könnte es sogar zum einträglichen Geschäft werden, aber nicht für die Post.

Nein, die Post muß einfach neue Einkommensquellen suchen.

Ein Hamburger Goldschmied bot einst per Anzeige jedem an, Goldmünzen mit dessen persönlichem Konterfei zu erschwinglichen Preisen zu prägen. Ich bin davon überzeugt, daß dieses Geschäft gut lief, da viele Menschen es sich gern etwas kosten lassen, um sich mindestens auf diese Art Königen, Präsidenten und anderen berühmten Menschen gleichzustellen.

Eine Goldmünze ist aber verhältnismäßig teuer – wie viele kann man schon bestellen und verschenken? Käme die Post auf die Idee, jedem Zahlenden seine Abbildung auf einer Briefmarke anzubieten, kann sie Millionen schaufeln. Je nach Eitelkeit und Vermögen werden die Menschen Auflagen von tausend bis hunderttausend Stück bestellen.

Man wird für die geliebte, umworbene Frau eine Sondermarke drucken lassen und auch für die eigene Ehefrau (versuche man es, dies nicht zu tun!), für sich selbst zum Jubiläum oder zum Geburtstag, für die Großeltern zur Goldenen Hochzeit, für den Chef als Dankbarkeitszeichen der Belegschaft, für den Geschäftspartner zum Abschluß eines guten Geschäfts, für den Schatzmeister des Kanarienvögelzüchtervereins zum zwanzigsten Jahrestag seiner fruchtbaren Tätigkeit, und so weiter.

Wer neben seinem Namen eine Bezeichnung wie »Dichter«, »Erfinder«, »Künstler«, »Meisterreiter« oder meinetwegen »Miss des Hausblocks« haben will, muß um fünfzig Prozent mehr zahlen.

Briefmarken mit Anhängern kann man als Anzeigen für Heiratswillige ausnutzen – auf der Marke das Porträt, auf dem Anhänger die Wünsche. Oder gar für Warenwerbung; das wird dann Milliarden einbringen. Dabei wird die Post das ganze Geld sparen, das sie heute für die Herstellung der Marken ausgibt.
Als Wertzeichen bleiben die Sondermarken selbstverständlich Eigentum der Post – und die Besteller werden sie natürlich massenweise aufkaufen. Die Post muß jedoch das Recht haben, noch eine Sonderauflage für Sammler herauszugeben, falls der Auftraggeber die ganze Serie selbst kauft.
Bei solchen Einkommen könnte sich die Post nicht nur Tausende von neuen Zustellern erlauben, sondern auch die Briefe – mindestens im Inlandverkehr – zu einem symbolischen Betrag – von sagen wir – zwei Pfennigen befördern und dreimal pro Tag zustellen. Sie wird ja sowieso daran interessiert sein, den Briefverkehr zu intensivieren, um mehr Marken drucken zu können. Mit diesen Einnahmen würde man wahrscheinlich sogar die Bundesbahn sanieren können und die Lufthansa bei zu erwartenden Fluglotsenstreiks unterstützen.
Hoffentlich erfährt der Postminister von diesem Projekt und läßt sich überzeugen. Es stellt sich aber die Frage, ob das Manuskript den Verlag rechtzeitig erreicht – ich habe es per Post geschickt.

Der Zeitakt Zeittakt

Der 8-Minuten-Zeittakt, der für Ortsgespräche eingeführt wird, ist kein taktischer, sondern ein strategischer Zeitakt. Zu welch großen Veränderungen im Leben der Gesellschaft, besonders der großstädtischen, er führen wird, wird sich erst später zeigen.

Wenn nichts anderes, der Zeittakt wird den Namen von Herrn Minister Gscheidle unsterblich machen. Zum Beispiel Leute, die sich am Telefon kurz fassen können, werden seither als gscheidler gelten als die anderen. Sie werden bessere Chancen in den Unternehmen haben, leichteren Zugang zu jenen höheren Posten, die mit einer größeren Zahl von Telefonapparaten auf dem Schreibtisch verbunden sind.

Überhaupt wird der Zeittakt neue Maßstäbe in der Bewertung von Menschen setzen. Ein Mann, der sich als liebender Gatte oder großzügiger Liebhaber ausweisen wollte, mußte bisher aus Florida oder Bangkok anrufen – jetzt wird ein längeres Stadtgespräch reichen, um seine Geldverachtung und Opferbereitschaft zu beweisen.

Eine junge Frau, die bislang nur mit Widerwillen zuhörte, wenn ihre Schwiegermutter ihre Träume erzählte und was die Nachbarin sagte und was die alte Dame darauf erwiderte, kann jetzt nach sieben Minuten sagen: »Mama, du wirst es mir am Sonntag erzählen, sonst kostet es dich zu viel Geld.« Was bei gutem Willen als zuvorkommende Sparsamkeit ausgelegt werden kann. Und sie wird tatsächlich ein wenig Zeit für ihre Arbeit sparen.

Nur – wem wird jetzt die alte Dame das alles erzählen?

Acht Minuten ist eine Menge Zeit – im Rundfunk sind es vier Seiten Maschinenschrift. Private Gespräche werden jedoch nicht im voraus geschrieben und verlaufen nicht so schnell.

In der Großstadt, wo es so viele Menschen und so wenige Gesprächspartner gibt, wo auch die räumlichen Entfernungen so groß sind, wird die Beschränkung der telefonischen Sprechzeit viele noch mehr isolieren.

Andere wird sie wiederum näherbringen: Sie werden sich ausrechnen, daß es billiger ist, zueinander zu fahren, als zu telefonieren. Was vielleicht das Defizit der städtischen Verkehrsnetze mildern wird.

Vielleicht werden auf diese Art auch die privaten Beziehungen gestärkt. Wenn sich eine Frau ausrechnet, was eine Stunde am Telefon sie kostet, in der sie ihrem Freund Vorwürfe darüber macht, wo er war, als er nicht da war, wird sie lieber zu diesem Zweck vorbeikommen oder ihn zu sich kommen lassen. Und wenn man physisch zusammenkommt, kann man sich viel leichter und schneller versöhnen.

Als Telefonteilnehmer begegnet man dem Zeittakt mit gemischten Gefühlen. Man ärgert sich über die Kosten, wenn man selbst länger sprechen will, und man freut sich, daß manche Anrufer, die viel Zeit haben, jetzt vielleicht nicht so lange reden werden.

Diese Freude ist aber trügerisch: Die meisten werden weiter lange Gespräche führen, nur aus dem Büro, auf Kosten der Firma. Den Firmen wird es nichts ausmachen. Sie werden die erhöhten Fernsprechgebühren von der Steuer absetzen und dann noch auf die Preise aufsetzen. Wir einfachen Konsumenten werden es bezahlen, wie wir alles zahlen.

Wirtschaftlich ist der Zeittakt ein Gewinn. Die höheren Gebühren helfen Geld abzuschöpfen und somit die allzu großen Sparsummen mindern. Die Post kann dank der Mehreinnahmen noch ein paar Direktoren einstellen und somit die Arbeitslosigkeit bekämpfen. Sollten wir aber das Telefon boykottieren, wird sie noch einen Teil der Postzusteller wegrationalisieren, damit wir die Briefe nur noch einmal in der Woche bekommen und telefonieren müssen.

Politisch gesehen, ist der Zeittakt keine Beschränkung der Freiheit des Wortes. Man kann weiter frei reden soviel man will, man muß es nur bezahlen. Dies entspricht genau den demokratischen Prinzipien.

Ministeriales Denken

Ein Ministerialrat in Bonn hat achtzig Mark Prämie für einen Verbesserungsvorschlag bekommen: Er ist mit der Idee gekommen, in den Herrentoiletten des Abgeordnetenhochhauses Aschenbecher zu installieren.
Die Zeitung, die diese Nachricht brachte, placierte sie in der Ecke für Kuriosa und äußerte somit ihren Hohn und Despekt. Das finde ich ungerecht. Man sollte solche Nachrichten auf der ersten Seite drucken, als Vorbild.
Denn diese Geschichte ist vorbildlich, egal, von welcher Seite man sie betrachtet. Der Beamte bewies, daß er nicht nur seine Amtspflichten im Kopf hat, sondern auch denkt, ja praktisch denkt – das ist viel mehr, als man von einem Beamten normalerweise verlangt. Er zeigte Erdnähe und Verbundenheit mit dem Leben. Sein Vorschlag war auch ein Beweis seiner demokratischen Gesinnung: er sieht die Abgeordneten als Menschen wie dich und mich, die nicht nur die menschliche Schwäche fürs Rauchen haben, sondern auch Zigarettenkippen auf den Boden oder in den Abfluß werfen, wenn es im Raum keine Aschenbecher gibt.
Zugleich hat er sein demokratisches Vertrauen zu den gewählten Vertretern des Volkes zum Ausdruck gebracht, unterstellend, daß sie die Kippen nicht mehr auf den Boden, sondern in die Aschenbecher ablegen werden, sobald welche vorhanden sind.
Die Bundestagsverwaltung handelte goldrichtig, indem sie die Initiative, den Wirtschaftssinn, das Umweltbewußtsein und das nicht pflichtbeschränkte Denken des Beamten entlohnte.
Hoffentlich hat sie auch den Betrag von den Bezügen derjenigen abgezogen, die eine Toilette ohne Aschenbecher einrichteten.
Man kann sich darüber mokieren, daß unser Held die

Aschenbecher nur für die Herren- und nicht gleich auch für die Damentoiletten vorschlug. Ich möchte jedoch den Ministerialrat verteidigen – man muß nicht immer gleich die Verletzung des Gleichberechtigungsprinzips und männlichen Chauvinismus wittern. Vielleicht hat er beides getrennt als selbständige Verbesserungsvorschläge eingereicht – was ihm eine weitere Prämie einbringen könnte und sollte.
Möglich ist aber auch, daß der Verbesserer nicht wußte, ob es auf den Damentoiletten Aschenbecher gibt oder nicht, weil er sie nicht zu besuchen pflegt. Deshalb hatte er auch diesbezüglich nichts vorgeschlagen, weil ihm dazu die Legitimation fehlte. Die Verwaltung muß es aber wissen. Vielleicht könnte sie aus eigener Initiative – ohne Vorschlag – auch auf den Damentoiletten Aschenbecher anbringen und somit die Notwendigkeit eines weiteren Verbesserungsvorschlags und einer weiteren Prämie ersparen. Die Erledigung eines solchen Problems ohne Verbesserungsvorschlag könnte man natürlich auch als Verbesserungsvorschlag ansehen und die Prämie dem zuständigen Verwaltungsbeamten überweisen.
Falls jedoch die Bundestagsverwaltung nicht beabsichtigt, das Problem der Aschenbecher in den Damentoiletten des Abgeordnetenhochhauses in eigener Initiative zu lösen – Eigeninitiative ist im behördlichen Leben, wie bekannt, nicht immer ungefährlich – und falls kein Vorschlag von jemand anderem bereits vorliegt, bitte ich diese Zeilen als Verbesserungsvorschlag entgegenzunehmen, auch wenn er nicht auf dem üblichen Instanzenweg kommt.
Falls jedoch irgendein Beamter oder eine Beamtin einen gleichlautenden Vorschlag machen möchte, ziehe ich meine Ansprüche zurück. Man muß das praktische Denken bei Beamten mit allen Mitteln unterstützen.

Irre Geschichte

In einer psychiatrischen Anstalt hat sich der Leiter, ein junger und fortschrittlicher Professor, ein Experiment ausgedacht. Eine Gruppe von Patienten sollte eine normale, alltägliche Situation durchexerzieren. Man händigte ihnen tschechoslowakische Maschinenpistolen und chinesische Granaten aus, man stellte ihnen zwei Autos zur Verfügung und sagte, sie seien politische Terroristen. Ein politisches Ziel wurde ihnen nicht genannt, erstens, weil man durch terroristische Aktionen kein politisches Ziel erreichen kann, zweitens, weil es für das Experiment unwichtig war. Der Professor wollte nur das Verhalten der Patienten beobachten.

Er konnte zufrieden sein – sie haben sich ganz normal benommen. Drei sind mit einem Wagen zum nächsten Flughafen gefahren und haben ein Flugzeug mit siebenundvierzig Passagieren und neun Mann Besatzung gekapert. Die Sache verlief ganz glatt. Zuerst wollte man die drei bei der Eingangskontrolle entwaffnen, sie haben jedoch erklärt, sie seien politische Terroristen und brauchten die Waffen für den Überfall, dann hat man sie natürlich durchgelassen.

Noch leichter hatten es die anderen zwei, die sich ihre Geiseln aus einem Zug geholt haben. Zuerst nahmen sie ein Brautpaar, das sich auf dem Weg zur Trauung befand, samt Zeugen gefangen. Als sie die Geiseln, die im Abteil saßen, vom Gang aus bewachten, kam ein Mann zu ihnen, der sagte, er sei Offizier bei einem Polizeisonderkommando zur Bekämpfung der Gewalttätigkeit; da die Terroristen ganz allein im Gang standen und nur vier Meter von ihm entfernt, wollte er nicht der Versuchung erliegen, auf sie zu schießen, deshalb lieferte er ihnen lieber seine Pistole ab. Die Irren wollten sie zuerst nicht nehmen, da es nicht geplant war, ließen sich jedoch nach einem Wortwechsel überreden, und der Offizier schloß sich den Geiseln an.

Als auch diese Gruppe mit ihren Geiseln auf dem Flughafen eingetroffen war und die Maschine, die sie nach Haiti fliegen sollte, bereit stand, trafen schon die zuständigen Minister und Beamten ein, und die Verhandlungen konnten routinemäßig verlaufen:

Jeder der fünf Experiment-Terroristen stellte eigene Forderungen:

1. Alle im Sternzeichen des Skorpions Geborenen sollen für immer aus dem Staatsdienst ausgeschlossen werden.
2. Das städtische Waisenhaus soll sofort geräumt werden und das Gebäude an den ersten Schielenden, der daran vorbeigeht, als erblicher Besitz verschenkt werden.
3. Die Polizei soll innerhalb von drei Stunden alle Papageien in der Stadt einsammeln, die nicht Altgriechisch sprechen, und sie zum Flughafen bringen, wo sie dann freigelassen werden.
4. Der Gesundheitsminister soll sich von seiner Frau scheiden lassen und seine Sekretärin heiraten. Der Justizminister muß dafür sorgen, daß die Scheidung und die Heirat noch am selben Tag bis 18 Uhr stattfinden.
5. Alle Straßen in allen Städten werden zu Einbahnstraßen erklärt und die diplomatischen Beziehungen zum Fürstentum Liechtenstein sofort abgebrochen.

Wie üblich veranstaltete die Regierung am Flughafen eine Sitzung und nahm alle Forderungen an. Dem Innenminister gelang es noch, den Terroristen ein Lösegeld von fünfzehn Millionen aufzuzwingen.

Die Humanität triumphierte, die Geiseln wurden freigelassen.

Der Psychiater war mit dem Experiment völlig zufrieden. Er kam mit zwei Sanitätern und brachte seine Patienten, die bei der Aktion viele Aggressionen abgebaut hatten, ohne Schwierigkeiten in die Anstalt zurück. Ein wenig unzufrieden sind nur die ehemaligen Besitzer der Papageien, die Waisenkinder, die Autofahrer und die Skorpione.

Die Minister bestehen nämlich darauf, daß alle Maßnahmen, die sie unter dem Diktat der Terroristen unternommen haben, in Kraft bleiben: Das Wort eines Regierungsmitglieds wird nicht zurückgenommen, und es ist nicht Sache einer demokratischen Regierung, diskriminierende Unterschiede zwischen echten und unechten Terroristen zu machen.
Auf die Anfrage eines oppositionellen Abgeordneten, aus welchen Mitteln jene fünfzehn Millionen gezahlt wurden, gab der Finanzminister eine beruhigende Antwort: Sie werden durch die Strafgelder eingebracht, die man auf den neugeschaffenen Einbahnstraßen kassiert.

Alle Macht den Spionen!

Warum regen wir uns über erwischte Spione so auf? Erstens, wenn Spione erwischt werden, sind sie nicht mehr so aufregend. Zweitens, was gibt es in den demokratischen Staaten auszuspionieren, was die Politiker nicht selbst ausplappern? In den totalitären Staaten ist alles Geheimnis, sogar die Zahl der geschlechtsreifen Kaninchenweibchen, und trotzdem weiß man alles, bis auf das, was man nicht wissen will.
Einige Spione, die sich zu hohen Posten im Regierungsapparat durchgemogelt haben, können dennoch manche vertraulichen Nachrichten früher an ihre Zentralen liefern als das Fernsehen oder die Presse. Sie zu entlarven ist ein enervierendes und kostspieliges Glücksspiel. Ich habe ein Projekt, mit dessen Hilfe man alle östlichen Spione in der Bundesrepublik mit einem Schlag unschädlich, ja nützlich machen kann.
Man braucht nur alle Behörden und Regierungsämter von unten bis ganz oben ausschließlich mit Spionen zu besetzen.

Die Bundesrepublik ist ja in der glücklichen Lage, daß man ihr aus der DDR in beliebiger Menge Spione liefern kann, die keine Sprach- und Anpassungsschwierigkeiten haben.
Sobald alle Posten mit Ostspionen besetzt sind, gibt es keine Geheimnisse mehr, die man ausspionieren könnte, und die Arbeit des ganzen Spionagenetzes wird zu einem gigantischen Leerlauf. Da jeder Spion aber Nachrichten liefern muß und keiner dasselbe melden will, was sein Bürokollege von nebenan meldete, werden sie sich falsche Informationen ausdenken müssen und damit ihre Zentralen überfluten. Sie werden das Bild so verschleiern und verwirren, wie es keine Abwehr und kein Desinformationsdienst vermag.
Allein die Menge der nachrichtendienstlichen Informationen wird dem Gegner den Überblick unmöglich machen – er kann nicht widersprüchliche Meldungen von, sagen wir, zwei Millionen Agenten rechtzeitig analysieren, auch wenn er tausend Computer einsetzt.
Die Unterhaltung einer riesigen Agenten-Armee wird den Ostblock in echte finanzielle Schwierigkeiten bringen – er muß seine Leute mindestens zum Teil in Devisen bezahlen. Als Nebeneffekt entsteht also die Erleichterung der wirtschaftlichen Zusammenarbeit.
Die Bundesrepublik kann dagegen Milliarden von Mark einsparen. Erstens werden alle Spionageabwehrinstitutionen überflüssig. Zweitens kann man den Spionen nur einen Bruchteil des Beamtengehalts zahlen, weil sie den Posten für jeden Preis haben wollen und sowieso schon ein Einkommen haben.
Dafür kriegen wir tüchtige Beamte – ein Agent muß ja tüchtiger sein als ein normaler Beamter; man kann sich in dieser Hinsicht auf die Kaderabteilung des Ostberliner Ministeriums für Staatssicherheit verlassen – sie wird schon tüchtige Menschen aussuchen. Und die Bundesrepublik spart weitere Milliarden, die die Ausbildung von Beamten kostet.
Weiterer Vorteil: Wenn die Ostagenten die Ämter überneh-

men, werden Millionen von ehrlichen Bundesbürgern für produktive Arbeit frei. Man muß dabei keine Arbeitslosigkeit fürchten: Die Agenten in den Staatsämtern müssen für die mächtige Entwicklung der Wirtschaft sorgen, sonst haben ihre Kollegen nicht genug Objekte für Wirtschaftsspionage. Sie werden auch dafür sorgen, daß die Wirtschaftsbetriebe – und die Staatsverwaltung selbst – auf den modernsten Stand kommen, denn in veralteten Industrieunternehmen oder Kanzleien lohnt es sich nicht zu spionieren.
Für gute Arbeit in den Ämtern werden die Agenten selbst sorgen. Jeden ihrer Kollegen, der nicht tüchtig sein sollte, werden sie entweder als Westagenten denunzieren, der die Arbeit des Nachrichtendienstes stört, oder als Ostagenten, der die Arbeit der Behörde sabotiert. Sie haben ja im Vergleich zu normalen Beamten die doppelte Verantwortung und die doppelten Denunziations-Möglichkeiten. Die alte preußische Disziplin bringen sie von zu Hause mit.
Politisch werden die Ostagenten eine gutbürgerliche Law-and-Order-Gesinnung vertreten. Dies ist ihre Tarnung und in den meisten Fällen wohl auch ihre echte Überzeugung.
Es besteht keine Gefahr, daß die Spione – wenn sie den ganzen Staatsapparat besetzt haben – den Anschluß der Bundesrepublik an die DDR betreiben werden. Im Gegenteil, sie werden die Selbständigkeit und Unabhängigkeit der Republik wie Löwen verteidigen, mit größerer Entschlossenheit als jeder andere. Das Ende der Bundesrepublik würde ja das Ende ihres Jobs bedeuten.
Oder glauben Sie, daß ein Mann aus dem Osten sein bequemes westliches Devisenleben, den Urlaub auf den Bahamas oder meinetwegen nur auf Mallorca, seinen Ministerialposten mit Einnahmen aus zwei Quellen so leicht aufgeben wird, um Buchhalter in einer LPG oder Versorgungsmann in einem HO-Laden zu werden?
Keine Gefahr! Wir Marxisten wissen ja, das Sein bestimmt das Bewußtsein.

Billige Politik

Die Unzufriedenen, Oppositionellen, Rebellen, Dissidenten – oder wie man sie nennen will – aus den totalitären Staaten sind ein wahres Geschenk der durchaus irdischen Götter! Sie stellen für beide Seiten – für die Totalitären und für ihre Gegner – das handgreiflichste Instrument dar, die billigste politische Kleinmünze, ein bargeldloses Tauschmittel für kleine internationale Geschäfte, preiswerte, ja kostenlose Wegwerfware.

Den Totalitären macht es keine Mühe, Unzufriedene zu produzieren, es ist ja eine automatische Folge solcher Systeme. Noch weniger Mühe macht es ihnen, sie zu verfolgen und zu unterdrücken.

Die Demokraten kostet es auch nicht viel, die Unterdrückten zu bedauern und gegen die Verfolgung zu protestieren – laut, kleinlaut oder sogar großlaut, je nach der augenblicklichen Marktlage der Humanität, die von allerlei Energiekrisen, Absatzkonjunkturen, Verhandlungsabsichten, von der Reiselust der Staatsmänner oder von der Festigkeit der Stühle der Staatsoberhäupter abhängt.

Wie die Unterdrücker aus dieser Konstellation ihren Vorteil ziehen, ist klar. Selbst weniger intelligente Einzelverbrecher aus den rückständigsten Weltgegenden haben schon begriffen, daß mit gefährdeten Menschen ein gutes Geschäft zu machen ist, und pflegen munter das Geiselnahme-Busineß. Ich bin kein Kriminalhistoriker, es ist nicht meine Sache, festzustellen, wer von wem gelernt hat. Zweifellos hat der staatliche Geiselhandel ein größeres Format, das Verhältnis zwischen privatem und großmächtigem Gangstertum ist wie zwischen einer Tankstelle und Standard Oil.

Das Verfahren ist denkbar einfach: In weiser Voraussicht, daß man von jemandem, zum Beispiel von den USA oder von der Bundesrepublik, etwas brauchen wird (dies ist nicht schwer vorauszusehen, man hat ja schließlich die Planwirtschaft), drückt man einem Kritiker die Kehle zu . . . oder man dreht den Hahn zu, durch den der dünne Strom der Ausreisegenehmigungen für Juden oder Deutsche fließt – und schon kann man mit gutem Grund Lösegeld verlangen, bares oder politisches. Will man ein Stückchen guten Willen auf den Markt werfen, läßt man den einen oder anderen ausreisen, entläßt man irgend jemand aus dem Gefängnis oder aus dem Politirrenhaus.

Das ist aber nur eine Seite des Geschäfts. Die freigelassenen Geiseln bleiben weiter Ware und Münze, jetzt freilich für die, die sie freigekauft haben. Man wirft sie bei Bedarf in die herrisch ausgestreckte Hand ihrer ehemaligen Herren zurück, in dem frommen Glauben daran, daß eine Hand, die eine Kleinmünze hält, nicht drohen und nicht zuschlagen kann.

Vor einiger Zeit haben in Hamburg etwa vierzig Leute tatenlos zugesehen, wie zwei Rocker einen Passanten zu Tode traten. Auch das war billige Politik, mit dem Unterschied jedoch, daß die Zuschauer auch den Rockern nicht geholfen haben. Es stand noch nicht in der Zeitung, ob unter den späteren Rockeropfern jemand von den damaligen Zuschauern war.

Kinderträume der Mächtigen

Leonid Breschnew hat sich den Marschalltitel verliehen und hat sich in einer eleganten Marschallsuniform gezeigt. Na gut. Durch die Ausgaben für eine oder zwei neue Uniformen wird die Wirtschaft der großen Sowjetunion auch nicht noch mehr ruiniert, als sie ohnedies schon ist. Höchstens wird man ein paar Säcke Weizen weniger im Ausland kaufen.

Wozu braucht aber ein Breschnew den Marschallsrang? Alle zweiundzwanzig Marschälle der Sowjetunion stehen ja sowieso stramm vor ihm. Solange er an der Macht ist, werden sie es tun, auch wenn er sie im Pyjama empfangen würde. Sollte er dagegen seine Macht verlieren, wird man ihm den Rang und die dazugehörige Pension – falls er dabei an die Altersversorgung dachte – selbstverständlich aberkennen.
Vielleicht hatte er sich nur einen Kindheitstraum erfüllt. Welcher Junge träumt nicht davon, Marschall zu werden? Nur: ist es mit siebzig noch eine Genugtuung, in den Kindheitstraum zu schlüpfen? Zumal, wenn man weiß, daß man sich den Rang selbst gegeben hat?
Hat der Chef der Sowjetunion überhaupt Zeit, vor dem Spiegel zu stehen und sich selbst in der neuen Uniform zu bewundern? Das Land ist groß, die Welt, die er auch schon als seine eigene Wirtschaft betrachtet, ist noch größer, und nichts kann ohne sein Plazet geschehen. Er muß nicht nur persönlich darüber entscheiden, welches Land man demnächst besetzt oder welche neuen Waffen man baut. In der letzten Instanz muß er auch darüber entscheiden, welches Buch erscheinen, welcher Film in die Kinos gehen darf und welcher gesunde Mensch in eine psychiatrische Klinik eingewiesen werden soll. Die Kollegen aus der »Kollektiven Führung« nehmen ihm zwar manche Entscheidungen ab, nicht jedoch die Arbeit. Man muß ja höllisch aufpassen, daß sie einen nicht absetzen, wenn man gerade ein paar Tage Urlaub macht. Besonders jetzt, wenn er auch noch die Marschallsuniform zu verlieren hat . . .
Oder war der neue Rang eine Drohung für die Welt? Etwa: »Wenn ihr nicht pariert, steige ich in meiner schönen Uniform auf ein weißes Roß und reite an der Spitze meiner Heere gegen euch!«
Die Welt fürchtet jedoch nicht den Schimmel, nicht einmal so sehr das Heer. Sie hat Angst vor der eigenen Angst.
Oder war es eher eine Drohgeste den Kollegen im eigenen

Politbüro gegenüber – ein Beweis, daß er sich über sie erheben kann, wie er will? Welchen Titel kann sich Breschnjew noch zulegen? Stalin ernannte sich zum Generalissimus, deshalb kann es Leonid Iljitsch nicht tun. Manche Leute in der Sowjetunion mögen den Stalin nicht, sie würden ihm diesen Vergleich übelnehmen; manche verehren Stalin noch immer – die würden es als Anmaßung ansehen. Vielleicht wird er sich zum Marschallissimus ernennen, wenn er noch lange genug selbst über Ernennungen entscheiden wird. Oder zum Marschall des Weltalls.

»Es ist egal, womit ein Kind spielt, Hauptsache, es weint nicht«, sagen die Russen. Es wird einem nur unbehaglich, wenn man sieht, welch kindlichen Spieltrieb und kindischen Ehrgeiz die Mächtigen dieser Welt haben.

Denn Kinder sind grausam, verantwortungslos und unberechenbar. Vor allem, wenn sie spielen.

Hunde sind auch Menschen

Die Wissenschaftler haben herausgefunden, daß die Haustiere im Fernsehen falsch dargestellt werden. Sie werden so geschildert, als ob sie menschlichen Verstand, menschliche Gefühle und Eigenschaften hätten – mit den Mitteln der Dressur und des Films kann man ja alles erreichen. Dies führt zu Mißverständnissen, zum Beispiel bei kindlichen Hundehaltern jeden Alters, und im Endeffekt ist es gefährlich – für die Hunde und auch für die Herrchen. Tierschutzvereine haben sich schon eingeschaltet, um dagegen zu kämpfen. Sollten sie sich nicht auch dann einschalten, wenn es umgekehrt zugeht, wenn man Menschen in eine Hunderolle zwingt?

Professor Robert Havemann, der unbequeme Sozialist in der

DDR, erzählte in einem Brief an die dänische Sektion der Amnesty International über seine Bewacher: Mit mehreren Autos, PKWs und großen Container-Wagen sperrten sie jahrelang sein Haus ab, ließen keinen rein, außer nahe Verwandte, den Pfarrer, den Arzt und eine Nachbarin. Wohin auch immer Havemann oder seine Familienmitglieder gingen, ob spazieren oder zum Einkaufen, die Stasi-Leute liefen hinterher wie kleine Hunde – so der wohl fachkundige Ausdruck von Havemann.

Havemann war nicht der einzige, der im sozialistischen Lager so intensiv bewacht wird. Das heißt – bewacht werden ja alle Bürger, denn das Prinzip der Gleichheit aller Menschen ist die Grundlage des Sozialismus. Wie der polnische Aphoristiker Stanislaw Jerzy Lec sagte: »Der Mensch ist nie allein. Irgend jemand bewacht ihn schon.« Besonders bewacht werden aber Menschen, die keinen Hehl daraus machen, daß sie denken. In diesen Fällen scheuen die sozialistischen Staaten keinen Aufwand und keine Kosten – und wenn es kein Fleisch für die Bevölkerung gibt!

Denn Stalin sagte: »Das teuerste, was wir haben, ist der Mensch.«

Man solidarisiert sich mit den Bewachten, wenn auch nur platonisch – wer denkt aber an die Bewacher? Nur Wolf Biermann hat ihnen seinerzeit ein mitfühlendes Lied gewidmet. Dabei haben die Bewachten so manchen Vorteil. Sie können zum Beispiel nicht überfallen oder bestohlen werden, außer von den Geheimpolizisten selbst.

Man weiß, daß die Geheimpolizisten ab und zu jemanden zusammenschlagen – denkt aber jemand darüber nach, ob sie dann keine seelischen Probleme haben?

Die Bewachten können bei ihren Spaziergängen denken, was sie wollen – der kleine Wachhund kann nicht denken, selbst wenn er es könnte, er darf ja die Fährte nicht verlieren.

Die größeren Wachhunde, die nicht den Einkauf, sondern eben die Gedanken der Unbequemen zu überwachen haben, sind noch schlimmer dran: Sie müssen zwar nicht im Regen im Torbogen stehen, dafür müssen sie aber die beschlagnahmten Romane, Gedichte und philosophischen Essays lesen und mit ihren Autoren diskutieren. Für Halbanalphabeten und geistig Minderbegabte ist das eine tierische Qual. Die Gebildeten und Intelligenteren – es gibt auch solche unter den Geheimen – kommen dabei in Versuchung, zu denken und somit selbst ein Verbrechen zu begehen. Ist das nicht unmenschlich?

Die Tierschutzvereine müßten sich entschieden einmischen.

Eine romantische Geschichte

Es geschah im Jahr der Frau. In Cotonou, der Hauptstadt der Republik Dahomey, erwischte das Staatsoberhaupt Mathieu Kereku, 41, seine Frau im Bett des Innenministers, Hauptmann Michele Aikte. Der nackte Minister versuchte zu fliehen, wurde jedoch von den Leibwächtern des Präsidenten erschossen. Die Frau – so wörtlich die Nachricht – sei »bei guter Gesundheit«. Das Parlament der Republik hat die Tat des Präsidenten einstimmig gebilligt.

Aus dieser Geschichte kann man viele Lehren ziehen.

Erstens, Dahomey muß ein politisch idyllisches Land sein, sonst hätte der Innenminister keine Zeit für Liebesabenteuer und der Präsident keine Zeit, ihm auf die Spur zu kommen. Zweitens, daß Revoluzzer eine strenge Moral haben. Der Präsident kam im Jahre 1972 durch Umsturz an die Macht, der erschossene Hauptmann hatte ihm dabei geholfen. Da der Minister jedoch seinen Kampfkameraden verraten hat – so hat es das Parlament qualifiziert –, wurde er kurzerhand erschossen. Drittens, die revolutionären Parlamente sind die

gehorsamsten. Nicht jedes Parlament würde einstimmig die Bestrafung eines Regierungsmitgliedes ohne Gerichtsverhandlung gutheißen.
Übrigens, ich bin dagegen, daß die Ehemänner die Liebhaber ihrer Frauen erschießen. Aus humanitären Gründen. Hätte sich diese Sitte verbreitet, konnte sich das Jahr der Frau leicht in ein Jahr der trauernden und unbefriedigten Frauen verwandeln, die dann auch den Ehemännern das Leben zur Hölle machen würden und massenweise der ›Womans Lib‹ beitreten.
Vielleicht wurde jedoch Hauptmann Aikte nicht als Liebhaber, sondern als Minister erschossen. Ich möchte nicht zynisch werden, aber ein Minister, der sich erwischen läßt, verdient eine Strafe, zumal ein Innenminister. Es war von dem Verstorbenen auch unüberlegt, ausgerechnet mit der Frau seines Präsidenten zu schlafen, als ob er keine anderen Möglichkeiten gehabt hätte.
Vielleicht hat ihn die Dame verführt, wie Frau Potiphar den jungen Joseph verführen wollte. Schließlich war sie in seiner Wohnung und nicht er in ihrer. Von ihrem Standpunkt aus hat sie wie eine kluge, vorsichtige und treue Frau gehandelt. Mit wem sonst soll sich die Frau eines Präsidenten vergnügen, wenn nicht mit dem Innenminister? Wen immer sie sonst wählt, der Innenminister wird es erfahren. Und durch die Verbindung mit dem zweiten Mann im Staat schont die treue Frau die Standesehre des Gatten. Möglicherweise hat sie dadurch auch seine politische Position gestärkt, als sie den Innenminister nicht nur politisch an den Präsidenten gebunden hat.
Vielleicht wird sie ihr Gatte nicht bestrafen, weil er sie liebt oder weil er eine Frau für nicht gleichberechtigt und somit für nicht verantwortlich hält. Dies wäre die vierte und vorläufig letzte Lehre aus dieser traurigen Geschichte: Für Frauen ist es nicht immer günstig, gleichberechtigt zu sein. Manchmal ist es besser, geliebt zu werden.

Akt mit Geige

Ein Reporter, der seinerzeit die Dissidenten-Biennale in Venedig besuchte, wunderte sich, daß man gegen Bilder, die er dort gesehen hat, vor einigen Jahren in einem Moskauer Vorort Bulldozer geschickt hatte: Es gab in ihrem Inhalt nichts Revolutionäres oder auch »Konterrevolutionäres«, wolle man bei dem offiziellen sowjetischen Sprachgebrauch bleiben. »Wie aber wird man über einen Akt mit Geige zum Dissidenten?« fragte der Reporter.

Er wunderte sich mit Recht, denn dies entbehrt jeglicher Logik. Ein erfahrener östlicher Leser würde sich aber über ihn wundern, daß er Logik sucht, wo es nur um Gehorsam geht.

Ein Akt mit Geige kann in der Sowjetunion aus zwei Gründen zu einem oppositionellen Akt werden: Erstens, wenn der Autor nicht offiziell anerkannt ist, daß heißt kein Plätzchen in der streng hierarchischen Rangordnung hat. So einer kann malen, was er will, selbst ein Lenin-Porträt von seinem Pinsel wird als formalistisch oder naturalistisch, oder andersrum als volksfeindlich deklariert. Zweitens, ein selbst von einem eingereihten Künstler stammender Akt mit Geige kann zum feindlichen Akt werden, solange das Malen solcher Akte nicht angeordnet war – zum Beispiel, um die Welterfolge sowjetischer Geiger als Beweis der Überlegenheit des sozialistischen Systems zu feiern.

In einem totalitären Regime ist nicht nur das verboten, was verboten ist, und nicht nur das, was nicht erlaubt wurde, sondern alles, was man nicht angeordnet hat. Nicht der gemalte Akt ist suspekt, sondern der Akt der Eigenwilligkeit, etwas zu malen, das von oben nicht verlangt wurde.

Chruschtschow hat einst Landschaften mit Birken gelobt – mit realistischen Birken, versteht sich, angedeutete Birken sind dem Volke in der Gestalt seiner Vertreter fremd. (Die folkloristische Definition des Sozialistischen Realismus lautet: »Es ist eine Kunst, unsere Führer zu besingen, in einer Sprache, die ihnen verständlich ist.«) Die Worte des Führers waren eine klare Anordnung, die patriotischen Birken zu malen – was dann auch geschah; zugleich war es aber auch ein für alle verständliches Verbot, sich mit den kosmopolitischen Palmen zu beschäftigen. Es kann natürlich mal ein Wink kommen, daß Palmen ein Ausdruck der internationalistischen Solidarität mit den kämpfenden Völkern der Dritten Welt seien und die Birken somit Chauvinismus. Dann werden eben die Kunstkriterien umgekehrt gelten.

Eine unangeordnete Geige kann *an sich* verdächtig werden, als Symbol der privaten Intimität, also als Gegensatz zu dem sozialistischen Elan, der bekanntlich durch Trompeten und Pauken verkörpert wird.

Ein Akt, also die sichtbare Abbildung eines nackten Menschen, ist was Schlimmes – sogar wenn man von moralischen Bedenken absieht. Die Sowjetmenschen stehen mit Leib und Seele hinter dem Kommunismus, also können ihre Leiber nicht sichtbar sein. Ein Sowjetmensch hat nur vor der Partei nichts zu verbergen, sonst alles vor allen – das ist ein Gebot der revolutionären Wachsamkeit. Ein Akt ist auch eine böswillige Verleumdung der Gesellschaft des verwirklichten Sozialismus, indem er perfide andeutet, daß ein Sowjetmensch nichts anzuziehen hätte.

Sind das nicht Gründe genug, solche Bilder mit Bulldozern niederzuwalzen und ihre Autoren zu Dissidenten zu erklären? Sie sind es, solange nichts anderes angeordnet wird.

. . . und erhalte uns das Öl!

Kernkraftwerke müßten sofort verboten und jeder Versuch, in dieser Richtung zu forschen, mit Todesstrafe belegt werden! Nein, nicht wegen der Gefahr eines eventuellen Unfalls. Bei den heutigen Vorräten an Overkill-Kapazitäten in unkonventionellen und konventionellen Waffen, bei den Quoten der Unfalltoten auf den Autostraßen, bei der Anzahl der Menschen, die von großen und kleinen Gewaltherrschern durch Hinrichtungen, Schießen in die Menge, Abschlachten, Ertränken im Meer, Sonderbehandlung in Konzentrationslagern und so weiter jeden Tag umgebracht werden, bei der allgemeinen Vergiftung der Erde, des Wassers, der Luft und der Nahrungsmittel mit Chemikalien würde eine mittlere Reaktorpanne mit einigen zehntausend Toten die Welttodesbilanz kaum bemerkbar beeinflussen.

Es geht um etwas anderes, nämlich darum, daß die Wissenschaft sich mit der heutigen Technologie der Kernenergiegewinnung nicht zufriedengeben wird. Man wird Wege finden, auch aus anderen Elementen Energie zu gewinnen, nicht nur aus den raren mit den schwergewichtigen Atomen. Oder direkt von der Sonne, vom Wind, von den Bewegungen der Meere. Alle diese Versuche müssen strikt unterbunden werden, denn es handelt sich um Quellen, die überall vorhanden und jedem zugänglich sind.

Sobald es gelingt, sich auf diese freien Energiequellen umzustellen, ist die Weltordnung im Eimer.

Alle, die uns vom Öldiktat befreien wollen, bedenken nicht, daß das Erdöl oder, genauer gesagt, die Ölwaffe heute der einzige Ordnungs- und Stabilisierungsfaktor der Weltpolitik ist. Verliert diese Waffe an Bedeutung, können die Politiker badengehen, weil sie den letzten Rest der Orientierung verlieren würden.

Woher sollen sie dann wissen, bei wem man sich einschmei-

cheln muß, an wen Zugeständnisse machen, vor wem in die Knie gehen, an wen Freunde und Verbündete verraten?
Heute weiß man es ganz genau. Egal, ob es ein Ghadafi oder Chomeini ist, ob einer, der sein eigenes Volk abschlachtet, oder einer, der Terroristen in fremde Länder schickt – Hauptsache, er verfügt über das Öl.
Sollte in einem Ölland ein normaler Menschenfresser an die Macht kommen – also einer, der sich im nicht übertragenen Sinne am Menschenfleisch labt –, wird man sich in jedem westlichen Land die Mühe geben, einige Jungfrauen aufzutreiben und sie mit einer schönen humanitären Begründung dem Geölten zuzuschicken. Zum Beispiel unter dem Vorwand, daß man so die Hungersnot in unterentwickelten Ländern mildern hilft.
Andererseits, der Ölterror ist noch nicht das Schlimmste, was uns passieren kann. Er kann nur wirtschaftliche Not bewirken. Sollte er abgeschafft werden, müßten wir um so mehr vor jenen Herrschern zittern, die über tödlichere Waffen verfügen, und unsere Politiker müßten eben denen tiefer in den Anus kriechen.

Schafft die Arbeit ab!

Wenn man viel zu tun hat, mit den Terminen nicht zurechtkommt und der Redakteur ruft an, daß man bis morgen eine Glosse schreiben muß, schimpft man nur: »Verdammte Arbeit!«
Welche Freude dann, im Ordner mit glossenträchtigen Zeitungsausschnitten, den man für solche Fälle angelegt hat, eine kurze Notiz zu finden, deren Überschrift wie himmlische Musik klingt: »Schafft die Arbeit ab!«

Es wurde nämlich vor einiger Zeit in Frankreich eine »Widerstandsgruppe für die Abschaffung der Arbeit« gegründet. Der Ruf nach Abschaffung der Arbeit klingt nicht sehr geschmackvoll in einer Zeit, in der es Arbeitslose gibt, also Menschen, die Arbeit suchen und keine bekommen. Die Widerständler wollen jedoch jede Arbeit abschaffen, somit also auch – logisch – die Arbeitslosigkeit.
Sie haben dafür eine wissenschaftliche Begründung: Ein Professor Adams von der Berkeley-Universität in den USA fand heraus, daß »98 Prozent aller Personen, die täglich arbeiten müssen, schwere Gehirnschäden aufweisen«. Sehr zuverlässig ist diese Untersuchung wohl nicht, denn der Professor arbeitete an ihr sicher lange und hart.
Es wurde auch nichts von den Gehirnschädigungen durch Mangel an Nahrung gesagt, der zwangsläufig eintreten wird, wenn niemand arbeitet.
Die Losung an sich ist aber zweifellos verlockend. Viele Menschen haben sich an Staatsstreichen, Revolutionen, Eroberungskriegen und einfachen, ideologisch nicht begründeten Morden beteiligt, um sie nur teilweise zu verwirklichen – also die Arbeit zumindest für sich selbst abzuschaffen.
Es gibt ja auch Kompromißmöglichkeiten. Der schwedische Autor Gunnar Adler-Karlsson schlug in seinem Buch »Gedanken über die Vollbeschäftigung« so eine vor: Man bräuchte nur bis zum fünfunddreißigsten Lebensjahr zu arbeiten – wenn sich die Menschen nur auf die wichtigsten Bedürfnisse beschränken und auf alles Überflüssige verzichten. Die Rechnung mag stimmen. Was soll man aber die ganzen Tage tun, wenn man nicht arbeiten wird?
In die Kiste glotzen – falls sie nicht unter die Rubrik »Überfluß« fällt? Ich war seinerzeit Filmjournalist, besuchte Filmfestivals und weiß, was für schreckliche Arbeit das ist, sich zehn oder zwölf Stunden Filme anzusehen – selbst gute, geschweige denn eine Massenproduktion von lauter Jungfilmern unter fünfunddreißig!

Es gibt schon jetzt viele Leute, die viel Freizeit haben und hart arbeiten müssen, um sich Dinge oder Dienste zu verschaffen, mit deren Hilfe sie die Freizeit ausfüllen können.
Alle modernen Spielzeuge, von der Yacht bis zur Stereoanlage und Modelleisenbahn, sind nach Adler-Karlsson überflüssig – und können auch in der kurzen Arbeitszeit nicht hergestellt werden. Was soll man aber dann mit der totalen Freizeit anfangen? Jedes Hobby artet in Arbeit aus, wenn es zur alltäglichen Hauptbeschäftigung wird – selbst Reisen, Sport, Lesen, Liebe und Sex. Fragen Sie diejenigen, die das beruflich machen.
Man stellt sich das Leben ohne Arbeit in Saus und Braus nach Manier der alten Aristokraten vor. Die haben aber hart geschuftet: Bälle, Gesellschaften, Intrigen, Prozesse, Duelle. Aus Verzweiflung flüchteten sie vor diesen Pflichten in die Kunst, Wissenschaft und Literatur als Freizeitbeschäftigung.
Es ist gut, wenn man eine Arbeit hat, die zugleich Hobby ist. Davon aber, daß man Arbeit »Hobby« nennt oder ein Hobby in Arbeit verwandelt, hat man nichts.
In einer Welt, in der die Arbeit konsequent abgeschafft wäre, bliebe einem nur noch das Faulenzen. Wem macht aber das Faulenzen Spaß, wenn man nicht arbeiten muß, ja, wenn man sich nicht einmal daran laben kann, daß andere arbeiten müssen?

Liebet den Chef!

Alle sozialen Gruppen klagen dauernd, ihr Leben sei fürchterlich schwer. Nur die Chefs dürfen nicht klagen, es gehört sich für sie einfach nicht; und wenn sie klagen, glaubt man

es ihnen nicht, da jeder Nichtchef das Chefsein als beneidenswert empfindet.
Übrigens können sie überhaupt nicht als Gruppe auftreten. Jeder Chef ist für sich allein, seine Position verpflichtet ihn, Individualist zu sein. Außerdem ist die Bezeichnung »soziale Gruppe« für Leute aus der High-Society nicht fein genug.
Dabei ist ihr Dasein gar nicht so rosig, wie es scheint. Bedenke man nur die neuesten Erfindungen der Medizin und der Psychologie, die sich gegen die Chefs richten: Boß-Herzinfarkte, Manager-Krankheiten, Neurosen, Streß und Frustration.
Allein die Tatsache, daß der Chef immer allein ist, verursacht eine schwerwiegende psychische Belastung. Und er ist ja immer allein: Von der Solidarität unter seinesgleichen kann keine Rede sein. Erstens hat kein Chef seinesgleichen, zweitens sind das alles Konkurrenten. Die Untergebenen sind alle nachweislich dümmer als er, da sie ja keine Chefs sind, und der Oberchef ist bekanntlich ein gefährlicher Trottel, da er ja sein Chef ist.
Ein Chef lernt die Menschen von der schlechtesten Seite kennen. Viele seiner Untertanen kriechen von hinten in seine Innenwelt hinein, womit sie nicht nur sein Feingefühl, sondern auch seine intimste Privatsphäre verletzen. Noch schlimmer ist, daß sie da, in der Wärme und Sicherheit sitzend, bei seiner kleinsten Ungeschicklichkeit seinen Stuhl auf dem kürzesten Wege erreichen und besetzen können. Verbaut man dagegen den Analkriechern den Weg – wie soll man sich dann wie ein Chef fühlen? Wozu ist man selber gekrochen?
Die anderen, die Nichtkriecher, sind wiederum als Frechlinge und Rebellen verdächtig. Wenn man wenigstens sicher sein könnte, daß dies nicht ihre Masche ist, den Chefstuhl zu attackieren!
Jeder Mensch braucht die Gewißheit, daß er geliebt wird. Dem Chef ist die Liebe jedoch versagt. Er muß immer argwöhnen, die Liebe sei ihm vorgetäuscht. Selbst die ergebensten Sekretärinnen entwickeln sich zu einer Art Ehefrau: Sie

verlangen immer mehr Geld, kennen den Chef und seine Wirtschaft besser als er selbst, und ihre Bewunderung für den Gebieter bleibt nicht auf die Dauer aufrichtig.
Die Mitarbeiter, die die Sache nicht so gut verstehen wie er, ärgern den Chef. Diejenigen, die sie genausogut oder noch besser als er verstehen, ärgern ihn noch mehr, weil sie ihn verunsichern.
Unsicherheit, Einsamkeit und Leben ohne Liebe sind, wie bekannt, Ursachen allerlei psychischer Störungen und Abweichungen – vom Größenwahn über Schizophrenie, die sich als unkonsequentes Handeln auswirkt, bis zur sadistischen Tob- und Herrschsucht.
Man muß für die Chefs Verständnis haben – sie handeln meistens nicht boshaft, sondern boßhaft. Man muß sie sowieso bewundern, daß nicht alle von ihnen alle obengenannten psychotischen Symptome in sich vereinen.
Jeder Untergebene muß daran denken, daß das Wohlergehen des Chefs seine wichtigste Aufgabe ist, wichtiger als alles, was er für die Firma macht. Die Firma gehört ihm nicht, der Chef ist jedoch sein Chef.
Liebet Euren Chef und zeigt es ihm dezent, er soll daran glauben können! Vergeßt nicht: Wenn er tobt, sucht er nach menschlichem Kontakt, nach verlorener Liebe; wenn er blöde oder unausführbare Anordnungen erteilt, sehnt er sich nach Selbstbestätigung. Nur ein halbwegs selbstsicherer Chef ist erträglich. Tut alles, um ihm diese Selbstsicherheit zu geben!
Ein Glück für die Mitarbeiter – und ein Rätsel für die Psychologen – ist, daß die meisten Chefs die Gabe besitzen, auch absolut ohne Grund selbstbewußt zu sein.

Ministerium für Beförderung

Es ist eine Frage, ob im Jahre 2000 die ganze Bevölkerung der Welt – bei der dauernd sinkenden Geburtenziffer – ausreichen wird, um alle Staatsämter in diversen Staaten zu besetzen. Denn die Beamten vermehren sich ohne Rücksicht auf die Geburtsstatistik, sie vermehren sich durch Beförderung. Jeder Beförderte braucht Untergebene und kriegt sie früher oder später.

Beamte nicht zu befördern, ist unmöglich, weil die Beförderung der einzige Sinn des Beamtenseins ist.

Die Bonner Ministerien haben Schwierigkeiten. Es gibt da viel mehr Chargen, als das Beamtenheer vertragen kann; die Zahl der Ministerialräte ist größer als der Bedarf an Ministerialratschlägen, und man kann kaum noch für jeden Ministerialdirigenten einen entsprechenden Ministerialchor zusammenstellen. Die Bundesrepublik hat da eine besondere Situation: Durch den Neuanfang nach dem Krieg wurden die Altersrelationen durcheinandergebracht – die Besitzer der hohen Posten sind zu jung, um wegzugehen oder wegzusterben und anderen Platz zu machen; durch die Demokratisierung wurde das alte verkalkte und kluge System der Dienstjahre-Laufbahn abgeschafft, das dem Lebenszyklus angepaßt war. Aber die Sache an sich ist ein weltweites Problem.

Es gibt Projekte, die das Problem dadurch lösen wollen, daß man die Belohnung und Beförderung der Beamten mit ihren Leistungen verknüpft. Dies sind utopistische Projekte, die an dem Kern der Sache vorbeigehen. Ein Beamter ist per Definition ein Mensch, dessen Belohnung oder Beförderung in keinem Zusammenhang mit seiner Leistung steht.

Er heißt auch nicht »Beleister«, und Bearbeiter ist er nur in den niedrigsten Stufen. Die Besoldung oder Beförderung eines Ministerialbeamten davon abhängig zu machen, wie viel er leistet, hat so wenig Sinn wie die Bezahlung eines Lokführers nach der Zahl der Passagiere. Denn welche Art von Leistung soll man von den Ministerialbeamten verlangen, und wie soll man sie messen? Soll man sie etwa am Gewinn beteiligen – das heißt ja nach dem belohnen, wie ihr Ressort prosperiert? In vielen Ressorts ist das nicht meßbar, in den anderen werden die Beamten verhungern. Oder sollen etwa die Papierproduktion, die Menge der Anordnungen und Vorschriften das Maß der Leistung sein? Dann wird es den Ministerialen und der Papierindustrie gutgehen, und wir Bürger sind die Opfer. Der einzige, der die Leistung eines Beamten beurteilen kann, bleibt sein Vorgesetzter. (Die Beamten werden in konkreten Fällen wahrscheinlich viele Einwände dagegen haben, als Regel muß man es jedoch annehmen.) Somit wird die Einführung des Leistungsprinzips auch nichts ändern. Leistungszwang für Beamte kann unübersehbare Folgen für die Bevölkerung haben. Die einzige Rettung ist, ihre Zahl so klein zu halten, daß sie nur noch Zeit für die tatsächliche Arbeit und nicht für Amtsleistungen haben.

Die Italiener haben vor kurzem eine wirksame Lösung gefunden: Sie locken ihre Ministerialen mit hohen Pensionen in den vorzeitigen Ruhestand. Das ist sehr richtig. Man zahlt zwar Pensionisten mehr, als sie im Amt hatten, man kann aber so eine Stelle für einen frustrierten unterbeschäftigten Nachrücker freimachen oder sie gar streichen. Summa summarum lohnt es sich.

Die italienische Maßnahme bestätigt auch, daß es nicht die Gehälter der Beamten sind, die den Staat und den Bürger am teuersten zu stehen kommen, sondern ihre Tätigkeit. Spätestens seit Parkinson seine Gesetze veröffentlichte, weiß jeder: je mehr Leute in einem Amt sitzen, um so langsamer wird die Arbeit. Das ist auch verständlich, denn jedes Papierchen muß dann mehr Hände passieren, und man verbraucht mehr Zeit für Personalfragen und Kompetenzkämpfe.

Der italienische Weg hat einen schwachen Punkt: Das Image eines Pensionisten ist nicht sehr hoch, und nicht jeder ist be-

reit, sich vorzeitig zur Ruhe zu setzen. Man kann auch nicht als Pensionist befördert werden.
Deshalb schlage ich vor, ein Ministerium für Beförderung zu gründen und alle Beamten, die man in den anderen Ministerien nicht mehr befördern – also nicht mehr gebrauchen – kann, jeweils dorthin abzuschieben. Dort können sie sich gegenseitig befördern bis zum Gehtnichtmehr. Sonst darf das Ministerium nichts tun und sich in nichts einmischen. Um die Zahl der vorgeschriebenen Untergebenen nach der Rangordnung einzuhalten, wird man Querverbindungen und Doppelrollen schaffen. Jeder kann zugleich Referent in einer Abteilung und Chef einer anderen sein; jede Abteilung kann auch drei Chefs haben, und so weiter.
Der ideale Zustand der Null-Tätigkeit erlaubt alle Kombinationen. Man muß keine Angst haben, daß die Beamten dieses Ministeriums sich allzu schnell befördern und somit einerseits teuer, andererseits arbeitslos werden – allein die Existenz eines Ministeriums für Beförderung ist eine Garantie dafür, daß die Beförderung verlangsamt wird.

Firmenhoroskope

STIER, 20. 4. – 20. 5. Dieses Zeichen ist besonders günstig für expandierende Firmen und für Maßnahmen im Konkurrenzkampf. Erweitern Sie sprungartig Ihre Sonderangebote. Stützen Sie sich auf junge und dynamische, sowie auch auf kampferfahrene ältere Angestellte. Annäherung an weibliches Personal ist in diesem Monat gefährlich. Geben Sie, wenn möglich, Ihrer Sekretärin Urlaub. Hüten Sie sich, das Finanzamt zu reizen!
ZWILLINGE, 21. 5.–20. 6. Günstig für Eröffnung von Filialbe-

trieben. Scherereien mit Gesellschaftern zu erwarten, sie können nur durch korrektes und taktvolles Vorgehen vermieden oder geschlichtet werden. Die größeren Brüder – z. B. der Supermarkt gegenüber oder die japanischen Exporteure – sind eine echte Gefahr! Gestalten Sie Ihr Sortiment attraktiver! Vorsicht geboten, das Finanzamt kann Kontrolleure zweimal hintereinander schicken.

Krebs, 21.6.–22.7. Ausgenommen Betriebe, die etwas mit Wasser zu tun haben (Wassertransport, Badeanstalten, Getränke), ist überall ein Umsatzrückgang zu erwarten. Machen Sie lieber Betriebsferien. Vergessen Sie nicht, daß verlangsamte Auslieferung nicht immer Ihr Image als begehrten Lieferanten aufpoliert. Denken Sie nach, wie Sie die auswuchernde Bürokratisierung des Betriebes einschränken könnten. Verlassen Sie sich nicht darauf, daß die Finanzbeamten im Urlaub sind!

Löwe, 27. 7 –22. 8. Es bahnt sich ein großes Geschäft an – greifen Sie schnell zu, sonst verpassen Sie es. Ihre Werbung muß lautstark sein. Setzen Sie alle Reserven ein, dann werden Sie die Konkurrenz einschüchtern. Löwen fressen kein Aas – kaufen Sie kein pleitegegangenes Unternehmen. Noch einmal: Haben Sie Mut, schnelles Handeln ist Ihr Vorteil. Allerdings, dem Zugriff des Finanzamtes können Sie nicht entkommen, es wird sich seinen Löwenanteil sichern.

Jungfrau, 23. 8.–22. 9. Neugegründete Unternehmen müssen mit einer Periode des Stillstands rechnen. Sie wird jedoch kurz sein. Wenn Sie Initiative entwickeln, sind die Perspektiven für einen regen Betrieb aussichtsreich. Großzügigen Angeboten gegenüber ist äußerste Vorsicht geboten. Wenn Sie aber ein gutes Angebot bekommen, zieren Sie sich nicht allzu lange. Entblößen Sie sich nicht vor Ihren Partnern. Besonders reizvolle Teile Ihres Angebotes halten Sie vorläufig verborgen, um sie in einem geeigneten Augenblick auf den Markt zu werfen. Hüten Sie sich so gut wie möglich vor dem Verkehr mit dem Finanzamt!

WAAGE, 23. 9.–22. 10. Nicht gut für große Pläne, Investitionen oder Veränderungen. Bemühen Sie sich, den Betrieb im gewohnten Gleichgewicht zu halten. Geringe Preiserhöhungen und geringe Kosteneinsparungen möglich. Der Lebensmittelhandel muß mit Aktivitäten der Verbrauchervereine rechnen. Falls Sie neue Lehrlinge aufnehmen, passen Sie auf, daß sich keine Akademiker einschmuggeln. Vermeiden Sie Überanstrengung so im Geschäfts- wie auch im Privatleben. Das Finanzamt wiegt sich nicht in Schlaf!

SKORPION, 23. 10–21. 11. Sie sind nicht so gut gepanzert, wie Sie glauben. Hüten Sie sich vor Feuerschäden, da Versicherungen besonders zahlungsunwillig. Einer von Ihren vertrauten Angestellten (oder Partnern) will Sie verraten. Trotz vieler ungünstiger Konstellationen gute Zeiten für schlaue und raffinierte Unternehmungen, sofern sie diskret durchgeführt werden. Achtung: Scheckbetrüger und Geldfälscher am Werk. Auch das Finanzamt kann überraschend zuschlagen!

SCHÜTZE, 22. 11.–21. 12. Stellen Sie sich großzügigere Ziele. Wenn Sie alles richtig erwägen und eine sichere Hand haben, treffen Ihre Maßnahmen ins Schwarze. Nur keine Nervosität, nichts übereilen! Überprüfen Sie noch einmal Ihre Investitionspläne, bevor Sie sich definitiv entscheiden. Ein fetter Auftrag in Sicht, mit ein bißchen Glück werden Sie ihn kriegen. Halten Sie nicht viel Geld in der Kasse, Raubüberfälle nicht ausgeschlossen. Bemühen Sie sich um besondere Sorgfalt bei der Bilanzaufstellung, das Finanzamt hat ein scharfes Auge!

STEINBOCK, 22. 12.–19. 1. Umsatz sprunghaft. Bei der Leitung Ihres Betriebes müssen Sie besonders elastisch, schnell, entscheidungsfreudig reagieren. Verlassen Sie sich nicht auf andere Leute, Ihr persönlicher Einsatz ist nicht ersetzbar. Die Konkurrenten gehen offen auf Konfliktkurs, bleiben Sie kampfbereit. Es bestehen gute Chancen für einen Aufschwung, man darf aber nicht den Moment verpassen. Sie sind risikofreudig, daß kann sich auszahlen, aber auch gefährlich werden. Versuchen Sie nicht, das Finanzamt auf die Hörner zu nehmen – es ist felsenfest.

WASSERMANN, 20. 1.–18. 2. Jetzt lieber untertauchen und abwarten. Ihre Sparsamkeit ist richtig, Sie müssen jedoch versuchen, Ihr Kapital besser anzulegen als bisher. Bemühen Sie sich ein wenig, das Klima im Betrieb zu lockern – damit Ihre Mitarbeiter nicht dauernd das Gefühl haben, daß Sie hinter Ihrer Seele her sind. Frustrierte und eingeschüchterte Angestellte arbeiten ja nur nach Vorschrift wie Beamte. Versuche, sich vor dem Finanzamt zu verstecken, zwecklos.

FISCHE, 19. 2.–20. 3. Äußere Umstände sehr günstig. Sie können sich freischwimmen. Denken Sie an den Ausbau des Vertriebsnetzes. Überanstrengen Sie sich nicht, bei dieser Lage können Sie ruhig auf kleine Fische verzichten, es sei denn, daß es gerade nichts Größeres gibt. Sollte plötzlich eine Gefahr auftauchen, bleiben Sie kaltblütig. Achtung: So manches verlockende Geschäft hat versteckte Haken, fallen Sie nicht auf den Köder rein. Untertauchen rettet vor dem Finanzamt nicht!

WIDDER, 21. 3.–19. 4. Sie haben volles Vertrauen zu Ihrem Personal, können jedoch mit seiner Eigeninitiative nicht rechnen – um so verantwortlicher Ihre Führungsrolle. Handeln Sie besonnen und vernünftig. Keine großen Sprünge! Nicht jeder ist Ihr Konkurrent, den Sie für einen halten. Stürzen Sie sich nicht kopflos in den Kampf gegen Stärkere! Ihre Stärke ist das systematische und gründliche Abgrasen Ihres vertrauten Gebietes. Rechnen Sie damit, daß Sie einen Teil Ihrer Wolle beim Finanzamt lassen.

Das Fell und der Preis

Die kleine Pelz-Preisliste, die in einer Zeitung erschien, war wahrscheinlich nicht als philosophische Lektüre gedacht. Mich beeindrucken jedoch Preistafeln mehr als ideologische Traktate – sie sind handfester, beweisbarer, verständlicher und aufschlußreicher. Und sie haben einen größeren Einfluß auf das Leben der Menschheit als die genialsten Theorien der genialsten Denker – auch wenn oft das Gegenteil behauptet wird.

Eigentlich müßte ich jetzt mein gesellschaftliches Bewußtsein demonstrieren und scharf dagegen protestieren, daß es überhaupt Pelze gibt, die bis hunderttausend Mark kosten, in einer Welt, in der es Millionen Menschen an der nötigsten Kleidung fehlt. Ich kann mich jedoch nicht zu echtem Zorn durchringen, da ich nicht glaube, daß ein Zobelmantel eine Lebensnotwendigkeit ist und daß er mehr Wärme schenkt als ein Kanin für dreihundertfünfzig Mark. Die politische Losung »Jeder Proletarier-Frau einen Chinchillapelz!« (Preis von 35- bis 70tausend) scheint mir ein wenig unrealistisch, auch angesichts der geringen Menge der vorhandenen Chinchillas. Was natürlich ihren kämpferischen Wert nicht mindert. Man macht Politik auch mit viel weniger realistischen Losungen, in denen man Dinge verspricht, die weder realisierbar noch realisierenswert sind.

Teure Pelze erfüllen auch eine soziale Funktion: Falls nur eine Frau aus Sehnsucht nach einem Hermelinmantel ihren Mann dazu durchgeboxt hat, Erfinder zu werden, ist der Pelz seine sechzigtausend wert. Beispiele dafür würde man in der Geschichte ohne Schwierigkeiten finden. Es könnte natürlich auch umgekehrt sein – die Pelzträumerin hat ihren Mann zum Bestseller-Autoren gemacht oder ist selbst eine Bestseller-Autorin geworden. Na ja, soziale Funktionen sind eben kompliziert und nicht ohne Risiko.

Ich werde wahrscheinlich nie einer Frau einen echten Chinchillapelz schenken können. Falls ich einmal die entbehrlichen siebzigtausend haben sollte, wird der Pelz inzwischen zweihundertzehntausend kosten. Das macht mich aber keineswegs traurig. Ein viel schwierigeres Problem, als zigtausend einzusparen, ist es, eine Frau zu finden, deren Wert dieser Summe entspricht. Entweder hat man eine Frau – Mutter, Tochter, Geliebte, Ehefrau –, die einem viel mehr wert ist als das ganze Geld der Welt und die in Pelzen aufzuwiegen eine Beleidigung wäre, oder . . .

Natürlich gibt es Millionäre, denen die siebzig- oder hunderttausend Mark nicht mehr bedeuten als unsereinem ein Hunderter, und die beschenken ihre Partnerinnen mit teuren Pelzen – somit beweisen sie, daß ihnen ihre Freundinnen so viel wert sind wie uns ein Hundertmark-Mädchen.

Es besteht überhaupt kein Verhältnis zwischen dem Wert der Menschen – Frauen und Männer – und den Summen, für die sie sich verkaufen. Und wenn, dann ein umgekehrtes Verhältnis. Man erzählt eine Anekdote über Bernard Shaw: Der große Ironiker hatte einmal bei einem Bankett eine Hollywood-Diva zur Nachbarin. »Fräulein«, fragte er sie, »würden Sie mit mir ins Bett gehen, wenn ich Ihnen eine Million Dollar gebe?« »Natürlich«, sagte die Dame ohne zu zögern. »Und wenn ich Ihnen fünf Dollar gebe?« Die Dame war selbstverständlich empört: »Was denken Sie sich! Ich bin doch keine . . .« »Was Sie sind«, antwortete Shaw, »das weiß ich schon. Jetzt interessiert mich nur noch der Preis.«

Überlegungen über die Beziehung zwischen Wert und Preis bieten sich bei der Lektüre einer Preisliste von allein an. Für den Schutz vor dem Winter ist der Nutzwert eines Lammfelles sicher höher als der des Fells einer tropischen Raubkatze – und ein Leopardenmantel kostet im Durchschnitt zwanzigmal soviel wie ein Lammpelz. Da geht es den Tieren genauso wie den Menschen. Die Kuh ist ein viel größeres Tier als ein

Zobel, und trotzdem steht sie gar nicht auf der Preisliste, nicht einmal ganz unten. Fazit: Man kann ein großes Tier sein und doch keinen großen Wert haben.

Gewinn durch Verlust

Ich spiele gern ab und zu Roulette. Das Spiel ist nämlich so lebensnah: Man gewinnt ohne Verdienst, wie im Leben, und man verliert ohne eigene Schuld – abgesehen von der Schuld, daß man sich auf das Spiel eingelassen hat. Dies ist der Unterschied zwischen Glücksspiel und Leben, und der Vorteil des Spiels – wenn man nicht will, muß man nicht spielen.

Sonst geht alles wie im Leben zu: Man muß dauernd Entscheidungen treffen, die rational nicht zu begründen sind, denn alle Systeme, die einem geboten werden oder die man sich selbst ausdenken kann, sind nichts wert; es gibt auch keine sicheren Verhaltensregeln. Selbst der weise Grundsatz, daß man rechtzeitig aus dem Spiel aussteigen muß, ist zweifelhaft – gibt man auf, weil man eine Pechsträhne hatte, kann man sich immer noch Vorwürfe machen, daß man nur noch eine Weile hätte aushalten müssen, und das Glück hätte sich gewendet; hört man mitten in einer Glückssträhne auf – wozu es sowieso vieler Willenskraft bedarf –, kann man sich dann phantastische Rechnungen machen, wieviel man noch hätte gewinnen können.

Die Praxis, ich wäre beinahe geneigt, »die historische Praxis« zu sagen, bestätigt – wie im Leben – alle entgegengesetzten Grundsätze, Regeln und Entscheidungen – manchmal kann man mit dem letzten Chip noch alles Verlorene zurückgewinnen, sogar noch Gewinn machen, manchmal verliert man den ganzen Gewinn und das eigene Geld dazu, wenn man weiterspielt.

Die Bank ist wie der Tod – auf die Dauer gewinnt sie immer, sie kann es sich also leisten, den Menschen zwischendurch das spannende Spiel mit Gewinn und Verlust zu gewähren. Sie ist auch – wie der Tod – allen gegenüber gleichermaßen gerecht, indem sie keine Gerechtigkeit kennt.

Man könnte noch viele Ähnlichkeiten zwischen dem Spiel und dem Leben nachweisen (zum Beispiel: Wer mehr Geld hat, hat die besseren Chancen und ein leichteres Spiel), es hat jedoch keinen Sinn. Das Spiel ist eben ein Spiel, man muß sich nicht an ihm beteiligen. Sein Reiz liegt darin, daß hier alles schneller läuft und billiger ist als im Leben – natürlich nur, solange man die beiden nicht verwechselt und nicht, durch den Wunsch nach Reichtum getrieben, so große Einsätze wie im Leben macht.

Wenn man bescheiden spielt, also den Verlust so gering hält, daß er einem – je nach seinen Verhältnissen – nicht besonders weh tut, kann man seinen Spaß haben.

Moralisch bedenklich sind nur die Gewinne – sie demoralisieren den Menschen. Erstens verleiten sie ihn zu häufigerem und höherem Spiel – was unweigerlich zu höheren, unter Umständen empfindlichen Verlusten führt. Und, wenn man in einer Stunde so viel gewonnen hat, wie man sonst für eine Woche Arbeit bekommt - entwertet es die Arbeit und verdirbt die Lust an ihr, was zu weiteren Verlusten führt.

Ein (der Tasche angemessener) Verlust hat dagegen eine befreiende Wirkung. Man gönnt sich dann leichter ein gutes Essen im Restaurant, den Kauf eines unnützen, aber freudemachenden Gegenstandes oder, meinetwegen, eine Taxifahrt. Nach dem Motto: »Wenn ich es mir leisten konnte, beim Roulette hundert Mark zu verlieren, kann ich mir auch dies leisten.« Man wird auch dadurch zum Beispiel motiviert, am Sonntag eine Glosse zu schreiben, um mit dem Honorar den Verlust auszugleichen.

Kopfweh für 1 500 000 DM

Ich würde mich gern mit der Lotto-Direktion arrangieren: Wäre sie bereit, den Hauptgewinn von eineinhalb Millionen mir zuzusprechen, würde ich mich mit einer Million zufriedengeben. Ich glaube zwar nicht, daß dieses Geschäft zustande kommt, aber ich mache mir schon Sorgen: Was soll ich mit dem vielen Geld anfangen?

Es gibt doch Leute, die im Lotto anderthalb Millionen gewinnen – was machen sie damit? Bringen sie es auf die Bank? Im besten Falle haben sie dann nach einiger Zeit eben noch mehr Geld und somit ein noch größeres Problem, was sie damit anfangen sollen. Ehrlich gesagt, von einer gewissen Summe aufwärts ist für mich das Geld auf der Bank ein absolutes Abstraktum. Zahlen auf dem Papier, nichts mehr.

Es gibt gewiß auch Lebenskünstler, die schon Bescheid wissen, wie viele Lebensfreuden sie sich für fünfzehnhundert Tausender kaufen. Sie möchten zum Beispiel jeden Tag Kaviar frühstücken. Aber wie lange kann man das aushalten? Ich mag Kaviar sehr, aber spätestens nach einer Woche werde ich mich nach einer Scheibe Brot mit Griebenschmalz und Zwiebeln oder nach einem Matjeshering sehnen.

Ein anderer wird sich vielleicht eine Yacht kaufen. Aber auch die Seefahrt wird für ihn nach einigen Wochen zum Alltag und zur Pflichtübung werden. Wenn man unbedingt auf die See will, kann man für zehn Mark eine »Butterfahrt« nach Helgoland buchen. Sonst kann auch eine Flasche Schnaps, von der billigsten Sorte, auf einmal ausgetrunken, einen erstklassigen, wirklichkeitsgetreuen Hochsee-Effekt besorgen.

Mit anderthalb Millionen kann man freilich elegante, aparte, körperlich begabte Frauen gewinnen. Vielleicht kann man sich sogar eine abgelegte Frau eines Prominenten zulegen. Wozu aber? Fürs Lieben und Geliebtwerden sind Frauen, die uns Nichtmillionäre unentgeltlich mögen, viel geeigneter.

Ich fürchte, daß jeder Neumillionär bald feststellen wird, daß sich in seinem Leben nicht viel geändert hat. Nur daß er jetzt für alles zahlen muß, was er früher umsonst hatte oder womit er noch verdiente.
Andererseits sind wiederum eineinhalb Millionen kein so großes Geld, um phantastische Pläne zu ermöglichen. Man kann dafür weder ein Jet-Flugzeug kaufen noch eine Präsidentenwitwe; man kann auch nicht mit diesem Geld die ganze Menschheit glücklich machen. Wenn es jemand plötzlich kriegt, zerbricht er sich den Kopf so oder so: Entweder darüber, was er mit dem vielen Geld machen soll, oder darüber, wo er die Millionen findet, die ihm zum Kaufpreis des Schlosses in der Schweiz noch fehlen.
Ich muß mein Angebot an die Lotto-Direktion ändern. Geben Sie mir bitte hunderttausend Mark – die kann ich ohne Kopfweh gebrauchen. Und ich möchte bei dieser Gelegenheit allen Ministern, Staatssekretären und anderen hohen Staatsdienern, die über Milliarden verfügen müssen, mein Beileid aussprechen. Vielleicht haben sie aber dabei gar keine Kopfschmerzen. Schließlich ist es ja nicht ihr Geld.

Der Pfennig auf der Straße

Es wurde per Umfrage festgestellt, daß über sechzig Prozent der erwachsenen Bundesbürger sich nach einem Pfennig, der auf der Straße liegt, bücken würden. Das ist verständlich, ich würde es auch tun. Erstens bringt ein gefundener Pfennig Glück. Zweitens ist es immerhin ein Hundertmillionstel der ersten D-Mark-Million, die man zur Vermögensbildung braucht.
Mich machen die anderen fast vierzig Prozent der erwachse-

nen Bundesbürger neugierig, die sich nicht nach einem Pfennig bücken wollen. Was sind das für Menschen?
Sind das Leichtsinnige, die den Wert eines Pfennigs nicht zu schätzen wissen? Oder im Gegenteil ökonomisch bewußte Leute, die sich ausgerechnet haben, daß der Energie- und Zeitverlust, der mit dem Bücken verbunden ist, mehr als einen Pfennig wert ist? Arbeitsscheue können es unmöglich sein, für die ist ja jeder Pfennig, den man ohne Arbeit haben kann, wie gefunden. Es könnten vielmehr extrem Arbeitsame sein, die dauernd im Trab sind und keine Zeit haben, sich mit einem armseligen Pfennig zu beschäftigen.
Sind das Neureiche, deren Prestige es nicht erlaubt, eine so kleine Münze, ja nicht einmal einen Zehnmarkschein öffentlich aufzuheben? Denen muß aber so eine stolze Entscheidung große Qual bereiten, sie wissen ja, daß ein Neureicher nichts anderes ist als sein Geld.
Sind das vielleicht stolze arme Leute, die an einem Pfennig auf der Straße vorbeimarschieren, um zu beweisen, daß sie doch nicht so arm sind? Oder philosophierende Arme, die auf die Münze, die ihnen doch sowieso nicht helfen kann, spukken, mit dem bitteren Gedanken: »Einen Tausender kann man auf der Straße lange suchen!« Sind die Pfennig-Verweigerer Menschen, die schon vergessen haben, was man ihnen in der Schule an Volksweisheit über Sparsamkeit beigebracht hat – oder im Gegenteil solche, die es noch gut in Erinnerung haben und so nachträglich gegen die Art ihrer Erziehung protestieren? Sind es etwa Regierungsgegner, die sich nach einem Pfennig nicht bücken, um gegen die Inflation zu demonstrieren, die ihm so wenig Wert gelassen hat? Oder aber Anhänger der Regierung, die zeigen wollen, die Steuerpolitik sei doch nicht so schlimm, daß man auf der Straße nach einem steuerfreien Pfennig suchen muß?
Ja, ein Pfennig ist heute keinen Pfifferling wert – aber die Probleme, die mit ihm verbunden sind!

Vorwärts zurück!

Die Zeiten sind schlecht. Die Jugend ist faul, ungehorsam und hat keinen Respekt vor traditionellen Werten. Die Sitten verfallen. Das Geld verliert ständig an Wert. Die Menschen denken nur an Fraß, Luxus und Spiele. Es gibt Waffen, die die ganze Menschheit ausrotten können. Es ist schwer, keine Satire zu schreiben.

Dieser letzte Satz stammt jedoch von einem römischen Dichter und ist etwa neunzehnhundert Jahre alt. Klagen über nichtstaugende Jugend hat man in drei- bis viertausendjährigen ägyptischen Papyri und assyrischen Tontafeln gefunden. Etwa zu gleicher Zeit predigten altchinesische und altindische Philosophen gegen Völlerei und Luxus. Vor Waffen, die ganze Völker vernichten können, warnte ein Papst im frühen Mittelalter, es ging damals um die Armbrust. Die Geldentwertung machte den altgriechischen Politikern Sorgen. Und gegen den Verfall der Sitten donnerten die Moralisten aller Zeiten, seit es Moralisten gibt – und die gab es immer –, denn ohne verdorbene Sitten könnte es keine Moralisten geben.

Die Zeiten waren einfach immer schlecht. Das heißt, nur die Gegenwart ist immer schlecht. In der Vergangenheit gab es seit jeher das Goldene Zeitalter, in dem die Menschen gut waren und das Brot spottbillig.

Freilich, auch in der Vergangenheit lag dies in tiefer Vergangenheit, für die es keine Zeugen gab.

Man glaubt auch seit jeher, daß das Goldene Zeitalter in der Zukunft wiederkommt. Viele versuchen diese Zukunft sogar mit Gewalt heranzuziehen. Was unklug ist, denn je schneller die Zukunft kommt, um so schneller wird sie zur Gegenwart, also zur schlechten Zeit. Dafür gibt es in unserer Gegenwart genug praktische Beispiele.

Es ist nicht klar, ob Leute, die schnell in die Zukunft entfliehen wollen, Optimisten oder Pessimisten sind. Ist es tatsäch-

lich ein optimischer Trost, zu glauben, daß eine Zeit, in der wir nicht mehr da sind, besser sein wird als die unsere? Ein Optimist ist meiner Meinung nach ein Mensch, der glaubt, daß es sich auch heute leben läßt.
Ebenso schwer einzustufen sind Menschen, die der Zukunft Halt gebieten wollen. Es sind ja nicht alles Konservative – die meisten von ihnen sind mit dem heutigen Stand unzufrieden und wollen aus Elementen der Vergangenheit eine neue Zukunft bauen. Und sie halten sich für fortschrittlich.
Zum Beispiel Menschen, die gegen den Bau von Atomkraftwerken protestieren. Es geht nicht darum, ob ein solches Werk in der oder jener Landschaft tatsächlich für die Umgebung gefährlich ist, sondern um das Prinzip. Ohne Atomenergie gibt es für die sich vermehrende Menschheit keine Zukunft, da die Erdöl- und Kohlenvorräte nicht mehr lange ausreichen. Für die Geschichte werden die Protestler tragikomische Figuren sein, wie die Maschinenzerstörer vom Anfang des XIX. Jahrhunderts.
Übrigens, die Protestler kommen zu ihren Kundgebungen im Auto, das auch eine teuflische Erfindung ist, die mehr Menschen umgebracht hat als so mancher Krieg. Konsequenterweise müßten sie auch die Abschaffung der Autos, Flugzeuge, Züge, der chemischen Werke und anderer weltverschmutzender technischer Errungenschaften verlangen.
Zurück zur Pferdekutsche? Auch die war nicht ungefährlich, und ihre vierbeinigen Motore verschmutzten die Umwelt nach Kräften. Nur die Sänfte und die Rikscha waren umweltfreundlich. Um diese Verkehrsmittel wieder einzuführen, müßte man aber die Arbeitsgesetzgebung und die Gewerkschaften liquidieren und zur Sklaverei zurückkehren. Was wohl auch nicht allen gefallen wird.
Andere fortschrittliche Leute, von den chemieverseuchten Nahrungsmitteln angewidert, versuchen ihr Naturgemüse selbst zu züchten und ihre Naturferkel selbst zu füttern. Als Hobby ist es schön, aber als Ausweg für die Menschheit taugt

es nichts, denn die Produktivität ist bei diesen Vorgängen zu niedrig. Alle Menschen müßten sich nur mit der Beschaffung der Nahrung beschäftigen, es bliebe ihnen keine Zeit für etwas anderes.
Und konsequent ist es auch nicht. Ich habe zwar keine Zeitungen aus der Zeit gelesen, als man natürlichen Dünger in die Landwirtschaft einführte, kann mir aber vorstellen, wie empört die damaligen Gesundheitsapostel waren, daß sie Brot essen sollten, welches aus menschlichem und tierischem Kot wächst.
Echte Naturkost sind nur freiwachsende Pflanzen und Fleisch von freilebenden Tieren. Eine Rückkehr zu dieser Ernährungsart könnte zwar auch alle anderen Probleme lösen – mit den Atomkraftwerken, mit den betonklötzigen Großstädten, mit dem Numerus clausus und der Schulmisere, denn dies alles wird mangels freier Arbeitskräfte und Notwendigkeit von allein eingehen. Ja selbst das Problem der Bevölkerungsexplosion wäre dadurch gelöst – durch Hungersnot.
Ist das aber eine wünschenswerte Lösung?

Der Bart des Philosophen

Ich besuchte meinen Freund Walter in seiner Waldhütte, als sein Urlaub schon zu Ende ging. Ich wußte im voraus, daß er einen Bart haben würde. Und er hatte ihn, obwohl er nicht mehr so jung ist, um mit einem Bart beweisen zu müssen, daß er schon ein Mann ist, und noch nicht so alt, um mit einem Bart beweisen zu wollen, daß er noch jung ist und mit der Zeit Schritt hält. In einer Waldhütte bartlos zu bleiben, wäre stillos.
Die Statistik des Bärtezuwachses in der Urlaubszeit ist noch

nicht fertig, aber es ist auch so klar, daß er nicht gering sein wird. Es gibt ja auch viele Gründe, sich eben im Urlaub einen Bart wachsen zu lassen.

Erstens: Jemand möchte einen Bart haben, will jedoch nicht im Büro oder unter Bekannten mit einem Gesicht herumlaufen, das nicht mehr rasiert, aber noch nicht bärtig ist. Da ist der Urlaub eine willkommene Gelegenheit; man kann in einer fremden, freizügigen Umgebung dieses Stadium überstehen.

Zweitens: Welcher Mann (Verliebte ausgenommen und die, die noch nichts zu rasieren haben) rasiert sich schon gern? Das Rasieren gehört zu den alltäglichen Opfern, die man auf dem Altar der Gesellschaft darbringt. Das Nichtrasieren ist ein Zeichen der Freiheit und der Entspannung. Es ist der billigste und harmloseste Protest gegen die Zivilisation.

Drittens: Der nach Hause mitgebrachte Bart ist ein Beweis dafür, daß der Urlaub gelungen und romantisch war – ein Überbleibsel der Trapper-, Wanderer- und Seefahrerromantik.

Und schließlich viertens: Der Urlaub ist die einzige Zeit, wo man auf die Fragen »Was gibt's bei dir Neues? Was machst du?« mit Vergnügen antworten kann: »Nichts. Ich laß meinen Bart wachsen.«

Die philosophische Bedeutung des Bartes beschränkt sich jedoch nicht auf die Urlaubszeit. Jahrtausendelang gehörte der Bart zur Vaterfigur – ehrwürdige Bürger trugen Bärte, die Bärte assyrischer Könige waren ausgesprochene Kunstwerke, unter den griechischen Göttern waren nur die ältesten und ranghöchsten mit Bart bedacht – Zeus, Ares, Hephaistos . . . In vielen Sprachen der Welt – möglicherweise in allen, ich weiß es nicht so genau – wurde Bartlosigkeit zum Symbol der unreifen, noch nicht ernstzunehmenden Jugend: deutsch sagt man »Milchbart«, tschechisch »Holobrádek«, was soviel wie »Nacktbart« bedeutet. In den orientalischen Märchen ist der »glattbackige« Jüngling der Inbegriff der Schönheit, der

»bartlose« Mann tritt jedoch immer nur als Betrüger auf (übrigens auch der kahlköpfige).
Auch Philosophen waren fast in allen Zeiten bärtig, sei es deshalb, weil sie den Körper, auch den eigenen, verachteten und mit seiner Pflege keine Zeit verlieren wollten, sei es aus anderen Gründen. Ich habe einmal eine interessante Theorie gelesen, wonach bärtige Männer zwangsläufig zu Philosophen werden müssen: Der Bart verlockt seinen Besitzer dazu, mit ihm zu spielen; und wenn man, in Gedanken vertieft, Bartlöckchen um den Zeigefinger wickelt, muß man zu philosophischen Schlüssen kommen. Ich wollte ursprünglich gegen diese Theorie einwenden, daß auch bartlose Männer genug Gelegenheit haben, Locken um den Finger zu wickeln, sogar noch bequemer, wenn sie eine langhaarige Freundin oder Ehefrau haben; wissenschaftliche Beobachtungen und Experimente zeigten jedoch, daß man bei dieser Beschäftigung verhältnismäßig selten philosophiert.
Die Rolle des Bartes in der Entwicklung des Marxismus wird jedem gleich klar, wenn man die Bilder von Marx, Engels, Lenin, Stalin und Breschnew betrachtet. Marx und Engels waren Theoretiker und Philosophen, Lenin hat die Theorie beschnitten und hat sie kurz gehalten, wie seinen Bart, damit sie ihn bei praktischen Unternehmen nicht störe; Stalin brauchte nur mit einer Hälfte seines Schnurrbartes zu winken, um Theorien anzuordnen, abzulehnen oder auf den Kopf zu stellen, Breschnew, bei dem Stalins Bart unter die Stirn umgezogen ist, hat für die Theorie des Sozialismus nur noch ein Zucken mit den Augenbrauen übrig.
Wie verträgt sich der Bart als Zeichen des Protests mit dem Bart als Symbol der Autorität? Sehr gut – dafür sorgt die Dialektik. Die bärtigen Revoluzzer bekämpfen doch fremdes autoritatives Denken, um es durch eigenes autoritatives Denken zu ersetzen. Es geht nur darum, alte Bärte abzuschneiden, um für neue Platz zu machen. Für mich ist jedoch jeder Bart ein Bart, auch wenn sie unterschiedlich aussehen.

Vogelfreiheit

Es passierte in Bologna: Tierfreunde versuchten Vögel aus dem Zoo zu befreien. Sie schlichen sich an einem Tag, an dem der Zoo geschlossen war, an die Käfige von Pfauen, Fasanen und Tauben, öffneten sie und liefen davon. Dann haben sie eine Nachrichtenagentur angerufen, um die Befreiungsaktion bekanntzumachen. Als die Journalisten an Ort und Stelle recherchierten, zeigte sich, daß die Vögel alle noch in ihren Volieren waren – sie dachten gar nicht daran, in die Freiheit zu türmen.

Man kann diese Geschichte auf verschiedene Arten interpretieren. Man kann sagen: Die armen Tiere mit ihren Vogelgehirnen haben gar nicht begriffen, welche Chance sich ihnen da bietet. Es sollte ähnliches auch Menschen schon passiert sein.

Man kann auch über die Sklavenmentalität meditieren – die Vögel waren wohl schon lange in ihren Käfigen, vielleicht wurden sie gar da geboren und konnten sich kein anderes Leben als in der Gefangenschaft vorstellen. Auch solche Einstellung ist den Menschen nicht unbekannt.

Es ist aber auch gut möglich, daß alles anders war; daß die Vögel sehr wohl verstanden haben, welche Gelegenheit ihnen die offenen Türen eröffneten, beschlossen jedoch, wohlüberlegt und weise, lieber im Zoo zu bleiben.

Ich weiß, daß diese Überlegung sehr unmodern, ja reaktionär ist, es gibt jedoch eine Reihe guter Argumente, die für sie sprechen: Im Käfig sind die Vögel in Sicherheit, werden vor Kälte und Hitze, vor Tieren und Menschen geschützt, und sie werden regelmäßig gefüttert. Bei Verlassen der Käfige würden sie das alles verlieren. Und das einzige, was sie dafür bekommen, ist die Freiheit.

Freiheit ist ein abstrakter Begriff, der den meisten Vögeln – wenn es nicht gerade Adler sind – genausowenig bedeutet wie den meisten Menschen. Der Unterschied ist nur, daß die Vögel ihre Schnäbel nicht so weit aufreißen, um die Freiheit in höchsten Tönen zu besingen.

Tatsächlich – was könnten Pfaue, Fasanen und Tauben in Bologna mit ihrer Freiheit anfangen?

Am besten wären noch die Tauben dran: Sie könnten in der Stadt leichter als die anderen Vögel Futter finden und nicht so leicht eingefangen werden. Sie könnten auch ohne Schwierigkeiten irgendwohin wegfliegen, sozusagen emigrieren – wenn es ihnen gelungen wäre, den eifrigen italienischen Jägern auszuweichen.

Fasanen mit ihrem schmackhaften Fleisch und die schönen, aber ungeschickten Pfaue hätten in der Freiheit keine Überlebenschancen gehabt. Sie wären Hunden, Kindern, Jägern, wilden Automobilisten und, im Endeffekt, Köchen – Bologna ist ja für seine Küche berühmt – ausgeliefert!

So gesehen, war die Entscheidung der Vögel klug und ganz menschlich.

Man muß aber auch über jene Tierfreunde nachdenken, die sie befreien wollten. Sie handelten sicher in der besten Absicht. Sie gaben sich die Mühe, über den Zaun in den verschlossenen Zoo zu steigen, riskierten dabei ihre eigene Freiheit. Sie haben aber gar nicht überlegt, ob sie den Vögeln damit einen Gefallen tun. Sie waren von ihrem Begriff der Freiheit so überzeugt, daß sie sich wohl keine Gedanken darüber machten, was mit den Vögeln geschieht, wenn sie erst vogelfrei sind.

Diese Gleichgültigkeit dem weiteren Schicksal der Befreiten gegenüber scheint ein allgemeiner Mangel all jener zu sein, die irgend jemanden partout befreien wollen, ohne ihn gefragt zu haben, ob er es will. Auch dies ist ein sehr reaktionärer Gedanke. Vielleicht wird man mir ihn widerlegen.

Man gewöhnt sich an alles

Vielleicht sind es die schneebedeckten Berge und der Blick auf den Tegernsee, den ich aus dem Fenster sehe, die zu melancholisch philosophischen Gedanken verleiten. Der Schnee und die Berge, und der wunderschöne See sind ja nicht mehr so neu, ich bin nicht den ersten Tag da, man gewöhnt sich.
Man gewöhnt sich an alles. Man fährt zur Kur oder in den Urlaub, man hat Ruhe und wird bedient, man muß nicht arbeiten – man gewöhnt sich so schnell daran, daß eine Postkarte zu schreiben einem wie eine schwere Arbeit vorkommt. Dann kommt man nach Hause zu seinem lieben Streß, auf den alle schimpfen und ohne den niemand leben kann, und man gewöhnt sich wieder schnell.
Seinerzeit war ich gewohnt, überall der Jüngste zu sein – an der Fakultät, in der Redaktion, in der Gesellschaft . . . Jetzt bin ich lange nicht mehr der Jüngste, im Gegenteil, oft sogar der Älteste in irgendeiner Gesellschaft – man gewöhnt sich allmählich daran. Man spricht und witzelt mit einer jungen schönen Frau mit tiefen dunklen Augen, deren Glanz von innen kommt; sie spricht freundlich, witzelt auch, lächelt einen an – und weiter nichts, weiter nichts. Auch an das weiter nichts gewöhnt man sich, wenn auch ungern.
Millionen von Menschen, Millionen von Kindern hungern in unserer Welt. Jeden Tag lesen wir darüber, hören und sehen Bilder. Es ist sehr schlimm, aber – man gewöhnt sich. Man hat ja auch selber manchmal Zahnschmerzen oder Probleme mit dem Übergewicht. Man gewöhnt sich auch daran, daß man sich über den schlimmen Zustand der Welt empört, ab und zu sogar ein wenig Geld spendet. Was kann man machen? Man ist ja schon gewöhnt.
In einem Kulturland in der Mitte Europas werden Menschen eingesperrt und zu langen Gefängnisstrafen verurteilt, nur weil sie das Einhalten der Gesetze forderten. Man protestiert

dagegen, wie gewöhnlich. Dann verschwinden die Nachrichten darüber in den inneren Seiten der Zeitungen, alles läuft weiter, wie gewohnt. Menschen werden geraubt und als Geiseln gehalten, um andere zu erpressen, mal einer, mal hundert. Es ist ja schon heute eine alltägliche Sache, man hat sich an Erpressung gewöhnt und auch daran, daß man der Erpressung in der Regel nachgibt. Gewohnheitssache.
Die Herren Erpresser und diejenigen, die aus Angst um ihre Machtposten Unschuldige einsperren lassen, haben sich auch daran gewöhnt, daß die sogenannte freie Welt (wirklich frei wird sie erst dann sein, wenn sie sich von ihrer dämlichen Ängstlichkeit befreit) eine Weile protestieren wird. Sie lesen vielleicht die Proteste zwischen Mittagessen und Mittagsschlaf, um die Verdauung zu erleichtern. Man wird wieder nachgeben, mit ihnen Geschäfte machen, man wird ihnen ihre blutigen Hände schütteln und mit Sekt zuprosten.
Man hat sich gewöhnt, daß sich die Demokratien lange wehrlos stellen und Wahnsinnigen Zugeständnisse machen. (Einst gab es nur einen Hitler, wie viele gibt es von dieser Sorte heute?) Einmal werden sie sich zur Wehr setzen – für wie viele Millionen Menschen wird es diesmal zu spät sein?
Als die NKWD uns, Flüchtlinge vor den Nazis, im Jahre 1940 nach dem Ural verfrachtete, wo es Tausende Kilometer Taiga und fünfundvierzig Grad Frost gab, sagten uns die Einheimischen: »Wirst du hier eine Weile leben, wirst du dich gewöhnen. Wirst du dich nicht gewöhnen – wirst du krepieren.«
Richtig. Man kann aber auch daran krepieren, daß man sich gewöhnt.

Gleichheit für alle!

Meines Erachtens sollten die Verbrecher und ihre Opfer vor dem Gesetz gleiche Rechte haben – in der Praxis haben aber die Verbrecher mehr Rechte.
Einem Kindermörder werden seine schwere Kindheit oder sonstige Mißgeschicke im Leben als mildernde Umstände angerechnet – weder die glückliche noch die unglückliche Kindheit des Opfers wird jedoch als erschwerender Umstand gewertet.
Ich gestehe freiwillig, daß ich auf jedes Rechtsdenken verzichte, versuchte jemand, in meiner Gegenwart ein Kind umzubringen. Obwohl ich kein Held bin, würde ich versuchen, ihm den Schädel einzuschlagen, die Augen auszustechen und die Kehle durchzubeißen, ohne zu fragen, was für eine Kindheit er hatte.
Das Gesetz und seine Organe können natürlich nicht so handeln. Man müßte jedoch per Gesetz für das Gesetz und für die Verbrecher gleiche Chancen und gleiche Regeln schaffen: Per Gesetz soll jeder Räuber verpflichtet werden, einwandfrei festzustellen, ob die alte Frau, der er das Portemonnaie abnehmen will, ein gesundes Herz hat – damit sie, wenn er ihr die Pistole vor die Nase hält, nicht einen Herzschlag bekommt.
Bei einem Banküberfall müssen die Angreifer sorgfältig erforschen, ob der Kassierer nicht eine kinderreiche Familie hat und somit ein zu respektierender Sozialfall ist; ob die Beamtin am Schalter nicht als Kind im Krieg unter Beschuß war und seitdem eine schwere Allergie gegen Schußwaffen hat; und ob der Mann, den sie als Geisel mitnehmen wollen, nicht als Halbwaise im Hause eines Alkoholikers, dessen zweite Frau Prostituierte war, groß geworden ist.
Ein Taschendieb muß sich absolute Klarheit über die finanziellen Verhältnisse des potentiellen Opfers verschaffen, da-

mit er ihm nicht einen größeren Schaden beibringt als beabsichtigt und nicht seine Existenz bedroht. Dasselbe gilt für Mietwucherer und andere Betrüger.
Wer eine Frau vergewaltigen will, muß sich nach ihrem physischen und psychischen Zustand, nach ihren familiären und Gefühlsbindungen erkundigen; er muß auch versuchen, mit ihr im Guten einig zu werden, um unnötige Gewaltanwendung zu vermeiden.
Wer auf einen Polizisten schießen will, muß sich als Bandit zu erkennen geben und zuerst dreimal »Stehenbleiben oder ich schieße!« rufen.
Sobald dieses Gesetz in Kraft tritt, verliert jeder, der sich an seine Vorschriften nicht hält, den Status eines gesetzlich anerkannten Verbrechers. Alle Vorrechte, die die Verbrecher vor dem Gesetz haben, werden ihm abgesprochen.

Ist die Gerechtigkeit gerecht?

Der Mensch strebt immer nach Gerechtigkeit, zumindest der, dem Ungerechtigkeit zuteil wird und der auf die Bestimmung der Regeln der Gerechtigkeit keinen großen Einfluß hat. Ich gehöre zu dieser ohnmächtigen Mehrheit der Menschheit. Und trotzdem mußte ich zu dem Schluß kommen, daß das Gerechte nicht immer das Beste ist. Nehmen wir an, daß Sie Ihre Arbeit oder Ihr gespartes Geld – das heißt Ihre angesammelte Arbeit – einem Unternehmen geben, mit dem Sie einen gerechten Vertrag haben: Ihr Prozentanteil am Gewinn ist Ihrem Beitrag angemessen. Ihr Kollege dagegen hat von seinem Unternehmen einen viel weniger gerechten Vertrag bekommen. Bei gleicher Leistung kriegt er einen viel geringeren, unangemessenen Prozentanteil am Gewinn. Der Haken

ist, daß Ihr Unternehmen ganz wenig Gewinn bringt, das Ihres Kollegen aber prosperiert. Im Endeffekt kriegen Sie mehr Gerechtigkeit und er mehr Geld. Ist das gerecht?
Zwei Menschen bewerben sich um eine Stelle. Sie wird gerechterweise demjenigen gegeben, der intelligenter, begabter ist und bessere Fachkenntnisse besitzt. Moment – ist das tatsächlich gerecht? Der andere kann doch nichts dafür, daß er weniger begabt ist! Ja, selbst den Mangel an Kenntnissen hat er möglicherweise nicht verschuldet. Den Posten aber dem zweiten Bewerber zu geben, wäre dem Unternehmen, den Mitarbeitern, der ganzen Gesellschaft gegenüber ungerecht.
Mit dem Prinzip der Gerechtigkeit allein kommt man hier nicht weiter. Das Prinzip des höchsten Nutzens muß man schon einbeziehen.
Selbst bei der Beurteilung von Verbrechen reicht das Prinzip der Gerechtigkeit allein nicht aus. Ein Überzeugungstäter trägt subjektiv keine Schuld. Er handelte nach seinem besten Gewissen, im guten Glauben, daß das, was er tut, zum Wohl der Allgemeinheit getan wird. Mir ist es jedoch egal, ob der, der mich verfolgt, peinigt oder ermordet, ein Sadist, ein habgieriger Gauner, ein feiger Opportunist oder ein Mann der Überzeugung ist. Im Gegenteil, mit einem Opportunisten oder mit einem Gauner kann man sich vielleicht noch arrangieren – die Überzeugten sind unerbittlich. Gerechterweise kann man einen Überzeugungstäter zu verstehen versuchen, ja man kann ihn bedauern – laufenlassen kann man ihn gerechterweise nicht.
Die Utopisten aller Zeiten träumten von einer Gesellschaft, in der die Pflichten und das Nationalprodukt gerecht verteilt werden. Aber die Summe dessen, was man zum Verteilen hat, hängt nicht von der Gerechtigkeit, sondern von der Produktivität einer Gesellschaft ab. Die Utopisten scheinen selbst an die automatische Koppelung zwischen Gerechtigkeit und Produktivität nicht zu glauben – die meisten Modelle der Idealstaaten sind Obrigkeits- und Polizeistaaten.

Ja, es ist schwer, der Gerechtigkeit gerecht zu werden, denn jeder Mensch will für sich selbst etwas mehr als nur die Gerechtigkeit.
Ausgenommen einige Heilige vielleicht. Aber eine Gesellschaft von lauter Heiligen – das wäre die Hölle.

Ist dabeisein alles?

Mein Vater pflegte von einem unserer Bekannten zu sagen, daß er nicht dabeigewesen sei, als man im Himmel den Verstand verteilte. Der Mann war tatsächlich so dumm, daß er nicht einmal wußte, daß er dumm ist. Er war stinkreich und mit seinem Leben sehr zufrieden. Wäre er bei der Verteilung des Verstandes dabeigewesen, konnte er unmöglich so glücklich geworden sein. Es sei denn, er wäre zwar dabeigewesen, hätte aber nichts abgekriegt.
Ich war dabei, als ein Mann an einem Abend im Roulette hundertachtzigtausend Mark gewonnen hat – ich habe achtzig Mark verloren. Er war freilich schon mit Tausenden beim Einsatz dabei, ich mit Fünfmark-Stücken. Sonst hätte ich mehr verlieren können.
Ich erinnere mich an die Vorlesungen in meiner Studienzeit. Manche Studenten waren immer dabei, manche kamen nur ein- oder zweimal, um zum Semesterschluß die nötige Unterschrift des Professors zu bekommen. In beiden Gruppen gab es dann solche, die glänzend, und solche, die mittelmäßig oder schlecht Prüfungen abgelegt haben.
In Deutschland, das heißt in seinem westlichen Teil, waren praktisch alle dabei, als sich nach dem Krieg die ungeheuerlichen Geschäftsmöglichkeiten eröffneten – reich sind jedoch nur wenige geworden.

Die Formel »Dabeisein ist alles« wurde für allerlei Wettbewerbe ausgedacht – sportliche, künstlerische, gesellschaftliche und so weiter. Sie ist nicht ganz ohne: Wer gar nicht zum Start kommt, kann unmöglich Sieger werden. Andererseits – selbst wenn ich zum Marathonlauf antrete und sogar die ganze Strecke schaffe (sagen wir, in einer Woche), was habe ich davon? Was hat ein Architekt davon, wenn er sich an einem Wettbewerb beteiligt und sein Entwurf nicht einmal in die engere Wahl kommt? Außer Spesen nichts gewesen – wenn man die kurze Zeit der Hoffnung nicht mitrechnet, die ja durch die Nervenspannung ausgewogen wird.
Bezeichnenderweise rühmen sich die Sieger nie damit, daß sie dabei waren, sondern damit, daß sie gesiegt haben. »Dabeisein ist alles« ist nur eine Trostformel für die Verlierer.
Allerdings gibt es Fälle, bei denen das Dabeisein allein schon ein Sieg ist. Ich kenne einen Menschen, der alle Einladungen sammelt, die er bekommen hat, ob es sich um eine öffentliche Feier handelt, zu der man nur mit Einladung reinkommt, oder um eine vornehmere Privatgesellschaft. Er zeigt gern seine Sammlung, um zu beweisen, was für eine bedeutende und geschätzte Persönlichkeit er doch ist. Bei all diesen Versammlungen steht er still in irgendeiner Ecke, man beachtet ihn kaum. Was soll es aber – er ist dabei und ist stolz darauf.
Andere Leute sind wiederum stolz darauf, daß sie bei einer wichtigen Premiere dabeigewesen sind, nicht eben bei einer guten Vorstellung – in diesem Fall gilt nämlich der Satz »Dabeisein ist alles« ohne jede Einschränkung –, sondern bei der *Premiere*! Man erzählt noch den Enkelkindern, daß man dabei war, als der berühmte Fußballklub seinen Meistertitel erkämpft hatte. Dabei hat man weder auf der Bühne noch auf dem Fußballfeld mitgespielt, und wäre man nicht dabeigewesen, hätte das an der Qualität der Premiere oder am Ergebnis des Spiels nichts geändert. Man war aber dabei und eignet sich ein Stückchen des Sieges anderer Menschen an. Stellvertretend für jene Siege, die man selbst nicht errungen hat.

Es gibt jedoch einen Fall, einen Wettbewerb, ein Hindernisrennen, bei dem es für alle wichtig ist, dabeizusein, bei dem das Dabeisein ein wirklicher Sieg ist: Das Leben. Und mag es noch so wenig persönliche Siege bieten.
Ich möchte so lange wie möglich dabeisein, selbst wenn ich ganz am Ende des Feldes im Schweiße meines Angesichts die Pedale treten müßte.
Natürlich ist auch in diesem Fall das Dabeisein nicht alles. Aber sehr viel.

Aus der Geschichte des Sports

1. Speerwerfen

Der Speer ist die nationalste altgermanische Waffe. Erst durch Vermittlung von teutonischen Entwicklungshelfern, die über die römische Gefangenschaft nach Afrika gerieten, verbreitete sich diese Waffe auch auf dem schwarzen Kontinent.
Das Speerwerfen war bei den Germanen ein traditioneller männlicher Sport. Da Speer altgermanisch »Ger« hieß, hielten manche Wissenschaftler die populären Namen »Gertraut« oder »Gertrude« irrtümlich für einen Beweis dafür, daß auch die altgermanischen Frauen mit dieser Waffe vertraut waren. Der Name »Gertraut« hatte jedoch eine andere Bedeutung, die sich an die Zeremonie der Brautwahl bei den Ubiern knüpft.
Junge Männer, die heiraten wollten, versammelten sich bei Vollmond, opferten der Ehegöttin Freia ein Wildschweinferkel und warfen alle auf einmal ihre Speere vor die Tür der Hütte ihrer Auserwählten. Das Mädchen, vor dessen Hütte

viele Speere standen, wurde »Gertraut« genannt, »mit dem Speer vertraut«, also im übertragenen Sinne »beliebt«, »bei Männern erfolgreich«.

Das Speerwerfen spielte auch bei der Wahl des Stammeshäuptlings eine entscheidende Rolle. Am Wahltag stellten sich die Kandidaten in einer Reihe auf, und ihre Anhänger warfen von der anderen Seite des Dorfplatzes ihre Speere vor die Füße dessen, den sie zum Häuptling küren wollten. Als gültige zählten nur jene Speere, die sich unmittelbar vor den Füßen eines Kandidaten in den Boden gebohrt hatten, denn nicht nur die Zahl der Krieger, die einen Häuptlingskandidaten unterstützten, war wichtig, sondern auch ihre Gewandtheit. Ein ehrgeiziger Prätendent, der ungeschickte Parteigänger hatte, riskierte natürlich nicht nur, die Wahl zu verlieren, sondern auch sein Leben.

Mit der Entwicklung der Stammesdemokratie wurde diese Wahlordnung allmählich verworfen, da sich Fälle häuften, in denen die reichen Kandidaten die geschicktesten Speerwerfer bestachen, Ungeschicklichkeit vorzutäuschen und so ihre Rivalen niederzumachen.

Für die Häuptlingswahl wurden neue Regeln ausgearbeitet. Die Wähler stellten sich neben ihrem Kandidaten auf und warfen ihre Speere so weit weg von ihm wie möglich. Die Länge jedes Wurfes wurde mit einem Riemen aus Bärenhaut gemessen. Entscheidend für die Wahl war die Gesamtlänge aller für einen Kandidaten abgegebenen Würfe.

Die Kandidaten pflegten schon lange vor dem Wahltag ihre Anhänger zu versammeln und den Weitwurf mit ihnen regelmäßig zu üben. Nach jedem Training gab es ein üppiges Mahl. So wurde das Speerwerfen zum Lieblingssport der alten Germanen. Obwohl der soziale Sinn des Speerwerfens verlorenging, haben sich die damals entstandenen Regeln bis heute gehalten.

2. Reitsport

Über den Ursprung des Reitsports streiten die Historiker noch immer. Die allgemeinverbreitete, jedoch sehr oberflächliche Theorie sucht die Anfänge der Mensch-Pferde-Spiele in der klassischen Zeit der nomadischen Reitervölker. Gründlichere Forscher lehnen jedoch diese Hypothese ab. Für die mongolischen oder arabischen Nomaden war das Pferd ein zu wichtiges Produktions-, Verkehrs- und Kriegsmittel. Das Pferd war auch die Hauptnährungsquelle, von diesem Tier hing das ganze Leben des Stammes ab. Nomaden konnten es sich nicht erlauben, die Kräfte der Pferde in sinnlosen Spielen abzunutzen. Bei den Reitervölkern gehörte der Tierschutz zur Kompetenz der Kriegsminister, und die machten mit Tierquälern und Verschwendern der wertvollen Pferdeenergie kurzen Prozeß. Damals, wie auch heute, war ein Pferd viel mehr wert als ein Mensch. Die Reiter-Wettbewerbe wurden in dem Land der Amazonen erfunden, und was ihnen ursprünglich als Reittiere diente, waren keine Pferde.
Wie bekannt, herrschten bei den Amazonen kriegerische Frauen. Es stimmt jedoch nicht, was bislang behauptet wurde, daß sie alle männlichen Neugeborenen getötet hätten. Vielmehr durften die Jungens, von erfahrenen älteren Männern gepflegt, bis zu ihrem zweiundzwanzigsten Lebensjahr unbekümmert leben. Die schönsten Jünglinge wurden in Musik, Tanz und Pantomime unterrichtet, um bei der Versammlung der Kriegerinnen und in den Häusern der Führerinnen aufzutreten. Die anderen waren als Köche, Kochhelfer, Putzmänner und Krankenbrüder ausgebildet. Nur kranke und schwache Knaben wurden im Kindesalter von einem hohen Felsen gestürzt.
Am zweiundzwanzigsten Geburtstag wurde – nach einem von dem weiblichen Ältestenrat ausgearbeiteten Verteiler – jeder gesunde Mann für drei Nächte in das Haus einer Frau eingeladen – um seine Fortpflanzungsaufgabe zu erfüllen.

Nach dieser Feier wurden die hochqualifizierten Köche, Haushälter und Erzieher auf ihre Arbeitsplätze zurückgeschickt. Allen anderen Männern wurde die schwerste Arbeit zugeteilt, unter Obhut strenger, mit langen Peitschen ausgerüsteter Aufseherinnen. Diese Sklavenarbeit war so schwer, daß die menschlichen Arbeitstiere selten das dreißigste Lebensjahr erreichten. Unter anderem dienten die Männer den Kriegerinnen auch als Schlepp-, Trag- und Reittiere. Sie waren viel billiger als Pferde oder Esel, zumal die Amazonen aus wissenschaftlich noch nicht geklärten Gründen dreimal mehr Knaben als Mädchen gebaren.
Die Männerreiterinnen haben auch das Wettrennen eingeführt, dessen Regeln im wesentlichen den heutigen ähnelten, nur daß die Hindernisse beim Parforce-Rennen entsprechend kleiner waren. Dieser Sport hielt sich einige Jahrhunderte, bis die Amazonen während der Kriege gegen fremde männliche Reiter-Armeen gezwungen wurden, auch auf Pferde umzusteigen. Sie haben jedoch ihre traditionelle Rücksichtslosigkeit in der Behandlung der Reittiere auch auf die Vierbeiner übertragen und das mit sinnlosem Leistungszwang verbundene Pferderennen eingeführt.

Das Vergnügen des Fußball-Zuschauers

Wer von den Millionen Fußballfans weiß, warum er den Fußball so leidenschaftlich verehrt? Es ist ein gutes und spannendes Spiel, ich weiß es, weil ich selbst einst in der Schulmannschaft ein gefürchteter Spieler war. Vor allem hat sich die eigene Mannschaft vor mir gefürchtet. Als ich mit vollem Eifer an den Ball ging (ich war Verteidiger), hatte selbst unser Kapitän bei mir keine Protektion und wurde gna-

denlos gerammt wie jeder andere, der mir im Wege stand. Der einzige, der vor mir halbwegs sicher war, war der Ball.
Ich will aber nicht von den Spielern sprechen, deren Spaß am Fußballspiel verständlich ist, sondern von den Zuschauern. Was ist das für ein Vergnügen, auf zweiundzwanzig Mann zu glotzen, die über den Rasen rasen, mit Einsatz aller Kräfte um einen verhältnismäßig wenig wertvollen Gegenstand kämpfen – jeder von ihnen könnte sich schließlich einen Ball kaufen –, und wenn sie ihn schon erkämpft haben, versuchen sie, ihn großzügig dem Gegner frei Haus zu schicken?
Natürlich ist das eine Wonne, mit einer Flasche kalten Bieres in der Hand gemütlich zuzusehen, wie sich andere im Schweiße ihres Angesichts anstrengen müssen. Dies jedoch dürfte nicht die Hauptquelle dieses Vergnügens sein, da sich noch nie hunderttausend Menschen zusammengerottet haben, um Straßenbauern bei der Arbeit zuzusehen, die doch auch ausreichend schwitzen.
Ich bin kein guter Kenner der Freudschen Theorie, aber vermutlich sehen die Freudianer auch in diesem Spiel eine Sublimierung des Geschlechtsakts und vergleichen das Eindringen des Balls in das Tor mit der Immissio penis. Ich weiß nicht. Zweiundzwanzig gesunde junge Männer könnten bei dem unsublimierten Originalvorgang mit viel geringerem Aufwand an Energie viel mehr Immissionen erreichen. Und bei dem Originalspiel ist ein Ergebnis wie 3:7 viel besser als 10:0. Vor allem ist aber diese Auslegung für die Zuschauer nicht schmeichelhaft, weil sie sie allesamt zu impotenten Voyeuren abstempelt.
Bei einer Fußballmeisterschaft geht es zu wie bei einer Parlamentswahl oder wie bei einer Pornoschau: Die Masse delegiert einige Leute, für sie Leistungen darzubringen, die sie sich selbst nicht zutraut. Man bezahlt gern für das Recht, zuzuschauen, weil sich dafür jeder Nichtkönner mit seinen Vertretern identifizieren und ihnen – also sich selbst – Beifall spenden kann. Er darf sich ihnen sogar überlegen fühlen –

von seinem bequemen Sitz merkt er ja ihre Fehler leicht – und kann sie auspfeifen.

In dieser Hinsicht sind freilich Fußballspieler besser als die Politiker: Wenn sie den Ball nicht halten können, am Tor vorbeischießen oder gar Eigentore verursachen, ist das zwar auch ärgerlich, es entsteht jedoch nur emotionaler Schaden. Beim Sport hat man auch noch die Illusion, daß hier faire Regeln herrschen. Das Spiel ist also in gewissem Sinne ein Demokratie-Ersatz. Das wußten schon die römischen Cäsaren, als sie »panem et circenses« – »Brot und Spiele« – zum politischen Prinzip machten.

Höchst demokratisch ist die Tatsache, daß man sich die Mannschaft, der man seine Gunst schenken will, absolut frei wählen kann. Wenn jemand zum Beispiel zu seiner Bestätigung das Siegesgefühl braucht, kann er sich jeweils den Siegern anschließen – man wird ihn nicht daran hindern; bei den Parteikämpfen bereitet das immerhin einige Schwierigkeiten. In der Praxis nutzt man dieses demokratische Recht nur selten aus, man stellt sich meistens hinter einen Lokalklub oder hinter die Nationalmannschaft, weil man das Bedürfnis hat, einer festen und konkreten Gruppe anzugehören. Das ist jedoch kein nur sportliches Phänomen: Der Lokalpatriotismus und der Nationalismus führen auch in anderen Bereichen des Lebens zur Einschränkung der Demokratie.

Man wäre geneigt, Fußballspiele als Instrument zum Abbau von Agressionen anzusehen, wenn man nicht wüßte, wie viele Agressionen sie aufbauen – von Dorfschlägereien bis zu Panzerschlachten zwischen südamerikanischen Staaten.

Sollte man sich entscheiden, internationale Konflikte auf dem Fußballfeld auszutragen, werden sich die Verlierer mit der Niederlage nicht abfinden, solange sie noch andere Kampfmittel zur Verfügung haben. Mögen die Chilenen die Nationalelf der USA mit 7:0 bezwingen, oder Górnik Katowitz die Moskauer Krylja Sowjetow mit 5:1, es wird sich dadurch nichts ändern. Abgesehen davon, daß die Amerikaner noch

immer die Möglichkeit haben, die besten chilenischen Stürmer zu kaufen, und die Sowjets die polnischen Torschützen per Befehl der eigenen Mannschaft einzuverleiben.
Die Symbolik des Wettkampfs ist mehr oder weniger klar – unklar ist jedoch die symbolische Bedeutung des Balles. Ist er ein Sinnbild des Erdballs – und das Vergnügen besteht darin, zu sehen, wie der verdammte Ball dorthin fliegt, wohin ihn die Menschen schicken? Oder verkörpert er den kleinen Mann, der von allen Seiten getreten wird und doch der wichtigste im ganzen Spiel ist?
Von den Zuschauern identifiziert sich wohl kaum jemand mit dem Ball – obwohl eben dies uns am nächsten liegen müßte: Die Kämpfer sind wir doch nicht; und wir freuen uns immer, wenn »die Unseren« siegen, obwohl sie uns nicht weniger treten als die anderen.
Vielleicht symbolisiert der Fußball einen menschlichen Kopf, und es ist ein Vergnügen zu sehen, wie schön er rollt und fliegt. Das war schon immer eine beliebte Schau. Die vielen Menschen, die offen oder geheim den Kopf verachten, werden ihre Freude daran haben; aber auch die zahlenmäßig schwächeren Kopfverehrer – denn dieser Lederkopf ist hohl und aufgeblasen. Dazu kommt noch die phantastische Möglichkeit, sich jeden beliebigen konkreten Kopf an Stelle des Balles vorzustellen!
Viel Vergnügen bei dem nächsten Fußballspiel!

Was denkt das Western-Pferd?

Was denkt sich ein Pferd, wenn es im Fernsehen einen Western sieht? Welche Sendung bringen die Fernsehsendungen den Pferden?

Die Menschen halten meistens ihre Pferde von den Fernsehern fern. Das ist wohl kein Zufall. Die Menschen lieben zwar Pferde und füttern sie, aber sie berauben sie auch ihrer Freiheit und beuten ihre Arbeitskraft aus. Es liegt natürlich nicht im Interesse der Unterdrücker, die Pferde aufzuklären und ihr Bewußtsein zu erweitern.
Ich glaube jedoch, daß die Maßnahmen, die die Menschen unternehmen, um die Pferde zum Fernsehen nicht zuzulassen, ein wenig übertrieben sind. Die Western, obwohl offenbar vorwiegend für Pferde gedreht, sind meiner Meinung nach unfähig, deren Klassenbewußtsein zu wecken. (Daß Pferde eine Klasse sind, ist klar. Die Rassentheorie lehne ich ab. Eine Nation sind sie auch nicht, es gibt Araber und Engländer, Tataren und Walachen. Die marxistische Definition der Klasse paßt dagegen haargenau auf sie: Sie haben alle die gleiche Beziehung zu den Produktionsmitteln.) Also, die Western sind alle von einem den Pferden fremden Klassenstandpunkt produziert. Sie enthalten eine typische Verherrlichung der Unterdrückung und der Ausbeuter.
Welches Vorbild bieten die Western dem arbeitenden Pferd? Das ideale Fernsehpferd ist arbeitsam, brav und vor allem treu. Es opfert dem Herrn alle seine Kräfte, ja, selbst sein Leben. Typische Sklavenmentalität-Propaganda.
Es ist wahr, daß viele Westernfilme Oden auf die freien Mustangs singen. Das ist aber eine raffinierte Täuschung. So ein stolzer, unabhängiger, freiheitsliebender Mustang wird erst dann zum echten Heldenroß, wenn er von einem Cowboy-Helden gezähmt ist. Und welcher Gaul träumt nicht davon, ein Roß zu werden? Die Lösung, die man ihm bietet, ist einfach: Für die Karriere muß er die Freiheit aufgeben. Eine sehr menschliche Lösung.
Man sieht in einem Western kaum, daß ein Pferd einen Unterdrücker abwirft – dabei, bei der Beziehung Reiter/Pferd, stimmt die Bezeichnung »Unterdrücker« wortwörtlich. Die Cowboy-Pferde werfen nur Diebe, Fremde und Bösewichte

ab. So wird den arbeitenden Vierbeinern die Onkel-Tom-Psychologie eingetrichtert.
Das Bild des guten Herrn, der mit seinem Pferd befreundet ist, ist ein klassisches Beispiel der neokapitalistischen Taktik. Insofern waren die Western schon immer ihrer Zeit voraus. Es gibt hier sogar Beteiligung am Gewinn – in Form von Zukker oder Brot, ja, ab und zu selbst Mitbestimmung –, indem der Gaul selber den Weg wählen darf.
Fazit: Man kann ruhig die Pferde fernsehen lassen, es birgt keine Gefahr für den Menschen.
Und man könnte vielleicht ein Pferdeteam einen Western machen lassen. Dümmer wird er nicht werden, und ich möchte von Herzen gern mal einen Hengst auf einem Cowboy reiten sehen.

Gewalt ohne Beispiel

Die Diskussionen über die Schilderung von Gewalt im Fernsehen, die angeblich zur Nachahmung führt, wollen nicht aufhören und werden nicht aufhören, solange das Fernsehen nicht durch ein noch mehr verbreitetes Medium ersetzt wird.
Professor James B. Given von der Universität Michigan hat englische Gerichtsakten aus dem 13. Jahrhundert durchstudiert und festgestellt, daß es damals viel mehr Mord und Totschlag gab als heute: 23 von 100000 Einwohnern wurden damals in England umgebracht (das heißt, von so vielen wußten die Gerichte), heute in den USA sind es 9,7 pro 100000.
Könnte man die Antike statistisch auswerten, würden die Zahlen wohl noch schlimmer sein. Auch Neandertaler und andere Urmenschen haben sich gegenseitig munter totge-

schlagen. Die schlimmste Kriminalstatistik gab es zu Kains Zeiten, der auf einen Schlag ein Viertel der Menschheit ausgelöscht hat. Und das alles ohne Fernsehen.

Ich sehe gern Krimis und Western und habe auch manchmal hinterher Mordgelüste, ausschließlich aber dem Autor, dem Regisseur oder den Programm-Machern gegenüber. Diese Gelüste habe ich übrigens noch öfters nach gänzlich gewaltlosen Fernsehshows.

Ich kann mir nicht vorstellen – und habe auch nie von so einem Fall gehört –, daß jemand sich einen »Tatort« ansieht, dann sein Bier zu Ende trinkt, sich vom Schaukelstuhl erhebt und prompt seine Frau oder den Kassierer seiner Bank umlegt. Keiner von uns, liebe Freunde, hatte und hätte es getan – warum muten wir das anderen zu?

Es haben zwar schon Gewalttäter vor Gericht behauptet, sie hätten sich nach dem Beispiel vom Fernsehen gerichtet – ihnen ging es aber um mildernde Umstände, sie hatten wohl keine schwere Kindheit vorzuweisen. Und sollte es wirklich passiert sein, daß jemand nach Bildschirmvorbild einen seiner Nächsten in den Liftschacht warf, dann wirkte das Fernsehen wie ein Knoten im Taschentuch, der einen erinnert, daß man noch etwas Wichtiges zu erledigen hat.

Das Fernsehen soll besonders die Kinder zur Brutalität verführen, die ja bekanntlich gern Helden nachahmen. Ich weiß nicht – zu meiner Zeit gab es kein Fernsehen, unsere Spiele waren aber ganz schön brutal, und die Nachbarstraßen waren für jeden Jungen Zonen echter Gefahr. Wir sahen freilich Western im Kino, auch die superbrutalen Grotesken von Walt Disney, lasen Tom-Mix- und Nick-Carter-Hefte und Edgar Wallace.

Noch früher gab es Gruseltheater, Räuber- und patriotische Geschichtsromane, Moritatensänger und Märchenerzähler, Goethe – dessen Werther eine Welle von Selbstmorden auslöste –, Ritterballaden, öffentliche Hinrichtungen (als Nachrichten- und Unterhaltungsshow auch eine Art Kunstdarbie-

tung), Chroniken, die Bibel, in der Gewaltszenen bei weitem nicht immer mit Abscheu geschildert werden, und Schlachtenbilder in den Höhlen der Höhlenmenschen.
Die Gewalt war in der Kunst immer in, weil es sie im Leben gab, nicht umgekehrt. Früher haben sich die Gewalttäter nur nicht auf das Beispiel der Kunst berufen, weil sie nicht so gebildet waren. Und weil es immer genug Beispiele dafür gab, daß man auch ohne Beispiel mordet. Meiner Meinung nach suchen die Menschen in den Kunstbildern der Gewalt die Identifizierung mit der Gewalt – nicht im Sinne der Gewalttätigkeit, sondern der Macht. Vielleicht ist es gar nicht so schlecht, ihnen dieses künstliche Machtgefühl zu geben, weil das Gefühl der Ohnmacht die Sehnsucht nach Gewalt gebiert. Wie auch das Gefühl der – reellen – Macht, die die Verwirklichung dieser Sehnsüchte, und das en gros, ermöglicht.
Komisch: Die Kunst brachte immer auch idyllische Bilder der Tugend. Das Fernsehen tut es auch, zum Beispiel in Familienserien. Das sozialistische Fernsehen schildert gern Helden der Arbeit. Und es bestand noch nie die Gefahr, daß sie jemand nachahmt, selbst bei Kindern nicht.
Die Kunst – ob gute oder schlechte – ist wohl doch nicht so stark, wie man es glauben zu müssen glaubt.

Die Glotzkiste als Braut

Es gibt viele Männer, die der Glotzkiste mehr Liebe entgegenbringen als einer Frau, mehr Zeit mit ihr verbringen, sich von ihr mehr sagen und mehr gefallen lassen. Das Fernsehen ist eine ganz passable Ehefrau. Es verlangt unsere ganze Aufmerksamkeit, versucht uns dauernd zu erziehen, gibt uns Ratschläge, weiß besser als wir selbst, was wir brauchen, und

redet ununterbrochen. Es hat dazu noch den Vorteil, daß man es abschalten kann.
Das Fernsehen ist wie die Ehe. Immer funktioniert es bei den anderen besser als bei uns zu Hause; man schimpft auf seine Langeweile, aber man gewöhnt sich und kann es nicht lassen; wenn man ein paarmal versucht hat, sich von dem alten Fernseher zu trennen, um sich einen neuen, jüngeren Typ zu verschaffen, stellt man bald fest, daß der Reiz des Neuen rasch vergeht und der Inhalt immer gleichbleibt.
Das Fernsehen ist wie eine emanzipierte Frau. Es ist sehr gebildet, kann über Soziologie plaudern, über Psychoanalyse, über alte Bilder und neue Bücher. Salonrevolutionäres Gerede gehört zu seiner Imagepflege. Wenn es aber um Beziehungen zwischen Menschen geht, bleibt es sentimental, konventionell, altmodisch, kitschig. Alle Versuche, moderne Gefühle und Beziehungen zu zeigen, sind gewollt, flach, krampfhaft, unglaubwürdig – nur eine deklarative Manifestation.
Warum sollte man also einen Fernsehapparat nicht heiraten können?
Man kann dagegen einwenden, daß ein Fernseher nicht jeden Zweck der Ehe erfüllen kann. Der Zweck der Ehe ist aber auch sonst nicht klar. Es gab zum Beispiel in der schwedischen Zeitung »Dagbladet« diese Anzeige: »Chronischer Rheumatiker, 45, gutmütig, geduldig, hilfsbereit, humorvoll, sucht weiblichen Rheuma-Fan passenden Alters für Dauerbekanntschaft, evtl. Ehe. Über 500 sehr lustige Rheuma-Witze vorhanden, wir werden uns nicht langweilen.«
Der Verfasser dieser Anzeige sah offenbar in der Ehe ein Mittel gegen Langeweile. Ich kenne das Programm des schwedischen Fernsehens nicht, nehme jedoch an, daß auch dort die Unterhaltung nicht viel schlechter als die Rheuma-Witze sein wird. Wie gesagt, der Fernseher hat viele Voraussetzungen, zum Gegenstand der geistigen, platonischen Liebe zu werden. Mitunter mehr als manche Frauen. Als Objekt der körperlichen Liebe ist er denkbar ungeeignet, auch wenn man die

Vielfalt der individuellen Wünsche auf diesem Gebiet berücksichtigt.
Nun, die Frage, ob die Ehe eine Institution für sexuelle Beziehungen ist, ist juristisch umstritten. In der Praxis führt sie eher zur Beschränkung des Sexuallebens. Wie das Fernsehen. John Cumming-Bruce, Richter am Londoner High Court, verweigerte einem dreiundvierzigjährigen Mann, dessen Frau sich vor der ehelichen Liebe drückte, mit folgender Begründung die Scheidung: »Das Unglück des Ehemannes rechtfertigt keine Scheidung. Es gibt in England kein Gesetz, das eine Frau zwingt, ihren Mann zu lieben.« Eine italienische Richterin in Monra war zwar anderer Meinung – sie verurteilte einen Mann namens Edelino Fregatti zu einem Monat Gefängnis mit Bewährung, weil er seit einiger Zeit auf Verführungsversuche seiner Frau nur mit abschätzigem Grunzen reagierte. Die Richterin mußte jedoch zu juristischen Tricks greifen und das Urteil gegen den Anti-Sünder mit der »Verweigerung der Unterstützung für die Familie« begründen, denn die Strafbestimmung wegen »Verweigerung der ehelichen Pflichten« gilt in Italien nur für Frauen. Aber auch dieser umstrittene Paragraph spricht nur von »Pflichten« und nicht von Liebe. Vor einiger Zeit wurde über die amerikanische Anthropologin und Journalistin Wyn Sargent berichtet, die einen Eingeborenen-Häuptling im Dschungel West-Irians heiratete, um »das Sexualverhalten dieses noch wie in der Steinzeit lebenden Stammes zu erforschen«. Für sie hatte also die Ehe den Zweck, ihre Wißbegierde zu befriedigen (Neugier ist übrigens ein nicht sehr seltenes Motiv der Eheschließung). Für Leute, die nicht gerade nach Indonesien ziehen können, um ihre Forschungen anzustellen, kann auch das Fernsehen eine ausgiebige Quelle des Wissens sein.
Es gibt also gute Gründe dafür, ergebene Fernsehfans mit dem Apparat zu verehelichen. Man kann sich dabei eine wünschenswerte Folge ausrechnen: Mit der Zeit werden selbst die leidenschaftlichsten von ihnen die geehelichte Kiste immer

mehr vernachlässigen, ja sogar auf jeden ihrer Verführungsversuche mit abschätzigem Grunzen reagieren.
Um diese eheliche Erfahrung reicher, werden sie vielleicht dann zur Abwechslung Frauen heiraten.

Gedrucktes Wort

Optimistische Nachrichten liest man gern. Zumal sie Raritätenwert haben. Ich habe einmal in der Zeitung eine kurze, aber erfreuliche Information gefunden. Die »Arbeitsgemeinschaft Media-Analyse« hat herausgefunden, daß in der Bundesrepublik »ein Trend zum gedruckten Wort durchaus sichtbar« ist. Für einen Schreibenden ist es zweifellos eine gute Nachricht.
Obwohl . . . die Formulierung ist ein bißchen zu glatt und ein wenig zu allgemein. Das Wort »Trend« zum Beispiel. Wir haben in den letzten Jahren damit schon einige Erfahrungen gemacht. Es gab den Mister Trend, den Herrn Trend, den Genossen Trend, eine Frau Trendwende, es trendierte sich hin und her, und besser ist es nicht geworden. Trend ist eine Linie, und Linien haben die Gewohnheit – so hat man es mir in der Schule gesagt –, ins Unendliche zu laufen. Wenn man sie nicht unterbricht natürlich. »Trend« ist ein Wort, das nur Hoffnung enthält, nichts mehr. Wobei nicht klar ist, ob dies eine Hoffnung für uns ist oder die eigene Hoffnung der Forscher, die sie da eingesetzt haben, um sie uns zu verkaufen.
Und dann – was heißt »gedrucktes Wort«? Auch so werden schon viel zu viele Worte gedruckt. Man denke nur an die Steuererklärung oder das Kleingedruckte in den Verträgen – meintwegen müßten sie gar nicht länger werden. Auf Werbesprospekte, von denen ich jede Woche ein Paar Pfund in den

Papierkorb werfe, könnte ich gänzlich verzichten, sowie auch auf Memoiren alter Nazis, Friedenssprüche des Herrn Breschnew, Weisheiten des großen Führers Ghadafi, Berichte über das glückliche Leben in China von Menschen, die kein Wort Chinesisch verstehen, soziologisch-statistische Umfragen ... Lassen wir das lieber, auch diese Aufzählung hat einen Trend ins Unendliche.

Wahrscheinlich meinten die Media-Analytiker unter dem Begriff »gedrucktes Wort« Zeitungen, Zeitschriften und Bücher – ich habe nur die Notiz gelesen, nicht ihren Bericht, obwohl sie ihn wahrscheinlich gedruckt haben. Das ist eben das nächste Problem – gedruckt heißt noch nicht gelesen.

Haben wir also einen Trend zum Drucken oder zum Lesen? Viele gedruckte Wörter (Sätze, Absätze, Seiten und Bände) sind offenbar gar nicht fürs Lesen bestimmt. In ihrer Sprache gesagt, besteht bei vielen gelehrten Büchern eine geradlinige, nullwertige Korrelation zwischen ihrer gnoseologisch-noetischen Relevanz und semantisch-kommunikationstechnischen Effizienz. Das heißt, daß ungebildete Menschen sie nicht lesen, weil sie sie nicht verstehen, und die Gebildeten lesen sie eben deshalb nicht, weil sie sie verstehen und somit wissen, daß sie nur gedruckte Worte enthalten, sonst nichts. Es bleiben ihnen als Leser nur die Halbgebildeten, die nicht verstehen, daß sie nichts verstehen.

Als Gegenstück zu diesen »gelehrten« Büchern gibt es eine Riesenmenge solcher, in denen jedes gedruckte Wort jedem verständlich ist, aber niemand hat was davon, außer denen, die lesen lernen. Der sichtbare Trend zum gedruckten Wort – wie man selbst sieht, ohne Hilfe von Forschern – geht in diese beiden Richtungen.

Warum habe ich mich eigentlich so gefreut?

Klatsch soll man lesen!

Obwohl ich seit vielen Jahren ein Zeitungsmann bin, habe ich noch nicht gelernt, Zeitungen richtig zu lesen. Ich lese sie morgens beim Frühstück und verderbe mir somit die Stimmung für den ganzen Tag.

Wann soll ich sie aber lesen? Abends, um mir Alpträume anzulesen? Oder etwa mittags, um den Appetit zu verlieren? Dies wäre vielleicht eine gute Lösung für jemanden, der an einer billigen Abmagerungskur interessiert ist, nicht für mich. Ich lese auch nicht die richtigen Rubriken. Ich fange an mit den politischen Berichten, anstatt mit Sport oder Klatsch. Einfach blöd bin ich. Muß ich denn so genau wissen, von A bis Z, von Argentinien bis Zypern, wo überall Terror herrscht, wo sich Menschen im Namen der besseren Zukunft umbringen? Würde ich denn etwas versäumen, wenn ich von einigen Terroranschlägen nicht erführe?

Sport und Klatsch soll man lesen!

Für Sportberichte habe ich mich fast nie interessiert, weil es mir irgendwie für mich persönlich unwichtig vorkam, zu wissen, wer wem ein paar Schläge ins Gesicht placiert oder den Ball ins Tor geschossen hat. Solange es nicht mein Gesicht ist und solange man nicht auf mich schießt . . . Höchstens habe ich mir im Fernsehen angesehen, wenn Tschechoslowaken im Eishockey die einzige Möglichkeit nutzten, gegen die Russen offen anzutreten und sogar über die Kolonialherren zu siegen.

Über die Klatschjournalistik habe ich mich sogar lustig gemacht. Ich nehme – selbstkritisch – alles zurück. Nach jahrelanger Lektüre der politischen Zeitungsteile habe ich erst erkannt, welche Bedeutung Sport und Klatsch in den Zeitungen für die seelische Hygiene und geistige Immunität der Leser haben. Wer Berichte über Hunger in Asien und Afrika ausläßt und lieber einen Report von einer Jet-Set-Schlemmerei

liest, schützt seine Ruhe. Es schadet den Nerven weniger, wenn man liest, für wie viele tausend Dollar Madame Rockdenbildt oder Fordnassis ihr neues Ballkleid gekauft hat, als zu raten, für wie viele Tropfen von versprochenem Erdöl die westlichen Regierungen ihre Verbündeten – zur Zeit ist Israel an der Reihe – zu verkaufen bereit sind. Selbst eine neidische und snobistische Weltdame kann sich nicht so über die Nachricht aufregen, daß ihre Konkurrentin eine Einladung zu Fürstin Soundso bekam, wie man sich über die Einladung der UNO für die Chefs der Terroristen aufregen muß.
Ist es nicht angenehmer, das Rennen edler Stuten und Hengste zu verfolgen als das Rennen von Preisen, Rüstungsausgaben, Geldabwertung? Selbst Catch ist nie so brutal wie manche in höflicher diplomatischer Sprache abgefaßten politischen Entscheidungen oder vielmehr Unentscheidungen.
Ich muß mein System des Zeitungslesens radikal ändern.

Kommentarefusel und Seriensirup

Kaum haben wir die Nachricht aus Japan verkraftet, daß man mit Zeitungspapier Kühe füttern kann, kommt eine neue, diesmal aus USA. So stand es in einer Zeitung »Wenn der amerikanische Chemiker Professor Charles R. Wilke in seinem Labor an der University of California die Zeitung zu Ende gelesen hat, geschieht etwas Merkwürdiges. Zerknüllt und zerrissen verschwinden die letzten Neuigkeiten des Tages in einer chemischen Apparatur – einige Zeit später fließt Äthanol, trinkbarer Alkohol, aus dem Zapfhahn. »Nichts ist daran geheimnisvoll«, kommentiert der Autor. »Die Grundelemente des Alkohols, Kohlenstoff, Sauerstoff und Wasserstoff, sind zugleich auch die der Zellulose.«

Die Idee ist auch nicht neu. Ostap Bender, der Held des sowjetischen satirischen Romans »Das goldene Kälbchen« von Ilf und Petrow, der 1931 erschien, war schon damals im Besitz von 150 Rezepten für selbstgebrannten Schnaps. Darunter war auch eines aus hölzernen Hockern. Es ist nicht ausgeschlossen, daß auch andere dieses Geheimnis kannten, Gott weiß, wie viele Liter Holzbrand und unter welchen Etiketten wir im Leben ausgetrunken haben.
Ehrlich gesagt, die Idee, gelesene Zeitungen als Rohstoff für Alkoholproduktion zu verwenden, gefällt mir gut. Bei dem Alkoholgenuß sind die meisten Menschen – abgesehen von hoffnungslosen Alkoholikern – wählerisch, und zwar in einem höheren Grad als bei der Wahl ihrer Zeitungslektüre. Natürlich wird die Nachfrage nach Zeitungen wachsen – das Verfahren von Professor Wilke ist angeblich sehr billig. Niemand wird seinen Alkohol aus einer Zeitung mit wäßrigem, klebrigem, unechtem oder gar giftigem Stoff machen wollen. So kann die Entdeckung von Professor Wilke rasch zu einem viel höheren Niveau der gesamten Presse führen.
Ich weiß nicht, ob der amerikanische Wissenschaftler ein Feinschmecker ist, und auch nicht, welche Zeitung er zu lesen pflegt.
Es gefällt mir jedoch nicht, daß er die ganze Zeitung auf einmal unselektiert in die Apparatur stopft. Vielleicht war es nur ein einziger Artikel in der ganzen Zeitung, der reinen Spiritus vini brachte, der dann durch das Wasser aus dem Leitartikel verdünnt und durch den Fusel von unwahren Nachrichten verunreinigt wurde?
Ich bin überzeugt, daß man in der Zukunft die Spalten der Zeitungen und Zeitschriften sauber trennen wird, um verschiedene Sorten von Getränken zu kriegen.
Die Berichte, Regierungserklärungen, Interviews mit Politikern müßten reinen Wein einschenken. Wenn dies nicht der Fall sein sollte, müßte man überprüfen, ob die Apparatur oder aber die Autoren der Aussagen nichts taugen.

Das übrige im politischen Teil müßte – je nach der Nationalität der Zeitung – Korn oder Wodka, Whisky, Kognak, Gin, Rum, Sliwowitz und so weiter geben; ähnliche Unterschiede werden auch bei Regionalzeitungen auftreten.
Das Feuilleton wird wahrscheinlich erlesene Cocktails bringen, bittere Aperitifs, je nach Qualität Sekt oder Obstschaumwein – oder Sodawasser. Da eine Zeitung nicht nur aus Zellulose, sondern auch aus dem, was in ihr geschrieben wird, besteht, glaube ich nicht, daß sich jedes Stück bedrucktes Papier zur Alkoholerzeugung eignet.
Es ist natürlich immerhin noch möglich, daß man aus dem Gesellschaftsklatsch mancher Illustrierten eine Art schwachen Likör, mit künstlichem Sirup übersüßt und dazu noch opiumisiert, ausdestillieren kann, meistens wird es jedoch nur eine Limonade aus Gossenwasser mit Sirup und Haschischzusatz sein, höchstens als gesundheitlich keineswegs einwandfreies Brechmittel verwendbar.
Als Qualitätsprüfung für Presseerzeugnisse würde ich dann einen Pflichttest, eine Art Gottesgericht empfehlen: Noch bevor eine Zeitschrift an die Leser ausgeliefert wird, muß jeder Autor ein Glas Destillat aus seinen Artikeln, jeder Ressortchef aus seinem Zeitungsteil und jeder Chefredakteur aus der ganzen Zeitung trinken. Wollen wir sehen, wie schnell sich die Abstinenz – von Alkohol und Schreibtisch – dann verbreitet.

Abenteuer für die Medien

Der amerikanische Zeitungsverleger Bennett schickte im Jahre 1871 Stanley nach Afrika, den verschollenen Livingstone zu suchen. Stanley berichtete über seine Reise regelmä-

ßig im *New York Herald* und schrieb dann darüber ein Buch. Wohlgemerkt, das Verschwinden und der Tod Livingstones wurden nicht von der Zeitung bestellt.
Ein anderer amerikanischer Zeitungsverleger, William Randolph Hearst, handelte nicht ganz dreißig Jahre später viel großzügiger. Er schickte einen bekannten Zeichner nach Kuba, mit dem Auftrag, Zeichnungen von dem Kriegsschauplatz zu machen. Als der Künstler nach einiger Zeit bei ihm nachfragte, was er wohl tun solle, da es keinen Krieg gab, antwortete Hearst telegrafisch: »Sie besorgen die Bilder, den Krieg besorge ich.« Der amerikanisch-kubanische Krieg kam – ob es Hearsts Werk war, weiß ich nicht so genau.
Nicht nur Kriegsabenteuer, auch viele andere hätten nicht stattgefunden, wenn es die Medien nicht gäbe. Wer hätte schon Lust, Heldentaten zu vollbringen, von denen niemand weiß? Die Ritter kämpften angeblich, um den Namen ihrer Dame zu ehren – in der Tat strengten sie sich nur für die Troubadoure an, die ihren Ruhm verbreiteten. Und sie hatten recht: Von den vielen kleinen Kriegen, die die Altgriechen untereinander führten, wissen wir nur über den dämlichen, wegen einer Dame geführten Trojanischen Krieg so richtig Bescheid – dank Homer.
Dies waren aber nur bescheidene Anfänge. Seit sich die Kommunikationsmedien weltweit entwickelten, tun die Leute alles mögliche, um ins Fernsehen, in die Zeitung oder in das Guiness-Lexikon der Rekorde zu kommen: Sie tanzen wochenlang ununterbrochen, springen mit dem Motorrad über Wasserfälle, vertilgen Unmengen von harten Eiern oder Spaghetti, schwimmen zwischen Haien, spucken in die Ferne und aufs Ziel, lassen sich scheiden und heiraten wieder, kaufen sich für teures Geld abgenutzte Prominenten-Witwen, demonstrieren gegen schlechte Behandlung von Küchenschaben, lassen sich bei lebendigem Leibe begraben oder nach dem Tode einfrieren, um wenigstens postum in die Zeitung zu kommen. Man kann sich darüber mokieren – dies soll aber

jemand tun, der nie darauf erpicht war, eine Notiz über sich selbst in der Zeitung zu finden oder einen Auftritt im Fernsehen zu bekommen. Einem Autor steht es nicht zu. Die Menschen sehnen sich einfach nach Applaus oder zumindest nach der Gewißheit, daß man von ihrer Existenz weiß. Und bevor man sich empört, sollte man auch bedenken, daß neben den vielen idiotischen auch einige kluge und witzige Aussagen den Medien zuliebe gemacht worden sind.

Der größte Verführer ist natürlich das Fernsehen. Es wertet jeden auf, den es zeigt, stellt dabei so manche Werte auf den Kopf und manche – ganz gegen den Kopf – auf Stelzen. Der polnische Aphoristiker Wieslaw Brudzinski schrieb: »Um berühmt zu werden, muß man vierzig Jahre lang malen oder zwanzig Jahre lang Bestseller schreiben, zehn Jahre lang Hauptrollen im Theater spielen, fünf Jahre in Filmen auftreten oder aber einen Monat lang jeden Tag im Fernsehen Kochrezepte vorlesen.«

Die Sucht nach Bekanntwerden führte zu vielen schlimmen Taten. Leute mordeten und raubten, um in Schlagzeilen zu kommen, bauten Skandale *in naturam* oder per Schreibmaschine, Frauen liefen nackt durch die Straßen, Politiker redeten . . . Vielleicht wäre so manches Verbrechen nicht passiert, wenn die Täter wüßten, daß niemand darüber die Öffentlichkeit unterrichten wird. Die Grundschuld liegt aber nicht bei den Medien. Auch ohne die hätten wir nicht weniger Chaos und keine besseren Politiker. In der Antike gab es kein Fernsehen, es gab jedoch einen Herostrates, der vor vierundzwanzig Jahrhunderten den herrlichen Artemistempel in Brand steckte, um berühmt zu werden.

Warum schreiben die Schriftsteller?

Wenn man die vielen Tausende von Büchern in den Buchhandlungen sieht, muß man sich an die Worte des kleinen Mädchens erinnern, das sagte: »Unser Vati, der ist wohl nicht ganz dicht! Er schreibt schon über ein Jahr an einem Buch, obwohl man in jeder Buchhandlung für ein paar Mark so viele fertige kaufen kann!«

Ein sehr tüchtiger Leser mit viel Freizeit kann vielleicht im Jahr hundert Bücher lesen – nur in der Bundesrepublik Deutschland erscheinen jährlich fast achtzigtausend. Das ist sehr demokratisch: Jeder kann wählen, was er lesen möchte, jeder kann schreiben, was er will, kann den Mitmenschen mitteilen, was er für wichtig hält. Ich bezweifle jedoch, daß alle Menschen der Welt in fünfzig Jahren so viel zu sagen haben, wie die jährliche Buchproduktion dieses Landes an Worten enthält.

Dennoch schreiben die Schriftsteller immerfort. Sie schreiben, weil es ihr Beruf ist. Sie verdienen sich damit ihre Frühstücksbrötchen und den Grießbrei für ihre Kinder. Manche haben gar nichts anderes gelernt; die anderen verließen des Schreibens wegen ihre erlernten Berufe, weil es ihnen interessanter vorkommt; manche glauben sogar, daß sie schreiben müssen, weil sie im Besitz einer Sendung sind, die die gesamte Menschheit retten kann, und nur sie kennen sie.

Die Motive, die einen Menschen zum Schreiben führen, sind für die Qualität seines Werkes unbedeutend. Es passierte immer wieder, daß ein Autor ein Buch verfaßte, weil er dringend Geld für die Miete brauchte, und es war ein vorzügliches Buch; dagegen wurden aus Liebe zur Menschheit unzählige Schinken hergestellt. Ich lese viel lieber ein interessantes Buch, dessen Verfasser im privaten Leben ein Gauner ist, als ein langweiliges von einem, der das Sammelsurium aller Tugenden darstellt. Ich mag nur nicht, wenn mir ein Zyniker

Moral predigt. (Um ehrlich zu sein, muß ich aber gestehen, daß ich Moralpredigten überhaupt nicht ausstehen kann, auch nicht von einem Heiligen.) »Die Wahrheit sollst du auch von einem Affen annehmen«, sagt ein mongolisches Sprichwort.

Fragt man einen Tischler, warum er Tischler geworden ist, einen Bäcker oder einen Bankangestellten, ob er für seine Arbeit Berufung fühlte? Hauptsache ist, daß sie ihre Arbeit können, man nimmt ihnen die Ware oder Leistung ab, bezahlt, und alles ist in Ordnung. Den Schriftsteller fragt man nach seiner Berufung. Und wenn die Rede auf die Bezahlung kommt, ist man ein wenig schockiert. Als ob ein Berufener nicht essen müßte. »Der Gedanke galt als obszön, daß die Genies Geld für ihr Genie nehmen«, schreibt Rolv Heuer in seinem Buch »Genie und Reichtum«. »Was aber sollen die sonst dafür nehmen? Der Dank der Welt füllt keinen Magen. Warum sollte der Nachruhm in der Nachwelt nicht einen Vorschuß zu Lebzeiten rechtfertigen? Jedes Gehirn hängt an einem Darm; wer die Welt verändert, muß kleine Stücke von ihr aufessen. Trotzdem scheinen Geld und Geist sich abzustoßen. Geist ist öffentlich, Geld privat. Geist ist Anzug, Geld Unterwäsche. Geist duftet, Geld stinkt.«

Lassen wir die Frage beiseite, wer von den Schriftstellern ein Genie ist. Abgesehen von der Eigeneinschätzung der Literaten kann man es einigermaßen objektiv erst rund hundert Jahre nach dem Tode des Schriftstellers feststellen. Auch die erfahrene katholische Kirche erteilt ihre Heiligsprechungen erst lange nach dem Hinscheiden des Betreffenden. Und wer kann mit Sicherheit wissen, ob er kein Genie ist? Ein geniales Werk ist wie ein Kind: Solange man es nicht gezeugt hat, weiß man nie, ob man dazu fähig wäre. Und noch eine Ähnlichkeit: Kinder zeugen und Bücher schreiben kann fast jeder – man braucht dazu kein Diplom. Die allgemeine Schulpflicht liefert Schreibmächtige tonnenweise. Das bedeutet die größere statistische Wahrscheinlichkeit des Auftretens von Ge-

nies und die Sicherheit, daß es viel mehr nichtgeniale Literaten gibt. Allerdings, essen muß auch ein Nichtgenialer.
Die wenigsten Schreibenden haben das Glück, Millionärskinder oder Ehefrauen von Ölprinzen zu sein. Und wer schreibt, hat keine Zeit, Geld zu machen. Der große polnische Dichter Julian Tuwim sagte einst, daß ein echter Schriftsteller nur fürs Geld schreibt, für das Vergnügen am Schaffen schreiben nur die Graphomanen.
Der Beruf des Schriftstellers ist nur insofern anders als die anderen, als der Schriftsteller zugleich Unternehmer und Arbeitnehmer ist. Unternehmer, weil er Ware produziert und verkauft. Die Ästheten werden einwenden, daß dies eine Ware besonderer Art sei. Das bedeutet überhaupt nichts. Jede Ware ist besonderer Art, bei jeder sind der Nutzwert und der Marktwert zweierlei. Wie in jeder anderen Branche gibt es unter Literaten solide Firmen und solche, die jede Bestellung annehmen, die was einbringt. Sie handeln mit Waffen und mit Drogen, mit unnützem Zierat und mit faulen Eiern, mit Gift, Tränengas und Zuckersirup, mit Lack und veralteten Konserven, mit Ideologie, Demagogie und Servilität, mit Pasquillen und Persilscheinen. Und es gehört zu ihren beruflichen Fähigkeiten, sich selbst zu überzeugen, daß sie es aus edlen Gründen tun. Solange es entsprechende Auftraggeber gibt, kommen diese Leute immer zu ihrem Geld.
Aber auch die, die Wahrheit, Gedanken, Schönheit, Analyse, Trost, Humor und Impulse zum Denken auf den Markt bringen, müssen ihre Ware für Geld verkaufen, um leben zu können. Da die Schriftsteller ihre Arbeit selber machen müssen, da sie von Verlegern abhängig sind, die entscheiden, ob ihre Produktion auf den Markt kommt, da sie bei der Gewinnteilung den viel kleineren Teil bekommen, sind sie in der Position der Arbeitnehmer und können nicht reich werden – es sei denn, daß der Verlag aus ihrem Werk einen Bestseller macht. Das ist aber eine andere Geschichte, die viel mit Business, aber wenig mit der Literatur zu tun hat.

Trotz alledem schreiben die Schriftsteller weiter, obwohl sie auf einem anderen Gebiet vielleicht viel besser verdienen könnten. Es muß doch etwas Besonderes an diesem Beruf sein.

Bücher sind zum Schenken da

Ein Buch ist immer das sicherste Geschenk. Manche Leute freuen sich sogar ehrlich, wenn sie eins bekommen. Ich würde fast sagen, es ist ein besseres Geschenk als eine Flasche Whisky, von der ja sowieso die Gäste den Großteil austrinken.

Wenn man ein Buch schenkt, läuft man nur selten Gefahr, was Falsches mitgebracht zu haben. Falls der Beschenkte Bücher mag, hat er selbstverständlich Freude daran. Ist er dagegen kein Leser, fühlt er sich geschmeichelt und freut sich, daß man glaubt, er sei einer.

Mein Rat: Schenken sie lieber anspruchsvollere Bücher – es hat sich noch niemand beleidigt gefühlt, weil man ihn für intelligenter hält, als er ist.

Das Schlimmste, was passieren kann, ist, daß der Beschenkte dieses Buch schon hat. Dann kann er es aber leicht weiterverschenken. Ein bißchen muß man aber doch aufpassen, was man wem und wann schenkt. So ist es zum Beispiel nicht ratsam, einem Mann, der schon zehn Jahre Auto fährt, die Straßenverkehrsordnung zu bringen, einer Frau, die eben gesunde Zwillinge zur Welt gebracht hat, die Broschüre »Was junge Mädchen über Verhütungsmittel wissen sollen«. Balzacs »Verlorene Illusionen« oder »Physiologie der Ehe« sowie auch »Ein Frauenschicksal« von Maupassant eignen sich kaum als Geschenk für Neuvermählte. Wennschon, soll man den Brautleuten diese Bücher einige Zeit vor der Hochzeit ge-

ben, solange sie die Möbel noch nicht gekauft haben.
Traditionelle Vorstellungen erweisen sich auch beim Bücherschenken oft als falsch. Es ist äußerst riskant, einer Dame ein Kochbuch zu schenken. Sie wird so gut wie sicher beleidigt sein, entweder wegen der Unterstellung, daß sie ohne Buch nicht kochen kann, oder wegen der Zumutung, daß eine emanzipierte Frau kocht. Kochbücher kann man nur Männern schenken oder Frauen, die von der Angst emanzipiert sind, für unemanzipiert gehalten zu werden. Ein Rechtschreibe-Wörterbuch darf man ruhig einem Schriftsteller schenken, nicht aber einer Sekretärin. Das Strafgesetzbuch ist ein ungeeignetes Geschenk für alle, ausgenommen Jura-Studenten und professionelle Verbrecher: Juristen könnten es als Anspielung verstehen, sie übten ihren Beruf mangelhaft aus. Allen anderen könnte es peinlich sein, daß man annimmt, sie gingen noch nebenberuflichen Tätigkeiten nach.
Auch Bücher, die vom Inhalt her harmlos sind, selbst klassische Werke, können als Geschenk Peinlichkeiten verursachen, wenn man bei der Wahl der Titel nicht aufpaßt. Ein Mensch mit Taktgefühl wird nie Schillers »Räuber« zum Jubiläum eines Wohnungsmaklers mitbringen, sei es eine noch so wertvolle alte Ausgabe; er wird auch nicht als Gastgeschenk für die Teilnehmer einer Meteorologen-Tagung Shakespeares »Komödie der Irrungen« wählen.
Das Buch »Der Idiot« von Dostojewskij kann man dagegen jedem schenken. Wer diesen Titel als persönliche Beschimpfung empfindet, hat recht und wurde mit Recht beschimpft. Das sind aber die Feinheiten des Lebens: keiner wird es auf sich selbst beziehen. Damit sind wir bei der Satire, die auch keiner auf sich selbst bezieht.
Deshalb kann man satirische Bücher ruhig verschenken. Ja man soll sie sogar verschenken, und zwar aus mehreren guten Gründen.
Erstens: Jeder lacht gern – und wer es nicht tut, gibt es nicht gern zu.

Zweitens: Es gibt viel mehr Menschen mit Humor, als man allgemein glaubt, auch in Deutschland.
Drittens: Der Sinn für Humor ist mit der Intelligenz verbunden, also, wer ein satirisches Buch bekommt, weiß, daß man ihn als intelligenten Menschen schätzt.
Viertens: Dank dem der Satire zuerkannten Recht auf Übertreibung, sind die satirischen Bücher fast die einzigen, die unsere Welt realistisch schildern. Und dabei bringen sie die Leser nicht zum Weinen, sondern zum Lachen.
Man könnte die Vorteile der Satire noch lange aufzählen. Ich habe jedoch moralische Bedenken, Eigenwerbung zu machen.
In den Vereinigten Staaten muß man auf Zigarettenpackungen die Warnung drucken, daß Rauchen gefährlich ist. Ich fühle mich zu einer ähnlichen Warnung verpflichtet: Bücher – zwar nicht alle, aber viele – unterstützen das Denken. Und Denken ist gefährlich!

Wegwerfbücher

Bücher haben das Zeug, lange zu leben, falls sie nicht gleich als defektive Fehlgeburt zur Welt kommen. Aber man läßt sie heute nicht lange leben. Man teilt ihnen eine Galgenfrist von einem Jahr zu – von Buchmesse zu Buchmesse –, und dann bringt man sie um, wie es einst primitive Stämme mit ihren Alten taten. Immerhin haben selbst die Eskimos ihre Greise leben lassen, solange sie fähig waren, etwas für ihren Stamm zu leisten. Der Buchmord hält sich an diese Regel nicht.
Die Pauken und Trompeten, die die neuesten, sensationellsten, erfolgreichsten Neuerscheinungen ankündigen, sind Freudentanzmusik und Trauermarsch zugleich. Für viele Bü-

cher sind sie ein Signal, daß sie keinen Platz mehr in den Regalen der Buchhandlungen und auf den Spalten der Presse finden.

»Bücher haben ihre Schicksale«, sagte man früher. Die heutigen haben ein totales, totalgelenktes Massenschicksal, wie es in unseren zivilisierten Zeiten auch Menschengruppen und Menschenvölkern passiert. Es ist ein königliches Schicksal – denn auch viele Könige wurden ermordet, damit man wieder einmal »Vive le Roi!« schreien konnte.

Kein Buch stirbt auf natürliche Weise in einer Jahresfrist; nach einem Jahr sind nur totgeborene tot. Und vielleicht noch manche Sachbücher, die von der Entwicklung überholt werden – eine Art Zeitschriften in Buchform.

Papier ist teuer, Druck- und Personalkosten steigen, der Buchhandel kann nicht die Lagerräume ins Unendliche erweitern – schneller Umsatz ist eine ökonomische Notwendigkeit. In anderen Branchen löst man dieses Problem so, daß man Waren produziert, die nicht lange halten, und setzt immer neue Moden durch, die noch brauchbare Kleidungsstücke, Schuhe, Möbel und so weiter zu Wegwerfgegenständen machen. Ein großer Teil der Buchproduktion hat sich diesem Trend angepaßt. Man bringt Buchkonfektion auf den Markt, für eine Saison, kreiert immer schneller wechselnde Moden – mal Porno, mal Love Stories, mal Revolution, mal Okkultismus, man überflutet den Markt mit kurzlebiger Wegwerfware.

Der jähe Tod dieser Druckware macht mich nicht traurig. Mir geht es um die nichtindustriell produzierten Literaturerzeugnisse, um jenes literarische Kopfwerk, das genauso wie das ehrliche Handwerk auf den Rand des Marktes gedrängt und am leichtesten verdrängt wird. Jammern hilft aber nicht. Schreien wir lieber: »Vive le Roi!« Nur – das Geschrei hilft auch nicht. Der Umsatz ist noch immer nicht schnell genug. Was nun?

Soll man vielleicht die Buchmesse zweimal im Jahr veranstal-

ten? Oder Bücher aus Marzipan machen, die man nach dem Lesen aufißt? Es gibt noch andere Möglichkeiten: Bücher, die man zum Tapezieren verwenden kann, Bücher, aus denen man Möbel zusammenbastelt, Seifenbücher, Bücherbriketts zum Heizen, Bücher aus Kunstdünger ...
Man kann auch dazu übergehen, nur ganz idiotische Bücher zu drucken. Diese Lösung wird übrigens schon seit langem praktiziert; sie ist auch besonders vorteilhaft, denn so ein Buch wird entweder nach der Lektüre von zehn Seiten weggeworfen, oder es wird zum Bestseller – oder auch beides.

Bücher sind dekorativ

Man lacht über Leute, die ein Meter zwanzig Klassiker in Leder bestellen oder sich vor dem Gang zum Buchhändler mit ihrem Innenarchitekten beraten, ob sie rotbräunliche oder braunrötliche Bücher kaufen sollen. Indessen ist das vom Standpunkt des Wohnens sehr vernünftig.
Bücher, solange es nicht allzu viele sind und wenn sie im Farbton geschmackvoll mit den Tapeten übereinstimmen, sind ein sehr dekoratives Element. Sie verleihen dem Interieur einen Hauch vornehmer Strenge und wärmen es zugleich. Gut placiert, bilden sie einen Blickfang und richten diskret die Aufmerksamkeit des Besuchers auf ein gutes Stück, unter Umständen auch auf den Gastgeber.
In Einzelfällen ist auch gegen ganze Bücherwände nichts einzuwenden, zum Beispiel, wenn man ein Zimmer mit antiken Möbeln und entsprechend alten Folianten ausstattet; oder, im Gegenteil, in einer supermodernen Wohnung, sofern die Wand mit den – diesmal selbstverständlich ganz neuen – Büchern richtig komponiert ist.

Es empfehlen sich größere unregelmäßige Gruppen in kräftigen Farben, Symmetrie wirkt kalt, langweilig und kitschig. Besonders anspruchsvolle und wohnbewußte Menschen wechseln ein-, manchmal sogar zweimal im Jahr einen Teil ihrer Bibliothek aus, indem sie die neuesten Hits laut Bestsellerliste einbauen. Dieser Vorgang ist gewiß aufwendig, denn es ist nicht leicht, die neuen Titel mit ihren unterschiedlichen Formaten und Farben in Einklang mit dem Ganzen zu bringen, manchmal muß man mehrere Regale umstellen. Er verfehlt jedoch seine Wirkung nicht.

Bücherwände eignen sich auch zum Verdecken einiger baulicher Unzulänglichkeiten. In so einem Notfall muß man sich damit abfinden, daß man die Bücherwand als Ausgangspunkt annimmt und die ganze Ausstattung des Raumes ihr anpaßt.

In jedem Fall, wenn Sie eine größere Menge Bücher für die Ausstattung Ihrer Wohnung verwenden möchten, sind Sie gut beraten, wenn Sie sich vorher mit einem Statiker beraten. Bücher sind, trotz der Unterschiede ihres literarischen Gewichts, schwer, besonders die alten.

Es erübrigt sich wohl, zu betonen, daß Bücher nur so lange einen ästhetisch harmonischen Bestandteil der Wohnungsausstattung bilden, solange sie nicht gelesen werden. Man stelle sich nur vor, wie ästhetisch unvorteilhaft sich ein Klassiker-Band ausnimmt, der sich durch Benutzungsspuren auf seinem Leder (die sind unvermeidlich) von den elf anderen unterscheidet! Und mehr als einen Band von Gesammelten Werken bewältigt höchstens einer von tausend Nichtphilologen, das Leben ist zu kurz.

Wenn Bücher gelesen werden, kann man schlecht vermeiden, daß sie irgendwo liegenbleiben und damit das durchkomponierte Bild des Raumes stören. Damit sind natürlich nur die Bücher gemeint, die wirklich zufällig, aufgrund irgendwelchen unberechenbaren Leseinteresses in den Raum gekommen sind, nicht diejenigen, die nur scheinbar zufällig auf den von den Innenarchitekten vorgesehenen Plätzen herumliegen. Wer sich von seinem triebhaften Begehren, ab und zu ein Buch zu lesen, selbst durch das Fernsehen und die zahlreichen Illustrierten (für die man doch geschmackvolle Ablegekörbchen beschaffen kann) nicht abhalten läßt, soll sich lieber Bücher zu diesem Zweck ausleihen. Oder Taschenbücher kaufen, die man dann verschenken oder wegwerfen kann. In den Lesepausen lassen sich diese Bücher irgendwo im Schrank verstecken.

Man darf auch nicht vergessen, daß Bücherregale, aus denen man oft Bücher zum Lesen herausholt und sie dann wieder reinsteckt, zwangsläufig einen Teil ihrer Stabilität verlieren und zur Gefahr für die Wohnungsinhaber oder ihre Gäste werden können. Seitdem es Stereo- und Quadroanlagen, Fernseher mit gleichzeitigem Empfang mehrerer Programme und Videorecorder gibt, ist der Wert einer Hausbibliothek für das Image ihres Besitzers umstritten. Er riskiert sogar, als unmoderner und unpraktischer Mensch eingestuft zu werden.

Auch als Imponierstück für erotische Zwecke ist eine Bücherwand nicht ohne weiteres zu empfehlen. Jede Besucherin (oder jeder Besucher) wird zwar sagen: »Ach, so viele Bücher! Wie interessant!« In den meisten Fällen wird jedoch der Gastgeber (die Gastgeberin) gleich als lebensferner Bücherwurm eingeschätzt und somit erotisch abgewertet.

Statistisch gesehen, gibt es natürlich auch eine gewisse Wahrscheinlichkeit, daß die Besucherin (der Besucher) selbst ein Büchernarr ist. Dann kann aber die faszinierende Beschäftigung mit den Büchern den Besuch seinem ursprünglichen Zweck total entfremden.

In diesem Sinne kann eine große Bibliothek nur älteren Herren dienlich sein.

Bücher sind nicht herrschsüchtig

Liebe zu Büchern, wie jede Liebe, bringt Unordnung ins Leben und führt zur totalen Abhängigkeit des Liebenden. Bibliomanie ist in so mancher Hinsicht sogar gefährlicher als Eroto- oder Nymphomanie. Erstens fängt sie früher an und hält länger. Zweitens, in der Regel sammeln sich Sexpartner nicht in der Wohnung in größeren Mengen an, Bücher tun es aber. Ein Bibliomane ist wie ein Don Juan – er begehrt mehr, als er verkraften kann.

Man soll nie einen Menschen, der einige tausend Bücher zu Hause hat, fragen, ob er sie alle gelesen hat – man kann sich nach der Zahl seiner Jahre ausrechnen, daß er es nicht konnte. Es waren ja nicht nur Jahre des Lesens, sondern auch des Bücheranschaffens. Es sind aber alles Bücher, die man lesen wollte. Und es passiert tatsächlich, daß man sich ein Buch aus dem Regal holt, das da jahrelang unberührt stand, und es liest. Das ist der Vorzug der Biblio- vor der Erotomanie. Und ein Vorteil einer Hausbibliothek in unserer Zeit, wo man ein Buch ein Jahr lang durch den Markt treibt und dann verschwinden läßt.

Man ist von den Büchern abhängig. Man darf die Wohnung nicht danach aussuchen, wieviel Platz man selbst braucht, sondern wieviel die Bücher brauchen. Und sie brauchen immer mehr, als man hat, weil sie sich so schnell vermehren.

Von meiner vorletzten Bibliothek in Prag hat mir ein Freund (der es konnte, weil er einen ausländischen Paß hatte) nur etwa ein Drittel nach Hamburg gebracht, nur siebzehn Koffer voll. Nach zehn Jahren hatte ich zwei große Wände in einem Zimmer, eine große und eine kleinere im zweiten. Und viele große Haufen, kleine Haufen und Einzelstücke in allen fünf Zimmern. Das heißt, nur in vieren, denn mein Sohn hat in seinem Zimmer vorwiegend seine Bücher, von meinen nur die, die er weggeschleppt hat.

Natürlich habe ich in den Büchern Ordnung: Sachbücher zum Teil nach Gebieten, Nachschlagewerke direkt hinter dem Rücken, Belletristik alphabetisch nach Autoren – sofern der Platz reicht. Ich kann auf Anhieb jedes Buch finden, außer dem, das ich suche.

Außer des ständigen Denkens daran, wo man noch Regale aufbauen könnte, machen aber Bücher in der Wohnung sonst keine Arbeit. Abstauben von Büchern ist Blödsinn – der Staub sammelt sich ja wieder, und er schadet dem Inhalt der Bücher überhaupt nicht. Man wischt eben das Buch ab, das man lesen will.

Schlimm ist nur Umzug mit Büchern, denn sie sind wahrhaft ein gewichtiges Kulturgut. Vielleicht lassen sich deshalb Büchernarren seltener scheiden als die anderen. Ich bin ein Beispiel dafür – ich bin nur einmal geschieden, und die Scheidung kam sowieso erst nach dem Umzug.

Ich kann mich an einen besonders lustigen Umzug in Prag erinnern. Ich wollte im November umziehen, die Spediteure wollten erst am 22. Dezember kommen. Also habe ich mir von Bekannten aus einer sozialistischen Firma einen Lastwagen und Kartons geliehen – ich wählte in meiner Naivität die größten. Zu fünft – vier Journalisten und ein Dozent für Marxismus-Leninismus – schleppten wir sie aus dem fünften Stock nach unten (in den altersschwachen Lift durften wir nicht) und dann in den dritten Stock im Hinterhaus, zu dem man nicht reinfahren konnte.

Aber auch wenn man Spediteure hat, dauert es wochenlang, bis man die Bücher soweit ein- und aussortiert und eingeordnet hat, daß man sich in der Wohnung bewegen kann. Bei dieser Arbeit kriegt man nämlich immer wieder ein vergessenes interessantes Buch in die Hand – und das bedeutet einige Stunden Unterbrechung.

Das ist eben das kostspieligste an den Büchern, die man in der Wohnung hat – nicht ihre Anschaffung, sondern ihre Nähe: Man hat eine dringende, termingebundene Arbeit. Man ar-

beitet einige Zeit, dann braucht man eine Kaffeepause. Zum Kaffee nimmt man sich ein Buch – prompt liest man bis vier Uhr morgens, und die Arbeit bleibt liegen.
Man sollte sich natürlich beherrschen – aber man wird beherrscht. Die Bücher arbeiten mit weiblichen Mitteln: Mit Reiz, mit Verlockung, mit Verheißung. Sie geben Befriedigung, manchmal auch Glücksgefühl. Wenn man mit Büchern lebt – nicht nur wohnt –, sind sie die Herrinnen im Hause, man selbst nur Untermieter. Aber ich kann nicht klagen, ich fühle mich hier wie ein Familienangehöriger.

Bücher stiehlt man nicht

Die städtische Leihbibliothek in Philadelphia hat einst eine »Woche der Vergebung« veranstaltet, eine Art Amnestie für Leser, die ihre Bücher nicht rechtzeitig zurückgegeben haben. Innerhalb dieser Woche wurden 42261 Bände zurückgebracht. Ein Mann brachte allein 132 Bücher, die der Bibliothek gehörten.
Solche Aktionen fanden schon in anderen Städten und Ländern statt, und sie waren immer erfolgreich.
Denn die meisten Leser wollten gar nicht die Bücher entwenden. Sie haben nur vergessen, sie rechtzeitig zurückzugeben, dann hatten sie keine Lust, das Bußgeld zu zahlen, das mit jedem Tag wuchs, dann schämten sie sich einfach.
Bücher stiehlt man nicht, ausgenommen teure antiquarische Werke, die aus Geldgier oder Sammlerleidenschaft geraubt werden wie wertvolle Bilder. Ein Buch ist nicht einfach irgendein Gegenstand, es ist ein lebendiges Wesen, man müßte eher von Entführung sprechen. Als Diebstahl würde ich es qualifizieren, wenn ein Analphabet ein Buch mitgehen läßt,

weil er zu Hause einen wackeligen Tisch hat; in diesem Fall wird jedoch nicht ein Buch gestohlen, sondern eben ein Möbel-Ersatzteil.
Entführt werden aber Bücher sehr oft. Ich kenne eigentlich keinen lesenden Menschen, der nicht fremde Bücher zu Hause hätte. Und selten hat jemand dabei Gewissensbisse, denn eine Buchentführung ist meistens ein Liebesdelikt. Es kommt natürlich darauf an, von wo man ein Buch entwendet. Ich habe nie etwas aus einer Buchhandlung ohne Bezahlung mitgenommen; nicht einmal aus einem Buchmessestand, was für einen Bücherliebhaber ein Zeugnis außergewöhnlicher moralischer Standhaftigkeit ist. Aber aus Bibliotheken – das passierte mir schon ein paarmal im Leben. Es ging allerdings um Bücher, die ich liebte und nirgendwo kaufen konnte. Dann habe ich einige Bücher, die ich gern zurückgeben würde, weiß jedoch nicht mehr, wem sie gehören. Und umgekehrt suche ich öfters in meiner Hausbibliothek nach Büchern, die verschwanden, ohne die neue Adresse zu hinterlassen.
Wahrscheinlich kriege ich sie nie mehr zurück. Ein gutes Buch ist ein guter Freund. Auch an einen geliehenen gedruckten Freund gewöhnt man sich, und man trennt sich viel schwerer von ihm als von einer entliehenen fremden Freundin oder Ehefrau. Bücher machen keinen Ärger.
Jener Mann aus Philadelphia, der die 132 Bücher zurückgegeben hat, ist lobenswert, aber für mich ein Rätsel. Er hat sich ja offensichtlich die Bücher nicht ausgeliehen, sondern sie im Laufe von Jahren nach und nach entführt. Was ist jetzt mit ihm passiert? Mußte er in eine kleine Wohnung ziehen, wo er keinen Platz für sie hat? Ist er religiös geworden? Oder hat ihn alles im Leben enttäuscht, selbst die Bücher?
Als Autor habe ich einen Wunsch: Daß die Leihbüchereien und Buchhandlungen jedes Jahr eine Statistik der meistentführten Bücher veröffentlichen. Das wäre dann die Liste der meistgeliebten, die sich ganz bestimmt nicht mit den Bestsel-

lerlisten decken wird. Und fände sich auf dieser Liste auch mein Buch, würde ich mich sehr freuen.

Was geht mich fremde Liebe an?

Liebesromane mochte ich nie.
Als Knabe las ich sehr viele Abenteuerbücher – Western, Krimis –, und wann immer eine Liebesszene auftauchte, blätterte ich schnell um. Nicht aus Keuschheit – Liebesszenen in dieser Art von Literatur sind ja keusch bis zum Gehtnichtmehr –, sondern aus Ungeduld. Zumal das dumme Gerede über ihre blauen Augen oder darüber, wie viele Kinder sie einst haben wollen, immer zu einem Zeitpunkt einsetzte, wenn die Bösewichte auf ihren schnellen Pferden schon um die Ecke waren.
Als ich dem Westernalter entwachsen war, liebte ich schon selbst und hatte weder Zeit noch Interesse, über fremde Liebe zu lesen. Und so ist es bis heute geblieben. Ich weiß es nicht mehr, möglicherweise habe ich ganz am Anfang meines Mannesalters einige klassische Liebesromane gelesen, um mich mit Argumenten für Mädchen zu versorgen, die Bedenken hatten, keine Bedenken zu äußern. Ich hatte ja vorwiegend mit Mädchen zu tun, für die Literatur ein Argument war. Obwohl man auch in diesen Fällen nicht unbedingt zur Lektüre greifen muß, man kann sich darauf verlassen, daß diese Mädchen die einschlägigen Romane selbst gelesen haben – das reicht.
Wenn man verheiratet ist oder war, kann man Liebesromane sowieso nur noch aus Schadenfreude lesen. Mit der Geduld eines vom Leben geprüften erwachsenen Menschen beißt man sich bis zur Seite 624 durch, wo das große Glück der Hel-

den und die Freude des Lesers kommt: Es wird geheiratet. »Na wartet mal, ihr Lieben«, sagt man sich, »ob ihr noch so oft im Mondschein spazierengeht, wenn das Geschirr in der Küche ungewaschen steht und die Kinderlein euch um fünf Uhr wecken werden?«

Dies ist aber auch die einzige Genugtuung, die man bei der Lektüre einer Liebesgeschichte haben kann. Denn welches Vergnügen sonst kann man aus der Tatsache gewinnen, daß irgend jemand irgend jemanden heiratete – solange es nicht die eigene Verlobte war?

Liebesgedichte sind schon nützlicher – und sind auch nicht so lang wie die Romane. Da die Poeten bei weitem nicht immer verliebt sind, wenn sie Liebeslyrik produzieren, finden sie bessere, liebevollere und wirksamere Worte als der verliebte Nichtprofi. Man kann sich von ihnen so manche ausleihen. Aber auch Dichter sind da unterschiedlicher Meinung. Wladimir Majakowskij antwortete auf ein Liebesgedicht von Iwan Moltschanow: »Lieben Sie Mariechen und ihre Zöpfe, das ist aber Ihre Privatangelegenheit!«

Privatangelegenheiten von sogenannten Prominenten – wozu schon auch jede Heulsuse zählt, die zweimal im Fernsehen war – werden in den Illustrierten breitgetreten. Was geht mich aber an, mit wem Brigitte Bardot will und mit wem Prinz Charles nicht will, von wem ein Sternchen sich scheiden ließ, von dessen Existenz ich erst aus dieser Nachricht erfuhr? Und was geht das Sie an?

Ist dieses ganze Schrifttum – falls man die Illustrierten-»Nachrichten« dazuzählen kann – als Ersatz für diejenigen gemeint, die noch nicht geliebt haben, oder als Ersatzerinnerung für jene, die nicht mehr lieben?

Ich bin davon überzeugt, daß die Liebe in Natur viel besser ist als der literarisch wertvollste Ersatz. Man soll lieber für die alten Jahre eigene Erinnerungen sammeln.

Krimis, Literatur und Literaturkrimis

George Mikes schrieb vor etwa drei Jahrzehnten über Krimis, daß sie keine Literatur seien und mit Büchern nur das gemeinsam haben, daß sie wie Bücher aussehen und im Prozeß des Lesens konsumiert werden; so wie eine Droge Nahrungsmitteln ähnelt, indem man sie in den Mund nimmt und herunterschluckt. Mikes hatte es gut, die Nichtliteraturkrimis zu verspotten, weil er kein Krimi-Leser ist, oder zumindest damals keiner war. Ich bin Krimi-Leser und denke mit nostalgischer Sehnsucht an jene Zeiten, als Krimis noch keine Literatur sein wollten.

Ein Krimi hat seine Gesetze – es ist mir egal, ob es literarische oder nichtliterarische sind –, die jeder einigermaßen erfahrene Krimi-Leser kennt, im Unterschied zu vielen Krimiautoren und -verlegern. Ein Krimi, ob es ein *whodunit*, ein *howdunit* oder eine andere Kategorie ist, muß immer ein Rätsel bieten, eine logische Aufgabe zum Mitdenken. Alles, was von dieser Aufgabe ablenkt, ist Ballast, abgesehen natürlich von falschen Spuren, die das Problem komplizieren.

Es ärgert mich, wenn ich mit zwanzig Seiten einer dünnen Krimigeschichte hundertachtzig Seiten mit Sozialproblemen schwedischer Bauern oder mit deutscher Schulmisere mitlesen muß. Wenn ich mir einen Krimi kaufe, will ich nicht eine Geschichte der Resozialisierungsschwierigkeiten eines entlassenen italienischen Häftlings lesen, der am Ende ein für die Geschichte überflüssiger und keineswegs rätselhafter Mord angehängt wird, nur damit man es als Krimi bezeichnen kann. Die Korruption bei der New Yorker Polizei kann als Thema für ausgezeichnete Nichtkrimiromane dienen, und sie tat es auch. Die Tatsache, daß die Helden eines Buches Verbrecher oder Polizisten sind, macht das Werk nicht zum Krimi. Selbst eine Mordgeschichte tut es nicht – siehe zum Beispiel Dostojewskij.

Über all diese Probleme – schwedische Bauern, deutsche Schüler, italienische Ex-Häftlinge – gibt es andere Bücher (oder sie können unter ehrlicher Bezeichnung verlegt werden), und ich kann sie mir kaufen, wenn ich will. Jetzt muß ich für jede Zugreise mindestens drei als Krimis bezeichnete Bändchen mitnehmen, damit ich vielleicht einen Krimi dabei habe.

Mag sein, daß Mikes recht hat und daß das, wonach ich mich sehne, eine Droge ist. Dann bin ich ein Süchtiger und will nicht, daß man mir meinen Stoff mit Nahrungsmitteln vermengt, selbst mit Zucker nicht. Zumal es meistens – den ökonomischen Gesetzen entsprechend – die billigsten Nahrungsmittel sind.

Diese Literaturkrimis, die keine Krimis sind, haben von der Tradition der Gattung, die Mikes kritisierte, nur eins beibehalten: daß sie keine Literatur sind.

Psychologisch ist das Handeln der Literaturkrimi-Autoren verständlich. Es sind anständige, ja feine und oft auch progressive Menschen. Sie genieren sich, Krimis zu schreiben und/oder können es nicht. Sie genieren sich aber auch, gierigen Krimisüchtigen reine Literatur zu bieten und/oder können es nicht. Deshalb liefern sie ein Gemisch nach dem Rezept jenes Nachtigallpasteten-Herstellers, der seine Ware halbehalbe mit Pferdefleisch vermengte: eine Nachtigall, ein Pferd.

Die Krimi-Leser werden rücksichtslos betrogen und ausgebeutet, wie alle Süchtigen. Ich habe mich neulich dreihundert Kilometer lang mit einer Geschichte gelangweilt (ich hatte kein anderes Buch im Zug), in der eine nette junge Dame bei einem verrückten Entführer in Todesgefahr weilte, während sich die Polizisten mit Routinearbeiten beschäftigten und der Autor mit der Schilderung ihrer Charaktere und gegenseitigen Beziehungen. Die Heldin konnte zweimal leicht entkommen, wartete jedoch diszipliniert bis zum Kilometer 306, bis die Polizisten per Zufall auf die richtige Spur kamen und sie

in letzter Sekunde vor der Klinge des Mörders retten konnten. Der einzige Vorteil dieses Büchleins war die Redlichkeit des Autors: Er bemühte sich nicht allzu sehr, sozialkritische, psychologische oder andere Literatur vorzutäuschen. Man sah nur seine Mühe, die Seiten zu füllen.
Meine lieben Autoren und Verleger! Krimisüchtigkeit ist doch nicht strafbar! Schützt uns, gebt uns reinen, konzentrierten Stoff! Für Krimi-Leser, nicht für die Literatur!
Wir mögen keine Geschichten, in denen es nur ein einziges Rätsel gibt: Wieso nennt sich so was »Krimi«?

Poesie aus dem Wörterbuch

Ich weiß nicht, ob ich mein Geld richtig investiert habe. Ich habe mir nämlich ein »großes Reimlexikon« mit 2388 Stichwörtern, Worterklärungen, Redewendungen und kleiner Verslehre gekauft. Das Vorwort hat mich verlockt. Da steht's schwarz auf weiß:
»Es reimt sich halt, dir zum Gewinn,
Das was sich reimt, nicht ohne Sinn.«
Ganz sicher bin ich nicht, daß ein Gedicht »nicht ohne Sinn« als völlig modern gelten kann. Das ist jedoch nicht so wichtig, vielleicht schaff ich das auch ohne Sinn, man muß sich ja als Literat entwickeln.
Mir geht es halt um den Gewinn, vor allem um Prestigegewinn. Als Satiriker ist man nicht einmal ein echter Schriftsteller, man hat mich öfters als Satiriker *und* Schriftsteller vorgestellt.
Schriftsteller zu sein, das ist auch nicht viel, Schriftsteller kann jeder sein – schreiben lernt man in allen Schulen. Aber ein Poet, ein Dichter, das ist etwas anderes.

Die Deutschen waren schon immer stolz, ein Volk der Dichter und Denker zu sein. (Nur das verräterische »und« stimmt mich ein wenig nachdenklich.)
Das Reimlexikon war auch nicht teuer, fünf Mark fünfundneunzig für 384 Seiten kann sich selbst ein Honorarabhängiger leisten. Menschen zahlen mehr, um Dichter zu werden. Es gibt Verleger, denen man zwei Gedichte und achtzig Mark schickt, dann muß man sich noch verpflichten, daß man einige Exemplare des Buches kauft – und schon wird man Poet. Viele Leute machen es so.
Deshalb kann ich nicht verstehen, warum das Reimwörterbuch unter den verbilligten Restauflagen im Warenhaus zu finden war. Das ist keine Abwertung, viele Bücher werden eben deshalb nicht ausverkauft, weil sie gut sind. Ich kann nur nicht verstehen, warum die 80-Mark-Poeten dieses Handbuch nicht ausgekauft haben. Sind sie so begabt, daß sie kein Wörterbuch brauchen – oder sind Reime heute nicht in? Ich muß in informierten Kreisen nachfragen. Mein Freund hat einen Nachbarn, der kennt eine junge Lehrerin und die liest moderne Poesie. Vielleicht wird sie es wissen, wie es mit den Reimen steht.
Ach was – ich muß nicht unbedingt ein moderner Dichter werden. Einfach Poet, das reicht mir auch. Hier die erste Kostprobe meiner Poesie – die Reime habe ich einem einzigen Stichwort entnommen (nämlich dem Stichwort »ant-andt«) und es bei weitem nicht ausgeschöpft:

Ein junger fescher Adjutant,
sehr elegant und amüsant,
galant, gewandt und fulminant,
charmant, ein wenig arrogant,
hat Lieschen von der Waterkant
einen verliebten Brief gesandt.

Der Brief war dick wie ein Foliant,

brillant, pikant und sehr brisant.
Er schrieb, er sei kein Debütant,
kein Ignorant, kein Dilettant;
daß lieben kann er sehr rasant,
ist tolerant und vigilant;
in Liebe sei er ein Gigant
und hat noch Abende vakant.

Sie fand die Sache nicht frappant,
nicht süffisant und nicht meschant,
sie fand sie sehr interessant.
Seit einem Jahr sind sie verwandt.

Ich muß selbstkritisch zugeben, daß dieses Gedicht allzu traditionell und trotz vieler Fremdwörter volkstümlich ist. Daran ist der Bann der Reime schuld. Oder die falsche Wahl des Stichwortes. Oder der unterschwellige Einfluß jener Gedichte, die ich in der Schule auswendig gelernt habe. Jeder Anfang ist schwer.

Es betrübt mich am meisten, daß man mein dichterisches Werk höchstens zu einer Polka vertonen kann. Also nix Schlagergeschäft, nix Tantiemen.

Sei es denn, daß mich die Nostalgie-Welle rettet. (Deshalb habe ich auch den »Adjutanten« und »Lieschen« hineingeflochten, schlau, was?) Vielleicht könnte man es jedoch modernisieren, wenn man einige »Yeh – Yeh« und »Ohahaha« einbaut:

Ein junger fescher Adjutant, yeh-yeh,
sehr elegant, ohahaha und amüsant ohahaha,
und so weiter.

Möglicherweise könnte ich es dann selbst singen.

Ich habe alles, was man als Schlagersänger braucht: eine heisere Stimme und kein Gehör. Und Noten kenne ich auch nicht.

Sollte ich mich jedoch entscheiden, auf das Geld zu verzichten und ein ernster moderner Dichter zu werden, müßte ich das Thema etwa so gestalten:

Abend leer
Scheiße
korrupte Sterne treiben Werbung
Ödipus on the trip
Rote Backen unverbrauchte Brüste
Papier Tinte
Schnorkeleien
Brüste Hände vergessene Pille
Hochzeit mit Blasmusik
Alle Abende leer
Scheiße.

Diese Methode hat den Vorteil, daß man direkt in die Maschine schreiben kann.
Dann sind aber die fünf Mark fünfundneunzig für das Reimlexikon eine Fehlinvestition gewesen.

Was tut man mit Witwen?

Man kann wohl berühmte Männer und Frauen nicht daran hindern, zu heiraten, sich Freunde und Dienstpersonal anzuschaffen. Meistens heiratet man ja, mietet Personal und knüpft Bekanntschaften an, ehe man berühmt geworden ist. Dann stirbt der Berühmte, und die Leute aus seiner nächsten Umgebung bleiben am Leben. Vor allem Witwen hinterläßt man heute mehr als je zuvor seit der Einführung der Monogamie, mehr als Diener oder Freunde: eine aktuelle, einige geschiedene und mehrere, die man gar nicht geheiratet hat.

Und alle schreiben Erinnerungen an den großen Verstorbenen.
Was Neues können die Hausangehörigen eines nicht mehr lebenden großen Mannes berichten, um das von seinem Werk und aus historischen Arbeiten bekannte Bild zu ergänzen? Viele sogenannte menschliche Details. Etwa solche:
Der Heerführer A. trank vor jeder Mahlzeit einen eiskalten Schnaps und sagte: »Das tut wohl!« Nach dem Mittagessen spazierte er genau achtundzwanzig Minuten im Garten. Nach jeder Schlacht, in der er einige tausend Soldaten verlor, hatte er die Gewohnheit, einen Brief an seine Familie zu schreiben, in dem er die Enkelkinder ermahnte, gehorsam zu sein, brav zu lernen und zu beten.
Der Schriftsteller B. hat nie seinen Anzug ordentlich aufgehängt. Er aß jeden Tag zum Frühstück zwei Eier, dreieinhalb Minuten gekocht.
Der Maler C. saß immer lange auf der Toilette, las dort humoristische Zeitschriften und lachte dabei laut. Der Komponist E. hatte immer kalte Füße. Die Schauspielerin F. hatte nacheinander sieben Ehemänner, liebte jedoch nur ihren Pekinesen und haßte schwarze Katzen.
Bekannte und Freunde oder diejenigen, die sich für Freunde und Bekannte des Berühmten ausgeben, liefern vorwiegend boshafte oder total idiotische anekdotische Geschichtchen:
Der geniale Mathematiker G. konnte sich nie ausrechnen, wie viel er dem Bäcker für die Brötchen bezahlen mußte.
Der Historiker H., der auf die Stunde genau alle Daten der Geschichte kannte, konnte sich nie an seinen eigenen Geburtstag erinnern, nur den Hochzeitstag hat er behalten, weil er auf den 851. Jahrestag der Schlacht bei Hastings fiel.
Der Philosoph I. erwischte einmal einen Dieb, der ihm im Restaurant seinen Mantel stehlen wollte. »Ich wußte nicht, daß er Ihnen gehört«, verteidigte sich der Dieb. »Sie wußten aber, daß er nicht Ihnen gehört«, antwortete schlagfertig der Philosoph.

Diese Geschichten standen schon allesamt in den altgriechischen Anekdotensammlungen, nur die Namen und zeitgenössischen Details werden geändert.
Der spezifische Beitrag von Witwen zur Erinnerungs-Literatur besteht aus intimen Details, wahren und erfundenen.
Erinnerungen über große Männer werden gern gelesen, eben deshalb, weil man dabei nichts darüber erfährt, was sie von anderen Menschen unterscheidet, und viel darüber, was sie von anderen Menschen nicht unterscheidet.
Ich würde selber gern lesen, daß Swift starken Tee mochte, Mark Twain Unordnung auf dem Schreibtisch hatte und Tucholsky eine Vorliebe für scharfe Gerichte – um mindestens etwas Gemeinsames mit den älteren Kollegen-Satirikern zu finden.
Das ist jedoch kein ausreichender Grund, die wehrlosen Toten ihren Hinterbliebenen auf Gnade und Ungnade auszuliefern.
Vor allem gegen die Witwen müßte man etwas unternehmen, die den Namen, das Vermögen und die Urheberrechte erben und dennoch die Verblichenen nackt auf den Buchmarkt schleppen und verkaufen, so zugerichtet, wie es ihnen eben paßt. Dreißig Jahre nach dem Tode ihres Mannes rechnen sie mit ihm für Dinge ab, die dreißig Jahre vor dem Tode passierten.
Nebenbei lassen sie durchblicken, daß der Große alle seine Erfolge nur ihnen – den Witwen – zu verdanken hat.
Witwer von berühmten Frauen sind eine kleinere Gefahr, da Frauen im allgemeinen länger leben.
In den alten Kulturen des Orients – zuletzt bei den Indern – gab es den Brauch, zusammen mit einem bedeutenden Verstorbenen auch seine Witwe, seine Dienerschaft und Gefolgschaft zu verbrennen oder zu begraben. Dank dieser barbarischen, aber wirksamen Methode konnte man sicher sein, daß die Witwen, Lakaien, Sekretäre und Köche keine Erinnerungen an ihren Brot- und Liebegeber schreiben würden. In un-

seren humanen Zeiten ist diese radikale Methode allein den mächtigen Diktatoren vorbehalten, die allerdings erinnerungsfähige Zeugen aus ihrer Umgebung schon zu Lebzeiten beseitigen. Man muß andere Mittel gegen schreiblustige Witwen suchen.

Vielleicht sollte man mit ihnen nachträglich Scheidungsprozesse veranstalten (auch mit den geschiedenen und nicht geheirateten) und sie aufgrund postmortaler seelischer Grausamkeit zur Trennung vom Schreibtisch verurteilen.

Ein Witz

Herr Kirschberg hatte keine Absicht, Witze zu machen. In einer Diskussion mit Herrn Meier, seinem alten Bekannten, sagte er: »Es hat doch keinen Sinn, die Verhältnisse bei uns in Israel und bei euch in Europa zu vergleichen – Ihr macht schon fünfundzwanzig Jahre gute Geschäfte, und wir haben dauernd Krieg! Das ist ja ein Witz!«

Es wäre auch gewagt zu behaupten, daß der Witz, der dann durch die Welt lief, etwas mit Herrn Kirschbergs Äußerung zu tun hätte: Kohn und Grün sitzen im Café Niza in Tel Aviv. Kohn seufzt schmerzlich.

»Warum seufzt du?«

»Ach, die Welt ist verrückt. Wir Juden führen Krieg – und die Deutschen machen Geschäfte!«

*

Der Witz erschien auch in einer Witzsammlung, die eine gewissenhafte Frau Professor herausgegeben hatte. Hier ihre gründlich kommentierte Version: Im Café Niza in Tel Aviv (der Name des Cafés stammt nicht von der französischen Stadt, sondern von einem verbreiteten israelischen Mädchennamen; in Tel Aviv, der größten Stadt Israels, die erst vor einigen vierzig Jahren als Vorort von Jaffa entstand, gibt es mehrere Lokale mit diesem Namen; Cafés sind in Tel Aviv sehr populär, es sind die beliebtesten Treffpunkte für private und geschäftliche Gespräche) sitzen Kohn und Grün (Kohn – von Kohen = Priester, alle Juden sind in drei Gruppen verteilt: Kohen, Levi und Israel; der Ehrentitel »Kohen« ist erblich und bringt zusätzliche religiöse Pflichten).

Die Herren sprechen jiddisch (diese aus mittelhochdeutschen Dialekten stammende Sprache mit hebräischen und slawischen Zusätzen ist für mehrere Zuwanderer der älteren Generation aus Osteuropa noch die Umgangssprache geblieben. Die offizielle Landessprache ist Iwrit-Neuhebräisch).

Kohn hat Sorgen. Seine Frau ist krank, sein Sohn will heiraten und braucht Geld für die Wohnung. Und dazu hatte er noch eben eine Rede von dem ägyptischen Präsidenten gehört, der Israel mit einem Angriff droht. Deshalb seufzt Kohn schmerzlich.

»Warum seufzen sie so, Reb Jizchak? fragt Grün. (Reb – hier Herr; Jizchak – Isaak).

»Ojwej (von O weh!), Zores (Zores = Sorgen, Kummer), eine meschuggene (verrückte) Welt! Wir Juden führen Krieg, und die Jeckes (Jecke = Deutsche, auch deutscher Jude) machen Geschäfte!«

(Die Pointe des Witzes basiert darauf, daß früher die Juden allgemein als geschäftstüchtig und nichtkriegerisch galten und die Deutschen dagegen als Krieger.)

*

In einer geschätzten Hamburger Illustrierten erschien dieser Ostfriesenwitz:

Warum haben die Ostfriesen jetzt so viele neue Gewerbescheine erworben? – Weil sie von einem Urlauber gehört haben, daß die Juden im Nahen Osten Krieg führen, und glauben, daß sie jetzt Geschäfte machen können!

*

In einem deutschen radikalnationalen Blatt:
Zwei alte Kameraden von Stalingrad treffen sich in einem Münchner Keller. Trotz des guten Bieres ist die Stimmung traurig. »Sag mir«, fragt einer, »warum müssen wir uns gefallen lassen, daß die Russen uns Verträge aufzwingen? Hat denn Deutschland keine Männer mehr?«
»Ja«, antwortet der alte Soldat, und Zorn und Wehmut klingen in seiner Stimme, »so weit haben die Sozis die Welt gebracht: Während sogar die Juden erfolgreich Krieg führen, beschäftigen wir Deutschen uns mit Geschäften!«

*

In einer DDR-Zeitschrift:
Aus einem luxuriösen Restaurant in Tel Aviv kommen auf die Straße zwei israelische Kapitalisten, Kohn und Grün. Trotz des teuren Champagners und der Austern, die sie heute wie jeden Tag genossen haben – sie haben ja an der Ausbeutung unterdrückter Araber und afroasiatischer jüdischer Proletarier Millionen verdient –, sind sie nicht gut gelaunt. Besonders Kohn, der eben zur Unterstützung der zionistischen Agression gegen die progressiven Regime in den arabischen Ländern seine Steuer eingezahlt hat. Er denkt an die Milliarden der westdeutschen Kapitalisten und seufzt neidisch.
»Warum seufzt du?« fragt Grün.
»Eine verrückte Welt! Wir führen Krieg, und die Deutschen machen Geschäfte.«

*

Ein israelischer Kommunist, der zufällig vorbeigekommen war und das Gespräch gehört hatte, antwortet:
»Ja, ihr Zionisten führt im Auftrag des Weltimperialismus den Krieg. Aber nicht alle Deutschen machen Geschäfte. Es gibt auch einen deutschen Arbeiter- und Bauernstaat!«
Und stolz die Internationale singend, geht der Genosse weiter, zum Sammelpunkt der Demonstration für die Rückgabe der besetzten arabischen Gebiete.

*

In der sowjetischen Zeitschrift »Begleiter des Agitators« stand die folgende Instruktion:
Bei der Schulung zum Thema »Imperialismus. Kapitel 86« kann man den Vortrag mit diesem Witz auflockern:
»Was für einen Unterschied gibt es zwischen den israelischen und den westdeutschen Imperialisten? Gar keinen. Die israelischen Imperialisten betreiben Agression und bereiten sich auf gute Geschäfte vor; die westdeutschen dagegen machen gute Geschäfte und bereiten sich auf die Agression vor.«

*

In einem aristokratischen Klub in London sitzen zwei Lords, rauchen Pfeife und lesen die »Times«. Lord Whitecall seufzt. Nach fünfzehn Minuten taktvollen Schweigens – Lord Wirthing fragt natürlich nicht nach der Ursache des Seufzers – fügt Lord Whitecall hinzu: »Ja, kein Wunder, daß unser Empire untergeht – wenn Söhne von Kaufleuten Offiziere werden und der Adel Geschäfte macht. Isn't it funny?«

*

Aus der Witzseite einer Zeitung in San Franzisko in der Zeit des Vietnam-Krieges:
Smith und Brown sitzen bei ihrem Drink. Smith seufzt.
»Denken Sie jetzt an die Dollar-Misere, Charlie?«
»Auch an die, Bob. Diese verdammte Welt ist einfach verrückt. Wir Amerikaner führen Krieg, und die Japs machen Geschäfte.«

Das Glück der Parteisatiriker

Die armen Satiriker im Westen! Sie müssen sich selbst den Kopf zerbrechen, worüber und wie sie schreiben sollen. Und wenn sie schon im Schweiße ihrer Witzzellen etwas angeprangert haben, bewegt das die Leser nicht besonders, weil sie ähnliche, wenn auch nicht so witzige Kritik den Berichten und Kommentaren entnehmen konnten. Selbst die Betroffenen fühlen sich kaum betroffen. Niemand legt dem Satiriker die väterliche Hand auf die Schulter, um ihm die Richtung zu weisen, den Kopf zurechtzurücken, mit Rat- oder anderen Schlägen zu helfen.

Ganz anders haben es die glücklichen Satiriker im sozialistischen Lager. Ihre Leser, durch kritische Beiträge in den Massenmedien nicht verwöhnt, suchen nach jeder Anspielung und verstehen sie auf Anhieb. Die Autoren lernen kunstvoll auszusprechen, was sie direkt nicht sagen dürfen. Die betroffene Obrigkeit fühlt sich betroffen, noch bevor etwas geschrieben wurde.

Und die Partei sorgt mütterlich dafür, daß sich die Satiriker geistig nicht überanstrengen, sie sagt ihnen, was sie schreiben sollen und was nicht.

Stalin rief seinerzeit nach kühnen Satirikern, nach neuen Saltykows und Gogols, und steckte sie allesamt in Gefängnisse. Den Weißmeer-Ostsee-Kanal haben, wie bekannt, die Witzeerzähler gebaut: Als Lagerhäftlinge in Zwangsarbeit.

Die Staatspartei der DDR mag wohl zu so radikalen Hilfsmaßnahmen nicht greifen, zumindest nicht allzuoft. Um vorzubeugen, belehrt sie ihre Satiriker gütig im voraus, zuletzt in der Zeitschrift des DDR-Journalistenverbandes »Neue Deutsche Presse«.

Der Sozialismus, der Staat und die Partei, wird hier erklärt, können »nicht Gegenstand böswilligen satirischen Angriffs sein«. Man bringt den Satirikern das erste Gesetz der Parteidialektik bei:

Ein Lagerverwalter darf kritisiert werden, die Lagerkommandanten selbst aber nicht.

Ihre Aggressionen können die Satiriker an »Klassenfeinden« und »Imperialisten« abladen, denen es nicht schaden kann.

Ist das nicht ein Beispiel der Fürsorge um die sozialistischen

Bürger? Die Satiriker versuchen erst gar nicht, Dinge zu schreiben, die keine Chance haben, veröffentlicht zu werden. Nebenbei wird auch den Zensoren Arbeit abgenommen, wenn die Autoren auf sich selbst aufpassen. Die hartnäckigen Kritikaster lernen so zu schreiben, daß die Zensoren es nicht verstehen, womit sie ihre Meisterschaft erhöhen. Somit lehren sie auch die Leser, die Satire und Literatur überhaupt besser zu verstehen.
Alle verdanken ihr Glück der Partei.

Was ist Humor?

Nein, Humor ist nicht, wenn man trotzdem lacht. Diese Definition mag humoristisch sein, ich mag sie trotzdem nicht. Ich mag Humor, bei dem man eben deshalb lacht. »Trotzdem lachen« kann man, weil man eben Lust hat zu lachen, und dies kann ebensogut bedeuten, daß man sehr viel Sinn für Humor besitzt, wie auch, daß man überhaupt keinen hat.
Die Humorlosen lachen nämlich auch – nur eben dann, wenn es nichts zu lachen gibt, wenn die Ursache ihres Lachens weder lustig noch witzig ist. Sie lachen trotzdem. Zum Beispiel, wenn jemand einen Tritt in den Hintern bekommt oder auf einer Bananenschale ausrutscht. Der Arme muß vielleicht ins Krankenhaus, und die Leute lachen.
Da es im Leben mehr Dinge gibt, die nicht lustig sind, als umgekehrt, lachen möglicherweise die Humorlosen häufiger als die Humorvollen. Lachen allein ist also noch kein Zeichen von Humor.
Über den Humor wurden viele ernste Bücher geschrieben. Sie haben mitunter solche Titel wie »Das Tragische als Weltgesetz und der Humor als ästhetische Gestalt des Metaphysi-

schen«. Allein der Anblick dieser Riesenbibliothek kann bewirken, daß einem das Lachen für immer vergeht. Manche von diesen Werken bringen viel Wissenswertes, keines erklärt jedoch einleuchtend und für alle annehmbar, was Humor ist.

Schauen wir uns die Enzyklopädie an, die Quelle allen Wissens. Ich zitiere die wichtigste Passage aus dem verhältnismäßig langen Beitrag über Humor im Brockhaus: »Seit der Renaissance heißt Humor die von Gedanken nicht unbeschwerte Heiterkeit. Sie vermag aus dem Wirklichen Frohsinn zu gewinnen und in der Distanz der ästhetischen Haltung wie im Spiel einen Ausgleich des sonst Unversöhnbaren zu vollziehen. Den menschlichen Schwächen und Widerwärtigkeiten des Daseins bringt der Humor ein wohlwollend-verständnisvolles Lächeln entgegen; seine Kraft stammt immer aus reichem Gemütsleben; er beruht auf der dem Menschen eigenen Möglichkeit des Lachens.«

Scharf beobachtet, nicht wahr? Nur – es ist alles Beschreibung, keine Erklärung. Ist das nicht komisch?

Offenbar gehört der Humor zu jenen grundsätzlichen Dingen des Lebens, die man nicht definieren kann, zu jenen Grundbegriffen, mit deren Hilfe man andere Begriffe erklärt.

Der junge Aphoristiker Hans-Horst Skupy schrieb: »Lachen ist die Fortsetzung des Denkens mit anderen Mitteln.« Dies ist meines Erachtens ein ganz guter Schlüssel dazu, den Humor zu verstehen.

Die Frage ist, ob man unbedingt verstehen muß, was Humor ist, um ihn zu genießen. Wir genießen so manches, ohne zu wissen, was drinsteckt – ich meine diesmal nicht nur die Frauen oder Männer, sondern zum Beispiel erlesene Speisen in vornehmen Restaurants.

Humor muß man nicht verstehen, man muß ihn empfinden.

Es heißt auch: Sinn für Humor.

Es hat natürlich keinen Sinn, danach zu fragen, warum je-

mand diesen Sinn hat und ein anderer nicht. Es ist wie mit dem Geld, mit dem Talent und mit anderen ungerecht verteilten Gaben.
Der Sinn für Humor hängt allerdings mit dem Denken zusammen. Deshalb glaube ich, daß es keine von Geburt aus humorlosen Menschen gibt, so wie es keinen normalen Menschen gibt, der überhaupt nicht denken könnte. Manche schämen sich nur, es zu tun, halten es für unwürdig, unseriös und schädlich, wie das Lachen. Es gibt Leute, die sich sehr viel Mühe geben, humorlos zu sein. Ich kann gar nicht darüber lachen, so leid tun mir diese armen Menschen.
Ich weiß nicht genau, was Humor ist, weiß aber, was ein Mensch mit Humor ist: Einer, der auch über sich selbst lachen kann. Dies ist seine moralische Legitimation, über andere zu lachen.
Menschen mit Humor brauchen diesen Rat nicht, den Humorlosen möchte ich jedoch raten, trotzdem zu lachen. Diejenigen unter ihnen, die freiwillig humorlos sind, werden dabei vielleicht entdecken, daß sie doch Sinn für Humor haben.
Lachen erleichtert das Leben. Humorlos zu sein und noch nicht lachen zu können, ist für einen Menschen zuviel. So einem Menschen bleibt dann nur noch eins im Leben: Im Fernsehen Unterhaltung zu machen.